KB266840

기억을 팝니다

기억을 팝니다

머쉬캣 지음

두번째 봄

　어릴 적 먹었던 경양식집의 돈까스나 동네 어귀 양념통닭의 향기는 내게 일종의 기준점 같은 것이다. 이상하게도 요즘은 그 맛을 찾기가 쉽지 않아, 원형을 찾아내고야 말겠다는 일념으로 꽤나 먼 길까지도 빨빨거리며 돌아다녔던 적이 있다. 치킨은 다행히 특정 브랜드의 특정 메뉴로 어느 정도 타협점을 찾았으나, 그 시절의 돈까스 맛은 여전히 '미결'의 과제로 남아 있다(정작 이 소설의 문을 열고 닫는 가장 끈질긴 상징으로 치킨을 낙점해버렸지만 말이다).

　머지않아 '기억 이식'이 가능한 세상이 도래할지도 모른다는 뉴스를 접하던 날, 찰나의 영감이 머릿속을 스쳤다. 우리가 그토록 갈망하는 기억 속의 감각을 온전히 소환하고, 심지어 타인과 거래할 수 있다면 세상은 어떻게 변할까. 이 질문 하나에 매달려 나는 무언가에 홀린 듯 문장들을 쏟아냈다. 사실 장편소설 한 권을 온전히 완결해 내리라고는 스스로도 결코 예견하지 못한 일이었다.

하지만 이야기는 어느덧 내 통제를 벗어나 스스로 생명력을 품고 움직였다. 욕망과 상실, 나아가 사랑과 연대의 자리까지 거침없이 뻗어 나간 것은 '기억 마켓'이라는 소재가 워낙 품이 크고 매력적이었기 때문이었다. 이 소설은 SF, 디스토피아적 세계관이라는 차가운 외피를 두르고 있지만, 그 대척점에 있을 법한 동양철학의 사유나 전래동화식의 판타지가 뒤섞여 있다. 단 한 명의 주인공을 꼽기 어려울 정도로 여러 인물의 이야기가 병렬식으로 얽혀 있어 구성이 다소 분주하게 느껴질지도 모르겠다. 다양한 인간 군상의 단면을 입체적으로 보여주고 싶었던 이 소설만의 정체성이자, 독자들이 지루할 틈 없도록 설계한 장치라고 너그럽게 읽어주신다면 감사하겠다.

수많은 감각이 교차하고 흩어지는 소란스러운 여정 속에서도, 목적지만은 처음부터 정해두고 시작했던 것 같다. 그것은 결국 '인간다움'에 닿는 일이었다. 기술로는 결코 흉내 낼 수 없는 마음의 온기, 그 훼손되지 않는 본질을 다루고 싶었다. 이

이야기가 기어이 '다정한 안녕(Happy Ending)'으로 매듭지어진 이유이기도 하다.

이 책을 덮을 때쯤, 세상 그 무엇을 주고서라도 다시 사고 싶은 당신만의 기억이 떠오르길 바란다. 나 또한 앞으로의 삶에서 그런 소중한 기억의 조각들이 더 많아지기를 소망해본다. 부족한 초고를 다듬어 책으로 세상에 나오기까지 애써준 편집부와, 나의 전방위 반려자에게 깊은 감사를 전한다.

1부
제네시스
새로운 세계의 탄생

잃어버린 맛을 찾아서

어릴 적 먹었던 양념통닭. 그 기억에서 모든 것이 시작되었다.

서길수는 스스로를 욕망에 쉽게 휘둘리는 사람은 아니라고 믿어왔다. 먹는 일은 대개 생존의 문제로만 받아들이며 살아온 사람이었다. 그러나 딱 하나, 통닭만은 달랐다. 그것은 그의 기억 깊은 곳에 박힌 가시 같았다.

초등학교 2학년 여름밤이었다. 아버지가 검은 비닐봉지를 들고 들어오던 순간의 그 기억은 여전히 생생했다. 비닐 너머로 스며 나온 향이 먼저 그의 코를 찔렀다. 포장을 푸는 순간, 그 안에 감춰져 있던 환상이 드러났다. 붉은 양념을 온몸에 덮은 통닭은 뜨거운 김을 뿜어내며 찬란하게 빛났다.

한입. 바삭한 껍질이 이를 깨물며 부서졌고, 매콤달콤한 양념이 혀를 휘감았다. 그 뒤를 따라온 뜨거운 육즙이 입안을 가득 채웠다. 그것은 충격이었고, 길수는 멈출 수 없었다. 손가락에 묻은 양념까지 쪽쪽 빨아가며 닭을 뜯어댔다.

그날 이후, 아버지는 가끔 양념통닭을 사 들고 왔다. 넉넉하지 않은 살림이었지만, 치킨 한 마리가 식탁에 놓이면 모든 것이 달라졌다. 서로 닭다리를 양보하며 웃고, 사소한 이야기에도 즐거워했다.

중학생이 된 길수는 어느 날 동네를 걷다가 늘 기름 냄새를 풍기던 통닭집이 사라졌다는 걸 알게 되었다. 가던 걸음을 멈추고는 한참이나 그 자리를 바라봤다. 가슴 한쪽이 뻥 뚫린 듯 허전했다.

그 후로도 치킨은 어디서나 쉽게 찾아볼 수 있는 흔한 음식이었지만, 수많은 치킨집 중 그 어느 곳도 어린 시절의 그 맛을 다시 데려오지는 못했다.

· · ·

그가 30대 중반이었을 때였다. 뇌과학 연구에 투신한 지도 어느덧 9년째. 대기업 연구소에서 쌓여가는 연구 성과와는 달리, 그의 커리어는 정체돼 있었다. 어느 날, 연구소에 홀로 남아 데이터를 정리하던 길수는 문득 머리를 스치는 기억에 고개를 들었다. 양념통닭.

며칠 뒤 어느 점심시간이었다. 동료들과 치킨집에 모인 길수는 결국 입을 열었다.

"근데 말이야… 너희 어릴 적 먹었던 양념통닭 맛 기억나는 사람 없어? 요즘 치킨도 맛있긴 한데, 그때 그 맛하고는 뭔가 다르잖아."

말을 꺼내자마자 길수는 스스로에게 약간 민망해졌다. 그러나 이내 동료 중 한 명이 닭다리를 뜯다 말고 의아한 표정으로 되물었다.

"옛날통닭? 요즘도 그런 거 시장에 많잖아. 바삭하게 튀겨서 양념 발라주는 거."

길수는 고개를 저으며 진지한 표정으로 말했다.

"아니, 그게 아니야. 그냥… 뭐랄까. 다르단 말이지. 그 느낌이랑…."

박 과장이 코웃음을 쳤다.

"야, 넌 진짜 연구원답다. 치킨 맛 하나를 이렇게 분석하고 난리냐? 근데 말이지, 그거 그냥 네 어릴 적 기억에 필터 씌워진 거 아니냐? 미화된 추억 같은 거."

길수는 억울한 표정으로 고개를 세차게 저었다.

"아니라니까. 그건… 완벽한 경험이었어. 분명 다시 찾을 수 있는 맛이야. 다시 못 찾았을 뿐이지!"

그날 이후 그는 '옛날통닭'이라는 간판만 봐도 가슴이 뛰었다. 점점 일이 커지기 시작했다. 바쁜 일상 속에서도 그는 집요하게 시간을 쪼개냈다. 인터넷에 '전국의 옛날통닭 맛집'을 검색하며, 프린트한 목록을 손에 들고 하나하나 지워나갔다.

그러던 어느 날, 그의 극성을 참다못한 아내가 카톡 메시지 하나를 보내왔다.

"여기 한번 가봐. 여긴 진짤지도 모르지."

토요일. 그는 평소보다 이른 시간에 벌떡 일어나 부엌으로 갔다. 대충 컵라면으로 허기를 채우고, 재빨리 준비를 마친 뒤 차에 올라탔다. 몇 시간을 달려 도착한 가게는 기대감을 배신하지 않는 외관이었다. 허름한 간판, 오래된 나무문 밖에는 사람들이 줄지어 서 있었다.

뜨겁고 매콤한 향이 물씬 풍기는 통닭 한 마리가 그의 앞에 놓였다. 그는 숨을 고르고 닭다리를 집어 들었다. 한입.

… 그리고, 실망.

양념은 첫맛부터 지나치게 달았다. 설탕의 강렬한 단맛이 혀를 지배했고, 매콤함은 얕게 스치다 사라졌다. 닭살은 퍽퍽하기만 했고, 육즙이라고는 찾아볼 수 없었다.

집으로 돌아오는 길, 그는 차창 밖으로 스치는 풍경을 멍하니 바라보다가 한구석에 차를 세웠다. 그의 머릿속에는 질문이 맴돌았다.

'왜일까. 왜 그 맛은 어디에도 없는 걸까?'

어느 날 문득 길수는 노트북 바탕화면에 '옛날 양념통닭 맛 상실의 원인 분석' 파일을 열었다. 별생각 없이 스크롤하던 중, 그의 시선은 한 대목에서 멈췄다.

맛에 대한 기억은 단순히 미각이 아닌, 감정과 환경적 요소가 결합된 형태로 뇌에 저장된다.

그는 적어도 어릴 적 먹었던 양념통닭의 맛만큼은 단순히 재구성된 기억이 아니라고 믿었다. 첫입을 먹는 순간, 그 맛을 정확히 알아볼 수 있을 것이라는 강렬한 확신이 있었다.

'맛은 혀가 기억하는 것이 아니라, 뇌가 기억하는 것이다.'

길수는 이 명제를 중심에 두고 생각을 확장했다. 기억은 전기적 신호다. 신경망 어딘가에 저장된 데이터라면, 그것을 불러오고, 복제하고, 심지어 타인에게 전송할 수 있지 않을까?

만약 가능하다면, 자신이 어릴 적 먹었던 양념통닭의 완벽한 맛도 되살릴 수 있지 않을까?

그러나 길수가 속한 연구소는 조금 달랐다. 현재 연구소의 주요 프로젝트는 '정신적 과부하를 줄이는 뉴로 인터페이스 개발'이었다. 길수의 '기억의 복원' 연구는 이와는 전혀 다른 방향이었다.

어느 날, 팀장이 그를 불렀다.

"길수 씨, 기억의 이식이 얼마나 대단한지는 나도 알아. 근데 아직은 시기상조야."

길수는 침착하게 반박했다.

"저는 타인에게의 이식을 말하는 것이 아닙니다. 셀프 이식부터 출발하는 겁니다. 제 자신의 기억을 되살리는 거죠."

"딱 하나만 묻자."

팀장의 목소리는 낮고 냉정했다.

"그게 돈이 돼?"

대답할 말이 떠오르지 않았다. 가끔 자신을 조롱하는 동료들의 목소리가 들려왔다.

"길수 원래 치킨 덕후로 유명해. 그래서 저러는 거라며?"

"작년에 제주도에 있는 치킨집까지 찾아갔다가 비행기가 안

떠서 출근 못 한 적도 있잖아."

"아니, 자기 입맛 만족시키겠다고 연구 예산 쓰려고 하는 건 좀 심하잖아."

결국, 참을 수 없었다. 그의 열정과 목표를 이해하는 사람은 아무도 없었다.

며칠 뒤, 길수는 조용히 퇴직서를 제출했다.

이브의 탄생

15년 후. 세상은 이미 상상 이상으로 변해 있었다.

서길수 박사, 아니 이제는 서 CEO로 불리는 그는 차분히 인터뷰를 준비 중이었다. 카메라 앞에 앉은 그의 표정은 성공한 사업가 특유의 자신감과 여유로 가득했다.

"거의 15년, 16년쯤 됐을 겁니다."

서 CEO는 웃음기 어린 눈빛으로 과거를 더듬었다.

"회사를 박차고 나와, 제 손으로 저가형 EEG 장비를 구입했죠. 당연히 그 과정에서 가족들의 반대가 심했습니다. 생계는 점점 어려워졌고요. 결국, 아내는 친정으로 돌아가야 했고 저는 고시원으로 들어갔습니다. 하지만 연구는 멈추지 않았습니다."

"그 모든 걸 감수하면서도, 포기하지 않으신 이유가 궁금합니다.”

“또 옛날치킨 얘기를 듣고 싶은 거군요.”

그는 호탕한 웃음을 지으며 고개를 끄덕였다.

“맞아요. 그것은 정말 엄청난 동력이 되었습니다. 처음 셀프 이식에 성공하고, 그 기억 속 맛이 혀끝에 되살아났을 때의 전율은… 아직도 그 순간을 떠올리면 가슴이 벅차오릅니다.”

그는 잠시 말을 멈추고 눈을 감았다가 다시 떴다.

“그때 많은 사람들이 의문을 제기했죠. 타인의 특별한 기억도 아닌, 고작 자신의 과거 한 조각을 되살리는 데 누가 돈을 쓰겠느냐고요. 하지만 저는 확신했습니다. 누군가에게는 그 기억이 평생을 걸 만큼 소중할 수 있다는걸요. 그리고 그걸 다시 느낄 수 있다면, 사람들은 반드시 값을 치를 준비가 되어 있다고 믿었습니다. 무엇보다… 제가 그랬으니까요.”

“결국 박사님께서 개발하신 기술은 타인의 기억을 이식하는 데까지 이르렀고, 그 기억을 바탕으로, 이전에는 상상도 못 한 체험이 가능해졌죠. 그야말로 시대를 바꾼 기술이라고 평가받는데요. 정확히 어떤 방식으로 그런 기술이 구현된 건지, 간단히 설명해주실 수 있을까요?”

서 CEO는 잠시 생각에 잠겼다가, 이내 강연을 시작하듯 차분히 입을 열었다.

"기억은 전기적 신호입니다. 뇌의 특정 신경망에 저장된 데이터죠. 이 데이터를 추출해 디지털화한 뒤, 새로운 뇌 구조에 맞춰 다시 입력하는 방식입니다. 단순한 데이터 전송이 아닙니다. 감각, 감정, 심지어 무의식까지 포함되니까요.

즉, 특정 순간의 생생한 경험을 타인의 신경망 안에서 되살리는 겁니다."

그는 잔잔한 미소를 지으며 덧붙였다.

"쉽게 말하면, 제 기술은 기억을 '다른 삶으로 향하는 창문'으로 만들어줍니다. 사람들은 그 창문을 통해 자신의 과거를 되살리거나, 누군가의 특별한 순간을 그대로 체험할 수 있는 거죠."

"타인의 기억을 체험한다니, 듣기만 해도 경이롭습니다. 그런데 타인의 경험을 느끼는 건 구체적으로 어떤 기분인가요?"

진행자는 호기심을 감추지 못한 채 몸을 앞으로 기울였다.

서 CEO는 미소를 지으며 잠시 생각에 잠겼다.

"그건… 마치 영화를 보면서 동시에 그 주인공이 되는 느낌입니다. 그 순간의 냄새, 온도, 소리, 감정까지— 모든 감각이 고스란히 전달되지요. 이를테면, 누군가 에베레스트 정상에 올랐던 기억이라면, 그 이식을 받은 사람은 살을 에는 추위, 희박한 산소로 인한 숨 막힘, 그리고 정상을 밟는 찰나의 벅찬 감동까지… 그대로 체험할 수 있습니다.”

“정말 놀라운데요. 하지만 혹시… 그런 기술이 윤리적으로 문제가 될 가능성은 없을까요?”

진행자의 목소리엔 미묘한 우려가 섞여 있었다.

“그것이 저희도 가장 우려했던 부분 중 하나입니다.”

서 CEO의 목소리가 한층 낮아졌다.

“기억은 아주 개인적인 영역입니다. 타인의 기억을 공유하려면 반드시 본인의 명시적 동의가 필요하고, 법적으로도 엄격히 보호되고 있죠. 하지만 기술이 발전하면서 예상치 못한 질문들이 생기기 시작했습니다. 이식을 받은 사람이 그 기억 속 감정을 마치 자기 것처럼 받아들이게 되면, 심리적인 혼란이 생길 수 있습니다. 특히 고통스러운 기억일 경우엔 그 영향이 더 깊고, 위험할 수도 있지요.”

서 박사는 고개를 끄덕이며 말을 이었다.

“그래서 초기에는 즐거운 기억만 이식하도록 제한했습니다. 예를 들어, 누군가의 첫사랑, 유년 시절의 행복한 순간, 혹은 세계 여행에서 겪은 황홀한 경험 같은 것들이죠. 이 기술은 엄청난 가능성을 지닌 도구이지만, 동시에 극도로 신중하게 다뤄야 할 대상이기도 합니다.”

“아. 그렇군요. 그럼 이쯤에서, 조금은 엉뚱한 질문 하나 드려도 될까요? 개인적으로 궁금한 부분인데요. 칩을 개발하신 이후라면, 그토록 원하시던 양념통닭을 이제 매일 드실 수 있으시겠어요. 실제로 그렇게 하시나요?"

진행자의 장난 섞인 질문에 서 박사가 웃음을 터뜨렸다.

"아니요. 저는 1달에 딱 한 번으로 제한했어요. 기억을 꺼내와도 같은 음식을 자주 먹으면 물리는 건 똑같습니다. 행복을 위해 횟수를 제한한 건, 그만큼 오래 즐기고 싶어서죠. 저에겐 너무나도 소중한 음식이니까요. 오래도록 유지하고 싶어요. 하하."

"아… 나름의 철학이 있으시군요. 이런 서 박사님의 인간적인 면 때문에 더욱 인기가 많은 것 같네요."

훈훈한 분위기 속에서 인터뷰는 마무리되었다.

• • •

그리고 얼마 후, 서 박사의 신기술이 세상에 모습을 드러냈다.

이름하여 '이브(EVE)'.

'Enhance Visualized Experience'의 약자에서 따온 이브는, 기억을 단순히 불러오는 것을 넘어 생생하게 재현하는 기술이었다. 동시에, 최초의 인간 '이브'에서 영감을 받아 새로운 경험의 시작을 상징하는 이름이기도 했다.

출시 당일, 이브는 전 세계적으로 폭발적인 반응을 불러일으켰다.

본사의 첫 체험센터는 예약자들로 발 디딜 틈이 없었고, 이른 아침부터 대기 줄이 길게 늘어섰다. 마치 대형 세일이 시작된 백화점을 방불케 하는 풍경이었다.

"정확히 9시에 문을 엽니다! 줄을 서신 순서대로 안내해 드리겠습니다!"

직원들이 목청을 높여 안내하는 동안에도, 사람들은 이미 자신의 소중한 기억이 다시 펼쳐질 순간을 상상하며 흥분을 감추지 못했다.

첫 번째 체험의 기회를 얻은 고객이 설렘과 긴장이 뒤섞인 얼굴로 이브의 헤드셋을 착용했다. 가벼운 진동음과 함께 장치가 작동하자, 고객의 눈이 사르르 감겼다. 몇 초 만에 그의 얼굴이 환한 놀라움으로 물들었다.

"이건… 믿을 수 없어요."

그의 목소리가 떨렸다.

"정말 제가 10살 때, 아버지가 뒤에서 자전거를 밀어주시던 그 순간으로 돌아갔어요. 그때의 바람 냄새까지도…"

그는 감격에 젖은 얼굴로 허공을 더듬으며 말을 이었다.

"돌아가신 아버지의 손길, 그 따스함까지… 모두 느껴져요."

같은 시간, 본사 발표회장.

서 박사는 잔잔한 미소를 지으며 천천히 단상으로 올라섰다. 그의 뒷편, 커다란 스크린에는 이브의 로고와 함께 슬로건이 선명하게 떠올랐다.

당신의 기억, 당신의 경험, 당신의 이브.

그는 마이크 높이를 조정하며 잠시 청중을 둘러보았다. 발표장을 가득 메운 이들의 시선이 그를 향했다.

"이브는 단순히 기억을 불러오는 장치가 아닙니다."

그의 목소리는 낮고도 명료하게 울렸다.

"이브는 잃어버린 시간을 되찾는 창문이자, 새로운 감각을 여는 문입니다. 우리가 살아가며 놓쳐버린 순간들, 그 소중한 기억들이 지금 이곳에서 다시 되살아납니다."

말을 맺는 순간, 발표장은 박수갈채로 가득 찼다.

체험센터 앞에서 줄을 선 사람들의 설렘 어린 웅성거림, 체험 부스에서 울려 퍼지는 감동의 목소리, 그리고 발표회장의 뜨거운 반응이 뒤섞이며 이브는 출시 첫날부터 세상을 뒤흔들고 있었다.

셀프 이식은 비교적 간단했다. 추출된 한 사람의 기억을 전기적 신호로 변환해 다시 뇌에 재삽입하는 과정이었기 때문이다. 이미 익숙한 기억을 떠올리며 재경험하는 건 뇌에게도 자연스러운 일이었다. 하지만 타인 이식은 전혀 다른 차원의 도전이었다.

먼저, 매력적인 기억이 필요했다. 사람들의 관심을 끌 만한 특별하고 강렬한 순간들. 그 기억을 추출하기 위해선 소유자가 특정한 기억에 깊게 몰입해야 했고, 그 몰입 상태에서 뇌가 발생시키는 특정한 뇌파를 정밀하게 포착해 이를 디지털화해야 했다. 원리는 단순해 보였지만, 현실은 생각보다 복잡하고 까다로웠다.

기억을 추출하는 과정은 매 순간이 도전이었다. 자칭 '특별한 경험'의 소유자들이 연구소를 찾아왔다. 어떤 이는 유년 시절에 겪은 초현실적 사건을 떠올렸고, 또 다른 이는 세계 일주 중에 본 황홀한 풍경을 이야기했다. 하지만 정작 그들에게 기억에 몰입하도록 유도했을 때, 뇌파는 기대만큼 강하게 반응하지 않았다.

"그게 정말 당신이 말한 대로 특별한 기억이 맞나요?"

연구원들이 조심스럽게 묻곤 했다. 그러면 대상자들은 잠시 머뭇거리거나 어색하게 웃으며 대답을 돌렸다. 아마도 그 기억은 본인들이 주장하는 만큼 강렬하지 않았거나, 시간이 지나며 과장되고 미화되었을 가능성이 컸다.

더욱이 모집자들 중에는 강렬한 성경험을 이야기하며 찾아오는 이들도 있었다. 그들은 저마다 자신이 가진 기억이 얼마나 독특하고 자극적인지를 강조했다. 서 박사는 그들의 말을 굳이 의심하지는 않았다. 그러나 이 기술을 처음부터 흥미 위주의 소비재로 만들고 싶지는 않았다. 오감을 100퍼센트 만족시키려면 아직 기술적으로 부족한 점도 많았지만, 무엇보다 그는 이 기술이 단순히 쾌락이나 자극에 그치지 않기를 바랐다.

전설의 시작, 램튼 심포니

대신, 타인의 기억 이식 연구에서 서 박사가 집착한 부분은 단연 미각이었다. 그는 어시스트들과의 회의에서 늘 이렇게 말했다.

"헤밍웨이 말 알지? 감정과 연결된 가장 원초적인 감각이 미각이라잖아. 이건 본능이야. 그리고… 심플하잖아. 그치?"

서 박사는 미각 연구만큼은 자신이 있었다. 그가 양념통닭의 맛을 되살리려던 집요한 노력을 이제 타인의 미각을 끌어내고 만족시키는 기술로 확장시키고자 했다. 그러나 이 연구를 완성하기 위해선 반드시 필요한 조건이 하나 있었다. 미각에 누구보다 진심이며, 그 감각을 예술로 끌어올릴 수 있는 특별한 인물이었다.

그는 과감한 결정을 내렸다. 세계적 셰프 아서 램튼을 초빙

하기로 한 것이다.

"램튼? 그 램튼을?"

회의실 분위기가 순식간에 달아올랐다. 세계적 셰프인 아서 램튼과의 협업이라니―

맛의 기억을 복원하는 실험을 넘어, 프로젝트 자체의 위상을 한 단계 끌어올릴 수 있는 기회일 것이다. 아서 램튼은 단순한 셰프가 아니었다. 그는 전 세계 고급 레스토랑에 혁신적인 요리를 선보이며 미각의 경계를 확장한 인물이었다. 요리에 관한 한 그 누구도 그를 따라올 수 없다는 평가를 받고 있었다.

"그는 맛의 천재야. 최고의 음식을 먹어봤고, 만들어봤고 그 경험을 기억으로 온전히 간직한 사람이야. 그의 기억을 추출한다면? 인류는 처음으로, 진짜 미각이 무엇인지 알게 된다는 거지."

"박사님, 꼭 드셔본 것처럼 그러시네요?"

"솔직히 말하면 나도 먹어보고 싶어서 그래."

그러나 아서 램튼을 설득하는 일은 결코 쉽지 않았다. 초청 요청을 받은 램튼은 처음부터 단호한 태도를 보였다.

"제 요리는 맛 이상의 의미가 담긴 순간의 예술입니다. 기억으로 복제한다는 건 그 과정과 의미를 전부 무시하겠다는 뜻

아닙니까?"

그는 자신의 요리가 기술로 해석되고, 상업적으로 복제되는 개념 자체에 강한 거부감을 품고 있었다. 요리는 창작자의 혼이 담긴 결과물이며, 그것이 데이터로 환원되는 순간 본질을 잃는다고 생각했던 것이다.

하지만 서 박사는 포기하지 않았다. 직접 아서 램튼을 찾아간 그는 진지한 목소리로 말을 꺼냈다.

"램튼, 당신의 요리는 이미 전설이에요. 하지만 전 세계 모든 이들이 당신의 레스토랑에 갈 수 있는 건 아니죠. 제가 제안하는 건, 그 불가능을 가능으로 만드는 겁니다. 당신의 요리를 경험하고 싶어하는 사람들이 세계 각국에서 당신의 이름을 외치게 될 겁니다."

서 박사는 이미 검증된 안전성 데이터를 제시하며, 램튼이 우려하는 기술적·윤리적 문제에 대해 하나씩 차분히 설명했다. 부작용 가능성을 철저히 통제하겠다는 보증도 덧붙였다. 그리고 마지막으로, 업계에서 전례 없는 수준의 금액을 제안했다.

긴 침묵이 흘렀다.

결국, 램튼은 결단을 내렸다.

"내 요리를 제대로 이해할 수 있는 사람이라면… 해보죠."

그렇게 천신만고 끝에, 아서 램튼은 마침내 한국 땅을 밟았다.

서 박사는 램튼을 조용한 실험실로 안내하며, 기억 추출 장비가 놓인 의자로 안내했다. 방 중앙에는 최신형 EEG 캡이 연결된 고해상도 뇌파 분석기가 빛을 내며 대기하고 있었다.

"이 장비를 착용하면 특정 기억에 몰입할 때 발생하는 뇌파를 실시간으로 캡처할 수 있습니다. 기억의 강도가 충분히 높으면 디지털 신호로 변환할 수 있죠."

램튼은 말없이 고개를 끄덕이며 EEG 캡을 머리에 씌웠다. 서 박사가 조작 패널을 누르자 장비가 활성화되며 램튼의 뇌파가 스크린에 나타났다. 초기 화면에는 단조로운 곡선들이 느리게 그려졌다.

"이제, 당신의 미각이 기억하는 그 완벽한 한 조각을 불러와 주세요. 맛, 향, 그리고 그 순간까지 전부요."

서 박사의 차분한 목소리에 램튼은 깊게 숨을 들이쉬며 천천히 눈을 감았다.

처음에는 별다른 반응이 없었다. 그러나 몇 초 후, 화면에 미세한 변화가 일기 시작했다. 진폭이 점점 커지더니, 이내 복잡하고 독특한 파동을 만들어냈다. 파동의 패턴은 일정하지 않았고, 때로는 강렬한 진폭을 그리며 튀어 올랐다.

램튼은 놀라울 정도로 깊이 몰입한 상태였다. 이마에 맺힌 땀이 한 줄기 흘러내렸지만, 그의 표정은 흔들림 없이 고요했다.

"트러플 라비올리의 첫 향부터 떠올려 보겠습니다."

"진폭이 안정적입니다. 기억이 매우 선명하군요."

램튼의 몰입은 계속되었다.

"이제 태국의 길거리에서 먹었던 매운 카레입니다. 혀를 얼얼하게 했던 매운맛과 코끝을 자극했던 강렬한 향신료… 아. 정말 훌륭한 맛입니다."

각 요리를 떠올릴 때마다 스크린에는 고유한 뇌파 패턴이 형성되었고, 데이터는 점점 풍부해졌다. 시간이 흐를수록 램튼의 집중은 더욱 깊어졌다. 그의 몰입은 방해받을 틈이 없어 보였다.

서 박사가 조심스럽게 물었다.

"괜찮으십니까? 잠시 쉬셔도 됩니다."

"제가 엄선한 100가지 요리 중 아직 92가지가 남아 있습니다. 계속하시죠."

그리고 마침내, 비프 웰링턴의 기억에 도달했을 때였다. 뇌파의 진폭이 폭발적으로 증가하며, 화면에는 강렬하고 복잡한 패턴이 펼쳐졌다. 방 안의 공기가 한순간 얼어붙은 듯, 서 박사와 어시스트들은 숨을 죽인 채 그 광경을 지켜보았다.

시간이 흐르면서 그의 집중은 더욱 깊어졌다. 10번째, 20번째, 50번째 요리를 떠올리는 동안, 저장된 데이터의 양은 방대해졌다. 램튼은 맛과 식감만 복원하는 것이 아니라, 요리를 먹었던 순간의 온도, 공기의 질감, 그리고 배경의 소리까지 되살려내고 있었다.

긴 세션 끝에, 마침내 100가지 요리의 기억이 모두 추출되었다. 램튼은 고개를 들어 서 박사를 바라보며 말했다.

"이제, 이것들이 어떻게 사용될지 기대되오. 기억이 상품이 되는 시대라니. 정말 흥미로운 세상이군."

"이제부터는 감각이 곧 시장입니다. 그리고 당신의 기억이 그 시작이 될 겁니다."

그렇게 '램튼 심포니(Lampton Symphony)'가 출시되었다.

서울 늘봄 3호 대리점의 유리문이 부드럽게 열렸다. 날렵한 회색 슈트와 반듯하게 다려진 셔츠 칼라, 얇은 검은 테 안경까지, 모든 것이 정확히 계산된 듯한 걸음으로 들어서는 순간, 공기가 묵직하게 가라앉았다.

임현도였다.

그는 업계에서 '레스토랑의 저승사자'라 불리는 평론가였다.

그가 리뷰를 남긴다는 소문이 돌면 미슐랭 3스타 레스토랑조차 긴급회의가 열리고, 셰프는 기도로 밤을 지새울 정도였으니, 그 별명이 우스갯소리만은 아니었다.

임현도의 글은 메스처럼 예리했다. 하나의 흠도 용서 없이 도려내며 레스토랑의 운명을 뒤흔들어놓곤 했다.

몇 년 전, 강남의 고급 프렌치 레스토랑 '루셰'는 임현도의 혹평에 결국 문을 닫는 지경에 이르렀다.

"이곳의 음식은 우아한 척 격식을 차리고 있지만, 정작 한 입을 넣는 순간 싸구려 소스의 빈약함이 입안에 퍼진다. 주방장이 만든 게 아니라, 초보 요리사가 소스병을 흔들다 실수로 쏟은 맛이다. 42만 원짜리 코스 요리라고? 4만 원이어도 아깝다."

임현도의 글은 단 이틀 만에 SNS와 미식 포럼을 휩쓸었고 그 여파는 치명적이었다. 셰프는 SNS에 울분을 토하는 장문의 해명글을 올리며 '오해'라고 주장했지만, 한 번 등을 돌린 고객들은 돌아오지 않았다.

임현도의 비평은 냉철했다. 그는 맛, 식감, 향, 플레이팅, 심지어 접시의 온도까지도 분석했다. 그의 글에는 잔혹한 비수가 숨겨져 있었지만, 동시에 기준과 논리가 확고했다.

물론 그가 극찬한 레스토랑은 하루아침에 급부상하기도 했다. 한때 상수동의 작은 비스트로는 그의 칭찬 한마디로 예약이 폭주하며 대성공을 거두었다. 그를 '미식의 정수'라 부르며 추종하는 사람들도 있었지만 악평을 당하는 이들에게 그는 그저 공포스러운 존재일 뿐이었다.

체험실로 안내받은 임현도는 차갑고 깔끔한 흰색 공간에 들어섰다. 절제된 미니멀리즘이 돋보이는 실내를 천천히 둘러보던 그의 표정은 여전히 무미건조했다. 흥미도, 불만도 아닌 그저 평가를 시작하려는 사람 특유의 냉정함이 감돌았다. 의자에 앉자, 그는 양복 안쪽에서 작은 손수건을 꺼내 조심스럽게 펼쳤다. 잘 다려진 린넨 손수건은 흰색 바탕에 얇은 청색 테두리가 선명했다. 손수건을 목에 두르며 그가 말했다.

"코스 A."

그의 목소리는 낮고 건조했으며, 마치 시간이 아깝다는 듯 짧게 끊겼다.

뉴로 인터페이스 기기 '이브'가 그의 머리를 감싸자, 실험실 안의 직원들은 그의 작은 움직임 하나하나를 숨죽이며 지켜보았다. 곧 기계가 작동하며 코스 A의 첫 요리가 시작되었다.

임현도는 포크를 집어 들고, 접시 위의 가상의 음식을 천천히 씹어 삼키는 듯한 제스처를 취했다. 다음 요리가 나왔을 때도 그의 표정은 여전히 무미건조했지만, 아주 작은 움직임들이 포착되었다. 눈썹이 미세하게 떨리거나, 숨이 순간 멈추는 듯한 반응들이 이어졌다.

1시간가량의 식사를 마친 임현도는 천천히 '이브'를 벗어냈다. 손수건으로 입가를 닦는 그의 손길은 여전히 차분하고 정제되어 있었다. 늘봄의 직원들뿐 아니라 대기 중이던 방문객들까지 모두 숨죽인 채 그의 입술만을 주시하고 있었다. 그는 의자를 살짝 뒤로 밀며 자세를 고치더니, 특유의 무심한 어조로 단 한마디를 남겼다.

"아서 램튼이라… 내 취향을 정확히 꿰뚫은 유일한 사람이군요."

그날 이후, 임현도는 늘봄의 단골이 되었다. 엄격한 예약제로 운영되는 곳이었지만, 예기치 않게 대기 시간이 길어져도 그는 불평하지 않았다. 오직 자신의 차례를 묵묵히 기다릴 뿐이었다.

램튼 심포니의 모든 메뉴를 경험할 때까지, 늘봄은 그의 유일한 선택지였다. 임현도가 짧은 탄성을 내뱉거나, 남몰래 눈물을 훔쳤다는 목격담도 조용히 퍼져 나갔다.

두 번의 몰락

덱스의 어린 시절, 집에 돌아오면 엄마는 늘 연습실로 들어가 모습을 감췄다. 가족 공간이라고 할 만한 거실은 늘 텅 비어 있었고, 오직 집을 채우는 것은 엄마의 피아노 소리뿐이었다. 엄마는 세계적인 피아니스트였고, 그래서 늘 해외를 떠돌았다.

자연스럽게 덱스도 피아노를 배우기 시작했다. 엄마는 그에게 손가락의 위치를 잡아주며 부드럽게 웃어 보였다.

"덱스, 이것이 네 마음을 표현하는 출구가 되어줄 거란다."

덱스는 그런 엄마의 손끝을 따라 피아노 건반을 눌렀다. 그의 재능은 일찍이 빛을 발했다. 손가락이 건반을 스칠 때마다 소리는 예쁜 궤적을 남기며 그의 귓속을 파고들었다.

그러던 어느 날이었다. 가정교사와 엄마가 나누는 대화가 어렴풋하게 문틈으로 새어 나왔다.

"나는 7살 때 이미 쇼팽의 이별곡을 완벽히 쳤어요. 저 정도면 확실히 느린 편이에요. 아무래도 제 수준까지 끌어올리기는 힘들 것 같아요."

그다음 날, 덱스의 손에 쥐어진 것은 바이올린이었다. 이제는 열 손가락으로 건반을 두드리는 대신, 가느다란 활을 쥐고 현을 켜야 했다. 그것은 피아노와는 전혀 다른 감각이었다. 음악에 대한 이해도가 빠른 덱스는 곧잘 소리를 만들어내긴 했지만, 연습 시간은 언제나 고역이었다. 매일 지루하게 반복되는 긴 시간은 그의 작은 어깨를 무겁게 짓눌렀다.

하지만 연습이 끝난 후에는 항상 보모 카밀이 덱스를 기다리고 있었다. 카밀은 덱스를 안고 부드러운 목소리로 동화책을 읽어주곤 했다.

그날도 부모님이 며칠째 자리를 비운 밤이었다. 천둥 소리가 창문을 울리고, 번개의 섬광이 방안을 가르자, 덱스는 베개를 끌어안고 망설임 없이 카밀의 방으로 향했다. 카밀에게서는 늘 달콤하고도 포근한 향기가 났다. 카밀의 팔에 안기자마자 외로움과 두려움은 온데간데없이 사라지고, 세상에서 가장 안전한 곳에 있는 듯한 기분이 들었다.

"카밀, 이건 무슨 음악이야?"

덱스가 물었다. 방 안에는 낯선 멜로디가 흐르고 있었다. 카밀은 환히 미소 지으며 턴테이블의 볼륨을 높였다.

"덱스, 들어볼래? 이 밴드는 레드 제플린이야. 기타 소리가 우리 안에 갇혀 있던 열정을 깨우고, 보컬은 그 열정을 자유롭게 외치는 소리 같아. 그들은 규칙에 얽매이지 않고, 음악으로 완전한 자유를 보여주는 사람들이지."

덱스는 낯선 음색에 귀를 기울이며 멍하니 턴테이블을 바라봤다.

"이제 이건 지미 헨드릭스의 〈Drifting〉이라는 곡이야."

한 곡이 끝나자 카밀은 엘피를 바꿔 끼웠다.

"그의 기타 소리는 마치 말하는 것 같아. 진짜 소울을 담고 있지."

카밀은 눈을 감고 음악에 맞춰 천천히 몸을 흐느적이며 덧붙였다.

"지미도 힘든 시절을 보냈어. 어린 시절엔 가난 때문에 기타 하나도 제대로 갖지 못했지. 허름한 중고 기타를 겨우 구한 후에 그는 그 모든 외로움과 열정을 기타로 풀어냈지. 그의 연주는 그가 살아온 인생 그 자체야."

덱스는 눈을 크게 뜨고 멜로디에 귀를 기울였다. 가슴 깊숙한 곳에서 무언가가 일렁이는 듯했다. 끝없이 떠도는 영혼을 닮은 그 곡은 덱스의 마음을 뒤흔들어놓았다.

"저 사람… 많이 슬픈가 봐. 근데 또… 그게 너무 아름다워."

카밀은 덱스의 머리를 살며시 쓰다듬으며 부드럽게 미소 지었다.

"대단한데, 덱스? 내가 봤을 땐 너도 기타를 잘 칠 것 같아. 그런 느낌이 들어. 넌 뭐든 할 수 있어. 네 안에 그런 힘이 있어."

그 후로도 종종 덱스는 부모님이 없는 날이면 카밀의 방에서 그녀와 함께 엘피를 들었다.

카밀은 덱스에게 음악 이야기를 들려주는 것을 무척 좋아했다. 다양한 록밴드들의 연주 영상을 함께 보며, 덱스는 작은 손가락을 꼼지락거리며 기타 연주를 흉내 내곤 했다. 아무도 들을 수 없는 소리였지만, 덱스의 마음속에서는 기타가 울부짖듯 선명하게 연주되고 있었다.

덱스는 가끔 작은 바이올린 콩쿠르에 나갔다. 몇 번 작은 상을 받기도 했고, 입상하지 못한 적도 많았다. 하지만 바이올린을 그만두겠다는 말은 차마 꺼낼 수 없었다.

덱스가 처음으로 기타를 손에 쥐고 진짜 연주를 시작할 수 있었던 건 13살, 학교 밴드부에 들어가고 나서부터였다. 수업이 끝나면 덱스는 곧장 밴드부 동아리실로 뛰어갔다. 기타를 손에 쥐고 앰프를 연결하는 순간, 흑백이던 세상이 눈부신 컬러로 변하는 기분이었다. 기타 줄을 튕길 때마다, 그 진동은 그의 심장 깊은 곳까지 울려 퍼지는 것 같았다. 연습이 계속될수록 손끝은 살갗이 벗겨질 듯 아려왔지만, 앰프를 통해 폭발하는 사운드는 그 모든 아픔을 무색하게 만들 만큼 강렬했다. 덱스는 오직 그 순간에만 진정으로 숨을 쉴 수 있었다.

빠른 속도로 실력이 늘어나면서, 덱스는 점점 더 많은 곡을 연주할 수 있게 되었다. 교문이 완전히 닫히는 오후 6시 이후에도 그는 여전히 기타를 내려놓고 싶지 않았다.

기타를 집에 가져올 수 있는 날은 엄마가 해외 공연을 떠난 때뿐이었다. 그러나 연주회를 준비하며 엄마가 집에 머무는 날이면, 빈손으로 방에 틀어박혀 있는 시간이 견딜 수 없을 만큼 아까웠다. 어떤 날은 윙윙대는 기타 소리를 흉내 내며 잠꼬대를 하기도 했다.

엄마와 키가 비슷해질 무렵, 덱스는 결단을 내려야 했다. 기타 가방을 어깨에 메고 집으로 들어온 것이다. 예상보다 엄마의 반대는 막강했다. 그녀는 고래고래 소리를 지르며 덱스를 몰아붙였고, 더 이상 대화가 통하지 않자 위스키 한 병을 들고 방으로 들어가 한참 동안 나오지 않았다.

덱스는 오히려 그 시간 동안 자기 방에서 기타를 실컷 연습할 수 있다는 것에 묘한 해방감을 느꼈다. 엄마의 감정 따위는 신경 쓸 여력이 없었다.

이틀째 카밀이 보이지 않자, 덱스는 이상한 기분이 들었다. 그는 무심코 그녀의 방문을 열어보았다. 그러나 그녀의 방은 깨끗이 비워져 있었다. 덱스가 카밀의 행방을 물었을 때, 엄마는 위스키 잔을 손에 쥔 채 담담하게 대꾸했다.

"진작 내쫓았어야 했어."

덱스는 그 말에 가슴이 덜컥 내려앉았다. 엄마가 덱스와 카밀 사이에 있었던 비밀스러운 교감을 알고서 그 책임을 카밀에게 물었던 것일까? 나중에야 알게 된 거지만, 엄마는 아빠와 카밀 사이를 깊이 의심하고 있었다. 아빠와 카밀이 정말 그렇고 그런 관계였는지, 덱스는 여전히 알지 못했다. 다만 덱스에게는 그 모든 의심과는 상관없이 카밀과의 시간이 그리워 견딜 수가 없었다.

엄마의 우울증은 점점 깊어져 갔다. 한때 전 세계를 무대로 찬사를 받던 피아니스트였지만, 이제는 무대에 오르는 것은커녕 건반 앞에 앉아 있는 것조차 버거워 보였다. 동시에 아빠의 사업도 가파른 내리막길을 걷고 있었다.

사업이 점차 한계에 다다르던 어느 날, 아빠의 오래된 지인으로부터 동업 제안이 들어왔다. 그것은 기회라기보다는 마지막 생명줄처럼 보였다. 덱스가 18살이 되던 해, 가족은 모든 것을 정리하고 한국으로 돌아오게 되었다.

어눌한 한국어와 소극적인 성격 탓에 덱스가 친구를 사귀는 건 쉽지 않았다. 학교에서 하루를 간신히 버텨내고 집으로 돌아오면, 집안은 더 차갑고 숨이 막혔다.

엄마는 하루 종일 소파에 기대어 술잔을 기울이며 멍하니 창밖을 보았다. 그러고는 꼭 입버릇처럼 하는 말이 있었다.

"넌 나 정도는 아니어도, 바이올리니스트로 어느 정도는 올라가길 바랐다. 내가 다 길을 닦아줬잖니. 니가 내 뜻만 따랐으면, 내 뜻만 따라줬더라면…"

아무런 대꾸 없이 덱스는 방문을 닫았다. 기타를 손에 쥐고 앰프를 켜는 순간, 폭발하듯 울리는 소리가 방 안을 가득 채웠다. 땀이 흐르고 손끝이 무뎌질 때쯤, 그는 겨우 침대에 몸을 뉘일 수 있었다.

• • •

그러던 어느 날, 덱스는 인터넷 서핑을 하다가 한 공고에 시선을 멈췄다. 이름만 들어도 알 법한 대형 기획사에서 밴드 멤버를 모집한다는 내용이었다."

'미래의 밴드 히어로를 찾습니다.'

짧고 강렬한 문구가 그의 심장을 쿡 찔렀다.

'이거다.'

덱스는 망설임 없이 지원서를 작성했다. 오디션 당일, 기타를 손에 쥔 채 스튜디오 무대에 올랐다. 그의 연주는 사람들의 시선을 사로잡기 충분했다. 결과는 합격이었다.

하지만 들뜬 마음도 잠시, 선발된 멤버들을 본 순간 묘한 기분이 들었다. 하나같이 영화 속에서 튀어나온 듯한 꽃미남들이었다. 긴 손가락에 잘 다듬어진 헤어스타일, 카메라를 향한 눈웃음까지. 그들의 미소는 반짝였지만, 덱스의 눈에는 낯설고 어딘가 불편했다.

'밴드가 아니라 아이돌 그룹 같은데.'

기획사의 의도가 뻔히 읽혔지만, 어쨌든 이것은 흔치 않은 기회였다.

'내 음악과 이들의 얼굴이 합쳐지면 뭐라도 만들어지겠지.

요즘 세상에 누가 정통 록 따위를 듣는다고.'

덱스는 복잡한 생각을 털어내며 기타 케이스를 다시 움켜쥐었다. 지금은 깊이 따질 때가 아니었다. 일단 뭐라도 시작하고 움직여야 했다.

덱스가 작곡한 첫 곡의 반응이 너무 어렵고 난해하다는 이유로 신통치 않자, 사장은 곧바로 유명 작곡가에게 후속곡을 의뢰했다. 덱스가 속한 그룹 네온더스트는 마침내 차트를 휩쓸며 히트곡 반열에 올라섰다.

곳곳에서 네온더스트의 이름이 울려 퍼졌지만, 스포트라이트는 늘 '얼굴천재', '예능신동' 같은 별명을 가진 다른 멤버들에게만 쏟아졌다. 그에 비해 덱스는 카메라에 잘 잡히지 않았다. 멘트를 해야 할 순간에도 어색하게 침묵을 지키곤 했다. 말주변도 없었고, 다수의 시선을 받는 일엔 좀처럼 익숙해지지 않았다.

어느 날, 연습실에 모여 술을 마시던 저녁이었다. 캔과 병이 하나둘 바닥에 굴러다닐 즈음, 베이시스트 이안이 소주병을 들고 비죽거렸다.

"야, 최덕수. 너도 한 잔 받아."

덱스의 눈이 가늘어졌다. 최덕수.

영어 이름을 먼저 지은 뒤, 발음을 맞춰 부모가 붙여준 한국 식 이름이었다. 그것이 한국에서 어떤 어감으로 들릴지 미처 몰랐던 과거의 자신이 원망스러웠다.

"그 이름으로 부르지 말랬지."

덱스는 이안을 노려보며 낮게 내뱉었다.

이안은 주저 없이 받아쳤다.

"뭐, 너 뭐 홍길동이라도 돼? 듣기 싫으면 너도 한 잔 털어."

덱스는 조용히 소주잔을 내려놓고 이안을 바라보며 말했다. 목소리는 낮았지만 진지함이 묻어 있었다.

"술 마실 시간에 나라면 연습이라도 더 하겠다. 삑사리도 정 도껏 내야지."

이안이 비웃듯 코웃음을 쳤다.

"후후후, 아주 예술가 납셨네. 뻐기기도 정도껏 해야지."

팽팽한 긴장감이 감도는 가운데, 보컬이 어색하게 웃으며 끼어들었다.

"야야, 그만 좀 해라. 덱스가 그래도 키보드도 치고, 바이올 린 세션까지 다 해주잖아. 덕 보는 건 우리 쪽이이지, 뭐."

이안은 들은 척도 하지 않았다. 잔을 한 번 털고 나더니 다 시 비죽거렸다.

"아, 나도 우리 집이 그렇게 잘살았으면 나는 쟤보다 악기 몇 개는 더 했어. 까놓고 쟤가 만든 우리 첫 데뷔곡은 어땠냐? 망삘이었잖아. 쪽팔려 죽는 줄.”

덱스의 얼굴이 딱 굳어졌다. 억누르던 감정이 한순간 터져 나왔다.

“이 자식이….”

주먹이 날아들자, 두 사람이 순식간에 뒤엉켰다. 탁자와 의자가 넘어지고, 병이 쩍 하고 깨지는 소리가 연습실에 울려 퍼지며 금세 난장판이 되었다.

“야, 둘 다 미쳤냐고!”

“그만 좀 해, 진짜!”

멤버들이 몸을 던져 둘 사이를 떼어놓으려 했지만, 이미 틀어질 대로 틀어진 덱스와 이안의 싸움은 멈출 기미가 없었다. 난장의 한가운데에서 덱스의 머릿속에 떠오른 건 단 하나뿐이었다.

‘더는 못 버티겠다.’

내일도 유치한 사랑 노래에 반주를 얹을 생각을 하니 끔찍했다. 하지만 계약 기간은 한참이나 남아 있었다. 위약금을 내지 않으려면 어떻게든 버텨야 했다.

그러던 어느 날이었다. 손가락 부상으로 기타를 제대로 칠

수 없게 된 날, 그는 처음으로 마약을 손에 들었다. 한 번의 호기심은 금세 두 번을 불렀고, 세 번째부터는 중독으로 이어졌다. 그의 눈빛은 점점 흐려졌고, 무대 위 실수는 이안보다 더 잦아졌다. 모든 것이 삐걱거리고 있었다.

'덱스는 왜 멤버인지 모르겠어'

'어제 덱스 표정이 어두워서 분위기가 안 살더라'

팬들조차 부정적인 댓글을 달기 시작했다.

결국, 비밀은 오래가지 못했다. 덱스의 추락은 이미 예견된 일이었고, 적발은 그저 시간문제였을 뿐이다.

수십 개의 플래시가 터지는 가운데, 덱스가 손에 쥔 사과문이 미세하게 떨렸다. 그는 낮게 숨을 들이쉬고, 준비된 문장을 힘겹게 읽어 내려갔다.

"이 모든 건 저의 잘못된 선택입니다. 다른 멤버들과는 전혀 무관한 일입니다. 이번 일에 대한 책임을 지고, 저는 그룹을 탈퇴하려 합니다. 다시 한번 진심으로 사과드립니다."

다른 사람이 대신 써준 글이었지만, 그 내용만큼은 덱스의 진심이었다. 자신의 실수가 그룹 전체에 치명적인 상처를 남겼다는 걸 알기에, 그 무게는 더욱 버거웠다.

어디서부터 잘못된 걸까?

약을 끊었더라면.

그 술집에서 그 약봉지를 받아 들지 않았더라면.

이안에게 좀 더 살갑게 대했더라면.

자신이 작곡한 첫 데뷔곡이 성공했더라면.

네온더스트가 아닌, 내 색깔과 맞는 밴드를 골랐더라면.

성격이 좀 더 밝았더라면.

조금만 더 잘생겼더라면.

엄마가 아프지 않았더라면.

바이올린을 놓지 않았더라면.

피아노를 계속 쳤더라면.

기자회견장 밖으로 나오자, 길 건너편 차 안에서 멤버들의 얼굴이 어렴풋이 보였다. 창문 너머로 스친 눈빛들은 곧 어딘가로 빠르게 흩어졌다.

'이해한다. 나라도 그랬을 거야.'

덱스는 애써 담담한 척하며 고개를 돌렸지만, 가슴 어딘가에서 둔탁한 고통이 치밀어 올랐다.

덱스의 아버지가 지인과 손잡고 시작한 사업은 서울 한복판에 자리한 프랑스식 레스토랑이었다. 처음엔 그저 아버지를 돕는다는 마음으로 발을 들였다. 하지만 더 간절한 건 약을 끊고자 함이었다. 아니, 끊어야만 했다.

어릴 적부터 익숙하게 들어왔던 클래식 음악, 북적거리면서도 그 안에 보이지 않게 잡혀 있는 질서. 이곳이 선사하는 전체적인 활력은 덱스에게 뜻밖의 안도감을 안겨주었다.

이제 다시는 방구석에 틀어박히고 싶지 않았다. 음악이야 언제든 다시 시작하면 되는 일이었다.

아버지와의 거리감은 여전히 남아 있었지만, 이번에는 그 틈을 메워보고 싶기도 했다.

"덕수야. 너가 도움이 되어준다면, 아빠야 고맙지."

"도움이 되고 싶어요."

아버지는 처음에 덱스에게 영수증 정리와 재무 관리를 맡겼다. 덱스는 가장 먼저 공급업체의 거래 내역을 꼼꼼히 검토했다. 조금씩 단가를 올리는 업체들을 찾아내고, 낭비되는 식재료를 줄이기 위해 냉장고 구석구석을 뒤졌다. 자주 재고로 남는 식재료는 주문량을 줄이고, 인기 있는 재료는 미리 확보하도록 목록을 조정했다.

하지만 숫자에만 오래 집중하는 일은 덱스의 적성과는 맞지 않았다. 그는 작업에서 실수를 줄이고 속도를 높이기 위해 엑셀 템플릿을 직접 제작했다. 각 항목별로 자동 계산과 알림 기능을 추가하자 업무가 훨씬 효율적으로 정리되었다. 불필요한 시간을 줄인 덕분에, 그는 자연스럽게 레스토랑 전반의 운영에 눈을 돌릴 수 있었다.

그날도 바쁜 하루의 시작을 앞둔 아침이었다. 주방에서 풍겨오는 구수하고 진한 향기가 덱스의 발길을 자연스럽게 그곳으로 이끌었다. 접시 위에는 방금 오븐에서 꺼낸 듯한 키슈 로렌이 가지런히 놓여 있었다.

메인 셰프가 앞치마에 묻은 밀가루를 털며 자랑스러운 표정으로 말했다.

"오늘 아침 재료가 정말 신선하더군요. 이 정도면 완벽한 밸런스일 겁니다."

덱스는 키슈의 향을 천천히 들이마셨다. 분명 만족스러웠지만, 어딘가 미세한 여백이 느껴졌다.

"확실히 좋아 보이네요. 그런데…"

덱스는 잠시 말을 멈추더니 재료 창고 쪽으로 걸음을 옮겼다.

"아주 조금, 여기 아몬드 가루를 추가해보는 건 어떨까요?"

"아몬드 가루요? 키슈에 쓰는 건 흔치 않은데요."

"아주 조금만요. 크러스트에 살짝만 추가하면 치즈와 크림의 맛이 더 부드럽고 풍성해질 겁니다."

셰프는 잠시 고민하더니 고개를 끄덕였다. 덱스의 제안대로 만든 키슈는 오븐에서 나와 완성된 순간, 한층 더 깊고 풍성한 풍미를 풍겨냈다. 한입 베어문 셰프의 얼굴에 감탄이 스쳤다.

"아… 확실히 훨씬 낫네요. 이런 건 어떻게 생각해낸 겁니까?"

셰프의 질문에 덱스는 잠시 멈칫했다. 왜 아몬드라는 생각이 떠올랐는지 정확히 설명할 수는 없었다. 그러다 어릴 적 기억의 한 조각이 불현듯 스쳤다. 카밀이 오븐에서 갓 꺼낸 키슈를 조심스레 자르며 환히 웃던 모습, 그리고 따뜻하고 고소했던 냄새.

'혹시 카밀도 키슈에 아몬드를 넣었던 걸까.'

덱스는 문득 자신이 요리에 재능이 있을지도 모른다는 생각이 들었다. 맛과 향이 자연스럽게 연결되고, 감각적인 흐름이 이어지는 이 직관. 어쩌면 이것이 그의 또 다른 길일지도 모른다고.

그날로 덱스는 주방에 틀어박혔다. 그는 한 가지를 확신하고 있었다. 기본기가 가장 중요하다는 것.

주방의 한쪽 구석에서 수많은 식자재들을 손질하며 스스로를 단련하기 시작했다.

재료 손질은 덱스에게 기타의 크로매틱 스케일 연습과도 같았다. 단순한 반복처럼 보였지만, 그 속에는 식재료를 이해하는 모든 것이 담겨 있었다. 양파 껍질을 벗기고 고기를 손질하며, 그는 칼날이 손끝을 따라가는 감각에 온전히 몰입했다. 칼이 재료를 가로지르며 만들어내는 소리와 떨림, 그리고 결을 따라가는 정교한 움직임은 기타 줄을 튕기며 하나씩 음계를 완성해가는 과정과 닮아 있었다. 이 과정이 없으면 결코 좋은 음악, 아니 완벽한 요리도 나올 수 없다고 덱스는 생각했다.

무엇보다 덱스의 진정한 재능은 맛을 상상하는 능력이었다. 그는 재료의 향과 질감을 느끼는 순간, 그 맛이 어떻게 완성될지를 머릿속에 그려낼 수 있었다. 양파를 자를 때는 그 달콤함이 소스에 녹아들 시간을, 고기를 다듬을 때는 육즙이 얼마나 풍부하게 배어 나올지를 미리 떠올렸다. 그의 머릿속에서 맛은 단순한 감각이 아니라, 색과 선으로 구성된 생생한 그림이었다.

덱스는 레시피를 넘어서, 재료 하나하나를 조화로운 이야기로 풀어냈다. 소스에 새로운 향신료를 살짝 추가하거나, 조리 시간을 미묘하게 조정하는 순간에도 그의 상상력은 쉼 없이 흘렀다. 그런 과정을 통해 그의 요리는 점점 더 깊고 독창적인 풍미를 갖추게 되었다.

시간이 지나며 덱스는 메인셰프와 어깨를 나란히 할 정도로 성장했다. 그는 기존 메뉴를 완벽하게 재현하는 데 그치지 않고, 새로운 요리를 창조하며 레스토랑의 정체성을 넓혀갔다.

덱스의 요리는 단숨에 화제를 모았다. 창의적인 메뉴는 손님들에게 놀라움을 선사했고, 레스토랑은 단숨에 지역의 명소로 떠올랐다.

"덕수야. 너가 도움이 되어주어서 아빠는 너무 고맙구나."

"아니에요. 가장 큰 도움을 받은 건 사실 저 자신이에요."

그러나 덱스가 운영하는 프렌치 레스토랑의 전성기는 오래 가지 않았다. 북적이던 테이블은 점차 빈자리가 늘어갔고, 몇 주 만에 예약은 끊기다시피 했다. 이브의 등장 때문이었다.

파인다이닝 레스토랑이 위기를 맞았다는 뉴스가 연일 이어졌고, 덱스도 이를 지켜보고 있었다. 하지만 그는 이브에도 분명한 결점이 있을 것이라 믿었다.

첫 번째는 거짓된 포만감이었다. 아무리 생생한 기억을 불러내더라도 그것은 뇌를 속이는 신호일 뿐, 실제로 위장에 음식이 채워지지는 않았다. 하지만 사람들은 이를 오히려 장점으로 받아들였다. '이브 체험 후엔 속이 더부룩할 일도 없고 특히 살이 찌지 않아 좋다'며 다이어트에 도움이 된다며 즐기는 이들이 많았다.

두 번째는 식사의 고독감이었다. 이브는 철저히 개인의 기억 속 경험을 기반으로 하기에, 누군가와 함께 식사하며 웃고 떠드는 기쁨은 제공하지 못했다. 덱스는 바로 이 점이 레스토랑의 경쟁력이 될 것이라 믿었다.

그러나 늘봄은 이 단점조차 빠르게 보완해 나갔다. 체험 부스는 곧 테이블 형식으로 변경되었고, 2인·3인실 부스에는 코스 타이밍을 동기화하는 싱크 시스템을 도입했다. 모습이 다소 우스꽝스럽긴 하지만 헬멧을 쓴 채로도 대화를 나누며 서로의 감상을 공유할 수 있게 되었다. 사람들은 이마저도 새로운 문화로 받아들였고, 금세 익숙해졌다.

레스토랑의 위기는 덱스를 벼랑 끝으로 몰아세웠다. 더 이상 미룰 수 없었다.

늘봄 체험 부스의 문을 열고 들어선 순간, 헬멧을 쓴 사람들이 테이블을 가득 채우고 있는 풍경이 눈에 들어왔다. 덱스는 1인 부스로 안내받고 자리에 앉았다

“어떤 코스를 체험하시겠습니까?”

직원의 물음에 덱스는 숨을 삼켰다. 고민할 것도 없었다.

“램튼 심포니, 풀 코스로.”

헬멧을 쓰고 자리에 앉자, 자신도 모르게 긴장한 손이 무릎 위로 옮겨졌다. 그리고 곧 첫 접시가 눈앞에 떠올랐다.

트러플 향이 감도는 푸아그라 테린. 얇게 얹혀진 사과 슬라이스와 트러플 조각의 조화가 마치 하나의 예술 작품 같았다. 포크를 들어 한 조각을 떼어 입에 넣는 순간, 부드럽고 농밀한 풍미가 혀끝에서 터져 나왔다. 이어지는 요리들도 경이로움의 연속이었다. 가볍고 섬세한 조율로 설계된 이 코스는 다른 차원의 경험이었다.

‘미쳤다….’

마지막 디저트, 소금 캐러멜 무스와 다크 초콜릿 글라사주까지 싹싹 비워낸 뒤, 덱스는 천천히 헬멧을 벗었다. 눈앞의 텅 빈 테이블을 보니 헛웃음이 나왔다.

한참 동안 그는 자리에서 일어나지 못했다. 손이 가늘게 떨렸고, 잔뜩 쥐었던 주먹도 서서히 힘을 잃고 풀려갔다. 주변을 둘러보니, 머리에 괴상한 헬멧을 얹은 사람들이 허공에 포크와 나이프를 휘두르며 웃고 떠들고 있었다. 모든 게 거슬렸다. 하지만, 결국 그는 부정할 수 없었다.

'이해한다… 나라도 여기로 올 테지.'

이브의 코스는 기존 레스토랑 풀 코스의 절반 가격에 불과했다. 사람들은 모두 이기적이다. 더 적은 돈으로 더 나은 경험을 살 수 있다면, 누구나 그쪽을 선택할 것이다.

분노가 치밀었다. 덱스는 곧장 서길수 박사에 대한 기사를 검색하기 시작했다. 그중 한 인터뷰가 눈에 들어왔다.

"제가 우려했던 상황이 결국 벌어졌군요."

인터뷰 사진 속 서 박사는 차분한 표정으로 자신의 생각을 담담히 풀어내고 있었다.

"저는 모두가 공평하게 환상적인 맛을 체험하길 바랐습니다. 값이 너무 비싸서, 해외에 나갈 일이 없어서, 혹은 예약이 너무 길어서 평생 한 번도 최고의 음식을 경험하지 못하는 사람들만을 떠올렸죠. 그런 분들께 이브가 작은 선물이 되길 바랐습니다."

덱스는 이를 악물고 화면 속 문장을 읽어 내려갔다. 분노가 치밀었지만, 숨을 고르고 계속 스크롤을 내렸다.

"문을 닫은 레스토랑이 많다는 이야기를 듣고, 솔직히 마음이 불편했습니다. 그래서 가격을 일부러 올리기도 했지요. 하지만 늘봄을 찾는 손님은 줄어들지 않더군요. 맛을 향한 열망은 그만큼 강렬하니까요.

물론, 기술의 진보에는 언제나 빛과 그늘이 공존하기 마련이죠. 인류의 역사를 통틀어 봤을 때 이는 자연스러운 흐름입니다. 다만, 약속드리겠습니다. 상대적으로 저렴한 음식들을 상품으로 내놓지는 않을 겁니다. 그리고 음식 외에 새로운 체험도 개발 중에 있습니다. 이브는 여전히 진화 중이니까요."

덱스는 화면을 닫지도 않고 자리에서 벌떡 일어났다. 그의 온몸이 끓어올랐다.

'이제 와서 착한 척? 나는 이미 망했는데?'

덱스는 마지막 승부수를 던져보기로 했다. 그가 선택한 건 우동집이었다.

'이브가 절대 흉내 낼 수 없는, 따뜻하고 사람 냄새 나는 음식을 내놓는다면… 그들의 마음을 움직일 수 있을지도 몰라.'

하지만 현실은 냉혹했다. 손님은 좀처럼 늘지 않았고, 매장은 점점 썰렁해져 갔다. 불과 5개월 전 프랑스식 레스토랑과 마찬가지로, 하루에 들르는 손님은 손에 꼽을 정도였다.

"덕수야. 아무런 도움이 되어주지 못해서 아빠는 너무 미안하구나."

덱스는 아무 대답도 할 수 없었다.

결국, 얼마 지나지 않아 그는 폐업을 결정했다. 철거되는 간판을 허탈하게 바라보며, 요리를 배우기 위해 수없이 반복했던 날들, 손끝의 감각에 의지해 재료와 싸웠던 순간들이 파노라마처럼 머릿속을 스쳐 지나갔다.

그렇게 모든 것이 한순간에 물거품이 되었다.

A Day in Yujin's Life

화려한 도시 전경이 내려다보이는 이브 본사 회의실.

창밖으로는 빽빽하게 늘어선 고층 빌딩 아래로 수많은 차량들이 가느다란 선으로 흐르고 있었다.

회의실 중앙, 커다란 스크린 앞에 서 있는 사람은 짧은 포니테일로 머리를 질끈 묶은 신유진이었다. 유진은 며칠간 밤낮 없이 준비한 기획안을 들고, 화면에 띄울 슬라이드를 마지막으로 빠르게 점검했다. 이미 몇 번이고 되풀이하며 살펴본 내용이었지만, 지금 이 순간만큼은 어떤 실수도 없어야 했다.

깊게 한 번 숨을 들이쉰 유진은 리모컨을 눌렀다.

스크린이 밝아지며 슬라이드 영상 속 한 여성이 모습을 드러냈다. 짙은 갈색 머리의 그녀는 카메라를 향해 환하게 웃고 있었다. 붉은 벽돌 건물들과 뉴욕 맨해튼의 거리 풍경이 배경으로 펼쳐지며, 화면 위에 문구 하나가 또렷이 떠올랐다.

'A Day in Jane's Life'

사람들의 시선이 일제히 스크린에 꽂히자, 신유진은 살짝 고개를 들어 스크린을 가리켰다.

"여러분, 화면 속 이 여인, 제인은 뉴욕 맨해튼에서 태어나고 자란 예술가이죠. 오늘, 우리는 그녀의 하루를 직접 살아볼 겁니다."

영상이 움직이기 시작했다. 분주한 뉴욕 거리에서 카메라는 점차 줌인되며 좁은 골목길로 향했다. 거칠게 벗겨진 벽돌, 그래피티로 뒤덮인 허름한 건물들. 화면은 일반적인 여행 영상과는 다른, 날것의 매력을 품고 있었다.

"보이시나요? 이곳은 제인의 단골 카페입니다. 대부분의 관광객이라면 맨해튼 대로변에 있는 세련된 카페를 찾겠죠. 하지만 제인에게는 이 골목의 작은 카페가 더 특별합니다. 이곳에서 그녀는 매일 아침 그녀만의 독특한 감각으로 하루를 시작하죠. 손님들은 단순히 뉴욕을 관광하는 게 아니라, 제인이 되어 뉴욕을 느끼는 겁니다."

화면은 다시 전환되며 높은 옥상을 비췄다. 낡았지만 깔끔하게 정돈된 루프탑. 테이블 위에는 펼쳐진 스케치북이 놓여 있었고, 멀리 보이는 뉴욕의 스카이라인이 장관을 이루고 있었다.

"여기가 바로 제인의 집 옥상입니다. 그녀는 이곳에서 뉴욕의 숨결을 느끼며 도시를 바라보곤 하죠. 제인은 이렇게 말했습니다. '뉴욕은 끊임없이 변화하지만, 그 변화 속에서 제 마음을 흔드는 풍경은 언제나 제자리에 있어요. 이곳에 서서 도시를 바라볼 때마다, 나는 또다시 그림을 그리고 싶어져요.'라구요."

스크린에는 제인이 뉴욕 전경을 배경으로 스케치를 하는 모습이 떠올랐다. 그녀의 손끝에서 흘러나온 흑백의 선들이 뉴욕의 풍경을 한층 새롭게 빚어내고 있었다.

신유진은 한 발짝 앞으로 나섰다. 목소리에 힘이 실렸다.

"A Day in Jane's Life'는 흔한 여행 프로그램이 아닙니다. 고객들은 그녀의 기억 속으로 들어가 제인의 하루를 온전히 살아볼 수 있습니다. 아침에 눈을 떠서 그녀가 마시는 커피를 마시고, 그녀의 발걸음을 따라 뉴욕을 거닐며, 그녀가 바라보는 세상을 고스란히 느끼는 거죠."

신유진이 리모컨을 다시 누르자 화면이 전환되었다. 이번에는 검은 눈동자가 깊고 매력적인 한 남성이 등장했다.

"자, 이번엔 네팔로 가보겠습니다."

카메라는 그의 발걸음을 따라가기 시작했다. 이른 아침, 안개가 내려앉은 들판 사이를 가로지르는 그의 실루엣. 작은 마을의 소박한 시장에서 물건을 고르는 손길, 어깨에 배낭을 멘 채 울퉁불퉁한 산길을 오르는 모습이 차례로 이어졌다.

"이곳은 많은 사람들에게 꿈의 여행지로 불리죠. 하지만 동시에 높은 고도, 익숙하지 않은 환경, 그리고 불편한 인프라 탓에 쉽게 선택하기 어려운 곳이기도 합니다. 그러나 '수닐의 하루'라면 이야기가 달라집니다."

화면은 다시 전환되었다. 산길을 걷던 그의 발걸음이 멈춘 곳은 히말라야를 배경으로 펼쳐진 캠핑지였다. 낮게 퍼진 구름 위로 솟아오른 설산의 웅장함, 손에 닿을 듯이 낮게 떨어진 별들, 그리고 장작불이 타오르며 퍼지는 온기가 화면을 가득 채웠다. 어디에선가 짧은 탄성이 흘러나왔다.

"여기가 바로 수닐의 아지트입니다. 보세요. 마치 자연이 통크게 준비한 선물 상자 같지 않나요?"

신유진의 목소리가 한층 힘을 얻었다.

"하지만 수닐의 하루는 여기서 끝나지 않습니다. 그의 기억은 손님들이 원하는 대로 조합될 수 있거든요. 오늘은 마을 시장을 둘러보고, 내일은 히말라야로 떠나는 여정. 아니면 어릴 적 교실에서 흑판을 바라보던 어느 날로 돌아가 보는 것도 가능하죠. 이곳에서는 10살짜리 네팔 친구를 만드는 것도 가능합니다."

영상 속 수닐은 장작불 옆에 앉아, 지나가는 행인들에게 짜이를 기쁘게 나눠주고 있었다. 불빛에 반사되는 그의 여유로운 표정과 함께 차 한 모금의 온기가 화면 너머까지 전해지는 듯했다.

"언어의 장벽도, 위험한 상황도 없습니다. 고객들은 수닐의 기억을 통해 그 모든 것을 안전하고 생생하게 경험할 수 있습니다. 그곳의 공기, 온기, 그리고 절경. 이 모든 것이 여러분의 기억 속에 완벽히 새겨질 거예요."

신유진이 리모컨을 다시 누르자, 스크린에 새로운 이름들이 차례로 떠올랐다.

제인. 수닐. 알리. 사쿠라. 음보요. 클로이.

서로 다른 이야기와 배경을 품은 얼굴들이 제각각의 표정으로 카메라를 바라보고 있었다.

"여러분은 점심 식사를 마치고 누구의 하루를 살아보고 싶으신가요?"

신유진의 마지막 질문이 회의실에 울려 퍼지자, 여기저기서 반응이 터져 나왔다.

"두바이 아랍 왕자도 고를 수 있나요? 그건 정말 신세계일 것 같은데요!"

"저라면 오지를 선택하겠어요. 평생 엄두도 못 냈던 곳을 경험하는 게 훨씬 가성비죠."

유진은 회의실을 천천히 둘러보았다. 모두가 들뜬 표정으로 고개를 끄덕이고 있었지만, 서길수 혼자만 미간을 살짝 찌푸리고 있었다.

"신 MD."

서 박사가 입을 열자 웅성거리던 소리가 잦아들었다.

"아이디어 자체는 훌륭하네. 우리 기술력을 확장한다면 충분히 실현 가능한 영역이고. 하지만 여행 상품까지 출시하면 문제는 더 커질 거야. 여행업계뿐만 아니라 항공사까지 우리가 영역을 침범한다고 느낄 테니까. 늘봄 때문에 레스토랑 업계가 난리였던 거 기억하지?"

신유진은 잠시 숨을 고르더니, 예상했다는 듯 매끄럽게 준비된 말을 꺼냈다.

"대표님, 오히려 항공사들과 협력하는 건 어떨까요? 이브 체험과 연계한 패키지를 만들면 상생할 수 있는 방향도 충분히 있지 않을까요?"

"뭐, 그럴 수도 있겠지. 하지만, 이브가 지금까지 성공한 이유는 우리의 기술이 사람들을 배제하기보단 더 많은 이들에게 새로운 가능성을 열어줬기 때문이야. 난 그런 방향성을 지키고 싶어."

유진은 이대로 물러설 수 없었다. 눈빛은 더욱 단단해졌다.

"아, 네. 대표님이 옛날치킨에도 충분히 만족하시는 분이라는 건 제가 잘 압니다. 그럼, 하나만 여쭙겠습니다. 적은 돈으로 세계를 누비고, 다른 사람의 인생을 살아볼 수 있다면, 그 사람이 얼마나 풍부한 경험을 쌓게 될지 생각해보신 적 있으신가요?"

유진의 목소리는 점점 강해졌다.

"대표님, 세상은 빠르게 변하고 있습니다. 우리가 먼저 판을 키우지 않으면, 다른 누군가가 그 틈을 차지할 겁니다. 기술을 최대한 활용하지 않으면, 결국 이브도 도태될 위험에 처할 수 있어요."

서 박사는 잠시 숨을 고르며 유진을 바라보았다.

"유진 씨 말이 틀리진 않아. 다행히 신유진 씨 덕분에 특허는 촘촘하게 등록돼 있으니, 당분간은 우리를 따라올 업체는 없을 거야."

그는 어조를 누그러뜨리며 회의실을 둘러보았다.

“자, 그러니 조금만 더 힘을 내보자고. 모두가 윈윈할 수 있는 방향을 찾는 것, 그게 우리 다음 과제야. 오늘 회의는 여기까지 하자고.”

슬라이드가 닫히고 모두가 회의실을 떠난 뒤에도 유진은 한 동안 자리를 뜨지 못했다. 속이 부글부글 끓어올랐다. 아이스 아메리카노 한 잔 생각이 간절했다. 겨우 자리에서 일어나 무거운 발걸음으로 회의실 문을 열고 긴 복도를 따라 걸었다. 탕비실 앞에 다다라 손잡이에 손을 올리려던 찰나, 문틈 사이로 익숙한 목소리가 새어 나왔다. 조 대리였다.

“서 대표님, 정말 이상한 거 아냐? 노벨 과학상이 아니라 평화상을 노리는 것 같단 말이지.”

“100억 투자해서 섹스상품 기껏 만들어놨더니 성불구자나 장애인들에게 한정될지 누가 알았겠어? 고자인 걸 증명해야 하는 세상이라니….”

“아, 아무튼 진짜 휴가 안 내고 당일치기 스위스 여행은 물 건너가게 생겼지 뭐야.”

그때, 탕비실 문이 드르륵 열렸다.

“조 대리, 뒷담화가 꽤 재밌나 봐요? 김 대리는 법 조항 검토 다 끝냈고요?”

갑작스러운 유진의 등장에 두 사람은 허둥지둥 자리에서 일어나 손사래를 쳤다.

"아, 저희는 그냥… 유진 매니저님 편이라…."

조 대리가 억지 웃음을 지으며 눈치를 살피자, 옆에 있던 김 대리도 급히 수습에 나섰다.

"저 진짜 스위스 한번 가보는 게 버킷리스트였어서…."

유진은 대꾸하지 않고 커피머신 앞으로 걸어갔다. 컵을 집어 들고 버튼을 누르자, 기계음과 함께 진한 액체가 천천히 흘러내렸다. 유진은 담담한 목소리로 말을 이었다.

"서 대표님이 대충 만든 상품은 없다는 건, 이 회사에서 일하는 사람이라면 누구나 알 텐데요."

잔을 들어 올린 유진은 그제야 고개를 돌려 그들을 바라보았다. 그리고 냉정하게 한마디를 덧붙였다.

"상품 하나를 출시하기까지 얼마나 많은 노력과 비용이 들어가는지 생각 좀 해보세요. 그런 말 할 시간에 더 건설적인 데 에너지를 쓰는 게 어때요?"

안절부절못하는 그들을 뒤로한 채, 신유진은 탕비실을 빠져나왔다. 복도를 걸으며 그녀는 커피 한 모금을 홀짝였다. 쓴맛이 입안에 퍼졌다.

"서길수 박사님, 세상은 그렇게 블링블링 하지만은 않다구요."

작게 중얼거린 그녀의 목소리엔 비틀린 냉소가 묻어 있었다.

이어질 말이 목 끝까지 차올랐지만, 유진은 한숨과 함께 삼켜버렸다.

도둑의 손

한편, 서 박사는 대표실 창밖을 바라보며 손가락으로 책상 위를 조용히 두드리고 있었다. 빽빽한 도시 속 자동차 불빛이 신경망처럼 얽혀 흐르고 있었다. 그는 잠시 생각에 잠긴 듯 손을 멈추더니, 천천히 시선을 돌려 탁자 위의 메모지 한 장을 집어 들었다.

"신체의 자유로움이 삶을 확장한다."

짧지만 강렬한 문장이 그의 생각을 붙들었다. 신경 인터페이스와 기계 장치를 결합해 움직임을 복원하는 기술은 아직 초기 단계였지만, 발전 가능성은 무궁무진했다. 그중에서도 복잡한 관절 구조를 가진 손의 움직임을 구현하는 일은 가장 까다로운 분야로 꼽혔다. 세밀한 동작 데이터를 확보하기 위해 손재주가 뛰어난 사람만이 적합한 기억 제공자가 될 수 있었으며, 이 까다로운 프로젝트의 책임자로 신유진이 지명되었다.

유진의 프로젝트는 며칠째 적합한 지원자를 찾지 못해 난항 중이었다.

그날도 피곤한 얼굴로 실험실 문을 연 신유진은 묵묵히 오늘의 지원자 명단을 확인했다.

"참여비는 테스트 종료 후 지급됩니다. 안전 조항과 법률 동의서를 꼼꼼히 읽어주세요. 성공하신 분의 이름은 공식 기록으로 남게 됩니다."

유진의 건조한 목소리로 안내가 끝나자, 곧바로 테스트가 시작되었다.

작은 구슬을 핀셋으로 집어 정해진 위치에 배치하기.

클레이를 활용해 10분 안에 사진과 동일한 모양 만들기.

적당한 힘으로 스펀지를 짜서 일정량의 물을 그릇에 채우기.

간단해 보이는 테스트였지만, 오늘도 대부분의 지원자가 초반 테스트에서 탈락했다.

곧 이어진 VR 테스트.

헤드셋을 쓴 지원자들은 3D 가상 환경으로 들어갔다. 그러나 상상만으로 가상의 물건을 정교히 조작해야 하는 과정에서 또다시 많은 탈락자들이 발생했다.

마지막 테스트는 뇌파 기반 퍼즐 조작이었다.

18명의 지원자 가운데 이 단계까지 도달한 사람은 단 한 명뿐이었다. 모니터 속, 헤드셋을 쓴 지원자는 퍼즐 화면을 마주한 채 숨소리 하나 없이 집중하고 있었다.

유진은 모니터를 흘끗 바라보다가, 피곤한 기색을 감추지 못한 채 나지막이 중얼거렸다.

"지난 몇 주 동안 통과자가 한 명도 없었는데, 오늘도 보나 마나 또 꽝이겠지."

유진은 모니터를 멍하니 바라보다가 헝클어진 머리를 대충 쓸어 넘겼다. 체념한 얼굴로 자리에서 일어나 어시스트에게 남은 작업을 맡기고는 무거운 발걸음으로 자신의 자리로 돌아갔다.

의자에 몸을 던지듯 주저앉자, 등받이가 삐걱거리며 뒤로 젖혀졌다. 책상 위엔 반쯤 남은 식은 커피와 어지럽게 쌓인 서류 더미가 잔뜩 쌓여 있었다. 벽시계를 슬쩍 올려다보니 퇴근 시간까지는 아직 두 시간이나 남아 있었다.

유진은 의자의 등받이를 완전히 뒤로 젖히고, 다리를 서류 더미 위에 턱 올려두었다. 잠시 눈을 붙이며 시간이나 때울 생각이었다. 막 잠이 들려던 그때였다. 유진의 핸드폰이 다급히 울렸다.

"MD님, 드디어 통과자가 나왔어요!"

"… 뭐라고?"

믿기지 않는다는 듯 신유진은 의자를 박차고 일어나 실험실로 뛰어들었다.

화면에는 가상 퍼즐이 완벽하게 맞춰진 채 회전하고 있었다. 아래 기록 창에는 뇌파 신호 안정성 97%, 물체 조작 속도 100%라는 수치가 선명히 떠올랐다.

그녀는 고개를 돌려 뇌파 헤드셋을 벗고 있는 최종 통과자를 바라보았다. 후드를 깊게 눌러쓴 남자가 천천히 얼굴을 드러내며 가볍게 숨을 고르고 있었다. 태블릿을 들고 유진은 그의 앞으로 빠르게 걸음을 옮겼다.

"오른손잡이라고 적혀 있는데, 양손의 조작 능력이 거의 균일하네요. 이건 정말 보기 드문데요. 대체 무슨 일을 하셨길래?"

남자는 이마의 머리카락을 털어내며 무심하게 대답했다.

"어릴 때는 피아노랑 바이올린, 그리고 기타를 쳤습니다. 이후엔 칼도 꽤 오래 다뤘죠. 물론 주방에서요."

"대단하네요. 부모님에게 아주 훌륭한 유전자를 물려받으셨나 봐요. 그리고 그걸 제대로 계발하셨군요."

신유진의 말에 남자의 눈빛이 순간 흐려졌다.

그의 머릿속에 떠오른 건, 소파에 반쯤 누운 채 텅 빈 눈으로 창밖을 바라보던 어머니의 모습이었다. 그리고 그 옆엔 언제나 술병이 놓여 있었다. 살짝 떨리는 손을 주머니 속으로 밀어 넣으며, 그가 조용히 고개를 끄덕였다.

태블릿을 들어 올리며 유진은 앞으로의 일정을 설명하기 시작했다.

"좋아요. 이제 가능한 한 빨리, 당신의 손을 우리가 속속들이 훔칠 겁니다. 표현이 좀 날것 같긴 하지만, 정확한 표현이죠. 뇌파 캐처, 근육 움직임 기록 장치, 그리고 신경 데이터를 통합하는 프로그램으로 모든 움직임을 분석할 거예요. 과정이 길고 피곤할 수도 있지만, 사례비는 충분히 만족스러우실 겁니다."

유진은 눈을 들어 남자를 바라보며 물었다.

"그런데, 지원자분 성함이…."

남자의 침묵에 유진은 잠깐 멈칫하다가 다시 태블릿을 확인하며 덧붙였다.

"최덕수 님이시군요. 당신의 손이 많은 사람들에게 새로운 희망을 줄 겁니다. 명예로운 일이죠."

미소가 가득한 신유진과 달리 무표정한 덱스는 점점 확신이 드는 듯한 눈빛으로 바뀌더니 얼굴에 미소를 가득히 머금고 조용히 웃기 시작했다.

그녀에게 덱스는 길고 지루했던 지원자 모집을 끝내줄 구원자였다.

반면 덱스에게는 그토록 애타게 기다렸던 기회를 붙잡는 순간이었다.

드디어, 그는 이곳에 발을 들였다.

바로 다음 날부터 덱스는 매일같이 이브의 실험실로 향했다.

문이 열릴 때마다 유리 벽 뒤로 펼쳐지는 풍경은 늘상 똑같았다. 한결같이 냉혹한 침묵을 머금은 금속들의 광택, 한결같이 시퍼런 눈을 부릅뜨고 있는 LED 조명, 한결같이 서로를 읽아맨 채 꿈틀거리는 데이터 케이블들. 실험실은 무정하고도 냉철한 질서로 가득 차 있었다. 인간의 체온 대신 절제된 명령과 정밀한 규칙이 지배하는 이 실험실은, 마치 인간성을 지운 또 다른 세상 같았다.

덱스는 오늘도 모니터들을 흘긋거리며 자리에 앉았다. 그의 손이 실험 장치 위에 얹히는 순간, 푸른빛 레이저가 손가락 끝을 따라 움직이며 매끈한 궤적을 그리기 시작했다.

"자, 그럼 오늘도 시작해볼까요?"

커피 두 잔을 들고 나타난 유진은 여느 때처럼 차분한 손길로 데이터를 입력하며 덱스의 움직임을 모니터링했다. 여유롭고도 빈틈없는 그녀의 태도는 실험실의 정경과 많이 닮아 있었다. 말없이 일에 몰두한 그녀는, 마치 이 공간에 맞춰 정밀하게 설계된 하나의 장치처럼 보였다.

"벌써 실험의 중반부에 들어섰네요. 오늘은 예정보다 조금 앞당겨, 건반 테스트를 진행할 겁니다."

유진의 시선이 덱스의 손 위로 고정되었다. 스캔 장치가 깜빡이며 작동을 시작했고, 이내 쇼팽의 멜로디가 실험실 한복판에 퍼져나갔다. 화면 속 데이터가 퍼즐처럼 빠르게 조립되자, 유진은 미묘한 미소를 지었다.

"피아노를 아주 잘 치시네요. 근데, 뇌파가 좀 불안정한데요. 혹시 안 좋은 기억이 스며든 건 아닐까요?"

그 순간, 덱스의 어깨가 미세하게 굳었다. 마치 속을 들킨 것 같았다. 피아노에 얽힌 어머니의 기억이 그의 뇌리를 어지럽혔다.

"괜찮아요. 기록에 중요한 건 움직임이에요. 기버(giver)의 개인적인 기억은 아니죠. 불안정한 데이터는 우리가 걸러낼 테니 신경 쓰지 마세요."

실험은 그렇게 하루하루 차곡차곡 쌓여갔다.

덱스는 반복적으로 손가락을 움직이며, 미세한 근육을 조작해 기계 속으로 자신의 기억과 움직임을 한 겹 한 겹 밀어 넣었다. 매일 같은 동작, 같은 침묵. 덱스는 말이 없었고, 유진은 그 편이 더 좋았다. 불필요한 대화로 흐름을 끊을 필요가 없었다.

유진은 확신하고 있었다. 이번 프로젝트만 성공한다면, 승진은 기정사실이었다.

물론 서 박사와의 충돌은 피할 수 없을 것이다. 하지만 이 프로젝트가 성과를 낸다면, 앞으로는 더 크고 과감한 아이디어를 밀어붙일 발언권이 따라올 것이 분명했다.

. . .

그리고 드디어 그날이 왔다. 서 박사와 임원진이 각 부서를 돌아다니며 실험 과정을 직접 평가하는 날이었다.

유진은 하얀 실험복 대신 몸에 딱 맞는 가죽 재킷과 팬츠를 입고 실험실에 등장했다. 마치 화려한 무대 위에 선 록스타처럼, 그녀의 모습은 시선을 단숨에 사로잡기 충분했다. 그녀의 손끝에 연결된 장치의 회로는 부드럽게 빛을 내며, 싱크를 맞출 준비를 마친 상태였다.

기타를 어깨에 둘러맨 유진은 한 손으로 기타 줄을 팅기며 익살스러운 미소를 지어 보였다.

"신유진의 콘서트에 오신 것을 환영합니다. 맹세컨대, 저는 오늘 기타를 처음 잡아보는데요. 그렇기에 C코드를 어떻게 짚는지도 모르는 수준입니다. 하지만 덕수 님의 손기술을 훔쳐내는데 성공했습니다. 자, 그럼 제가 들려드릴 곡은 스피드 메탈의 전설, 잉위 맘스틴의 〈Far Beyond the Sun〉입니다."

말을 마치기가 무섭게 그녀의 손가락이 기타 줄 위를 날아다니기 시작했다. 화려한 아르페지오가 실험실을 가득 채웠고, 이어진 초고속 리프는 전율이 흐를 만큼 강렬했다. 유진은 마치 무대 위의 록스타처럼 연주에 몰입하며 허리를 꺾고 머리를 흔드는 동작까지 더했다.

실험실 안은 충격과 감탄으로 가득 찼다. 사람들의 입에서는 저절로 탄성이 흘러나왔고, 누군가는 참지 못하고 박수를 치기 시작했다. 그러나 서 박사는 굳은 얼굴로 손을 들어 박수를 멈췄다.

"그만."

그의 목소리는 차갑고 날카로웠다.

"쇼는 인상적이었어. 하지만 우리의 목표는 손을 잃은 사람들에게 새로운 삶을 되찾아주는 거야. 누군가 땀과 시간을 쏟</p>

아 만든 노력을 훔치려는 게 아니라고.”

실험실 안에 다시 무거운 침묵이 흘렀다. 유진은 기타를 내려놓으며 잠시 서 박사의 눈을 응시했다. 그런 다음 자신감 가득한 목소리로 입을 열었다.

“박사님, 걱정은 기우에 불과합니다. 이브는 아직 칩 계발 전입니다. 헬멧을 쓰고 무대에 설 플레이어를 보고 싶은 관객은 없겠죠. 저는 지금 제 실험이 얼마나 성공적이었는지 보여드리는 겁니다.”

유진은 손짓으로 바로 옆에서 지켜보고 있던 어시스턴트를 불렀다. 테이블 위에 카드 한 벌이 놓이자, 그녀는 곧장 카드를 집어 들었다.

“이번엔 제가 카드 마술사가 되어볼 겁니다.”

유진은 테이블 위의 카드 더미를 손에 들고, 단숨에 부채꼴 형태로 펼쳐 보였다. 그 상태에서 카드 하나를 반대편 쪽으로 밀어 올리자, 카드 더미는 차르르 소리와 함께 빛나는 궤적을 그리며 그녀의 다른 손으로 정확히 흘러들어갔다.

이윽고 그녀는 손가락으로 카드를 두 묶음으로 나누더니, 아래로 흘려보내며 빠르게 교차시켰다. 카드들은 손안에서 춤추듯 움직이며 위아래로 엇갈렸고, 그녀의 손놀림은 점점 더 매끄럽고 속도감 있게 이어졌다. 그러다 유진은 그중 한 장을 무작위로 번쩍 꺼내 들었다.

"자, 이 카드를 잘 기억해주세요."

그녀는 한 장의 카드의 패를 관객들에게 보여주며 그들의 시선을 집중시켰다. 그리고 눈 깜짝할 사이에, 그 한 장이 그녀의 손에서 감쪽같이 사라졌다.

"어디 갔을까요?"

유진은 다시 테이블 위 카드 더미를 가볍게 섞으며 미소를 지었다. 그리고 셔플을 반복하던 중에, 카드 더미 한가운데에서 사라졌던 카드 한 장을 정확하게 끄집어내 보여주었다.

"여기 있군요. A 스페이드 맞을까요?"

곳곳에서 감탄과 흥분이 섞인 목소리가 울려 퍼졌다.

그들의 반응에 아랑곳하지 않고 그녀는 재빠르게 하트 13장을 골라내더니 위로 튕겨 올렸다. 카드들이 부드러운 곡선을 그리며 공중으로 흩어졌다가, 이내 마치 자석에 이끌리듯 그녀의 손안으로 완벽히 모여들었다.

"어때요? 덕수 님의 손기술, 정말 대단하죠? 이제부터 타짜로 전향할까 봐요."

"이 정도면 소매치기 대회에도 나갈 수 있겠는데."

어딘가에서 장난 섞인 목소리가 들려오자, 실험실 안은 다시 웃음소리로 가득 찼다.

서 박사는 눈을 좁히며 그녀의 손놀림을 뚫어지게 바라보다가, 천천히 고개를 끄덕였다.

"정말 놀랍군. 연주 실력은 상품에 포함시키지 말자구. 하지만…."

그는 한 손으로 이마를 문지르며 말을 이었다.

"이 정도 기술이라면, 손의 한계를 논하는 건 더 이상 의미가 없겠지. 아주 훌륭해, 신 매니저."

서 박사가 한 발 물러서며 그녀의 어깨를 가볍게 두드리자, 유진은 가슴 깊이 벅찬 흥분이 밀려들었다. 이제 그녀는 게임의 판도를 뒤흔들 새로운 플레이어로 나설 준비를 마친 듯했다.

침입자의 제안

이브는 신유진의 부서에 막대한 투자와 자원을 아낌없이 쏟아부었다. 회사의 기대는 하늘을 찌를 듯했고, 유진 역시 그 기대를 등에 짊어진 채 쉴 틈 없이 달려왔다.

실험실은 여전히 차가운 질서와 기계음으로 가득했다. 여러 개의 커피잔들이 책상 위에 무질서하게 흩어져 있었고, 유진의 손은 키보드 위에 멈춘 채 점점 축 늘어졌다. 며칠 밤을 지새우며 몸과 머리를 혹사한 탓에, 그녀의 눈꺼풀이 무겁게 내려앉았다.

덱스가 모니터를 바라보던 시선을 거두며 무심히 말했다.

"이제 자동 기록되는 스테이지니까 MD님은 잠깐 눈 좀 붙이시죠."

유진은 잠깐 멈칫하며 그를 보다가, 결국 무거운 피로에 굴복하듯 고개를 끄덕였다.

"그럴까, 그럼… 고마워요, 덕수 씨."

유진은 커피잔을 내려놓고 천천히 몸을 일으켰다. 비틀거리며 건너편 휴게실로 향하는 그녀의 뒷모습을 덱스는 끝까지 지켜보았다. 그리고 문이 완전히 닫히는 순간, 그의 눈빛이 매섭게 변했다.

덱스는 곧바로 재킷 안쪽에서 얇고 작은 디바이스를 꺼냈다. 손바닥 위에 올려진 그것은 스마트폰처럼 단순해보였지만, 이 실험실의 모든 데이터를 훔쳐낼 수 있는 강력한 도구였다. 그는 컴퓨터 본체 쪽으로 다가가 허리를 숙였다. 움직임은 조용하고 빠르게 이루어졌다. 패널을 열고 장치를 연결하자 낮은 기계음이 울리며 전송이 시작되었다.

장치의 화면이 깜빡이며 숫자가 빠르게 뛰어올랐다. 1%… 5%… 12%… 덱스는 잠시 멈춰 주변을 살피더니 키보드로 손을 뻗었다. 파일을 찾아 정리하고 데이터 전송 경로를 확보하는 그의 손놀림이 분주해졌다.

37%… 58%… 장치의 화면에 뜨는 데이터 전송 속도가 숫자로 뛰어오를 때마다, 그는 숨죽이며 긴장감을 삼켰다.

72%… 덱스의 손이 키보드와 장치를 오가며 재빠르게 움직였다. 컴퓨터와 연결된 데이터 경로를 확인하고, 혹시라도

발생할 오류에 대비해 미리 차단 코드를 입력했다.

94%… 96%… 장치의 작은 진동음이 덱스의 귀에 더 크게 울리는 것 같았다. 시간이 늘어지는 듯 느껴졌다.

"조금만 더…."

그는 속으로 자신을 다그치며 마지막 숫자를 기다렸다. 장치의 화면에 99%가 떴을 때, 그의 손바닥은 땀으로 흥건히 젖어 있었다.

그때였다. 문이 거칠게 열리며 그녀의 목소리가 칼날처럼 날아들었다.

"여기서 뭐 하는 거죠? 설마 순진하게 이 회사가 복제 방지 장치도 없을 거라 생각한 건 아니죠?"

덱스의 손이 얼어붙었다. 싸늘한 비웃음이 섞인 그녀의 말이 뒷덜미를 서늘하게 훑었다. 천천히 고개를 돌리자, 유진은 그의 뒤에서 팔짱을 낀 채 서 있었다.

"마약 전과자인 주제에… 언젠가 일을 벌일 줄 알았지."

그 한마디가 덱스의 심장을 사정없이 내리쳤다. 과거가 발각될 가능성은 어렴풋이 짐작하고 있었지만, 막상 그 말이 튀어나오자 온몸이 순간 얼어붙었다. 그러나 당황을 드러낼 순 없었다. 그는 일부러 어깨를 으쓱하며 태연한 척 허리를 폈다.

"그래서 뭐, 꼰지르기라도 하게?"

뻔뻔한 그의 말에 유진의 눈빛이 살벌해졌다. 그녀는 한 걸음 다가서며 이를 악물었다.

"이게 진짜 막 나가네?"

덱스는 그녀의 말을 끊으며 비수를 꽂듯 말했다.

"내가 절도를 시도한 걸 알면 서길수 박사가 당장 기버(giver)를 교체하겠지. 그럼 당신은 다시 처음부터 시작해야 할 거고. 그러니까… 당신이 서 박사한테 이걸 말하지 않았다는 건 결국 내 정체를 알면서도 눈감아 줬다는 거잖아?"

덱스의 마지막 말에 유진의 표정이 한순간에 굳었다. 두 사람 사이의 공기가 날카롭게 팽팽해졌다.

"이 도둑놈의 새끼가, 뚫린 입이라고….'

유진의 말은 분노로 날이 서 있었다. 그러나 덱스는 미소를 지으며 한 치도 물러서지 않았다.

그리고 천천히 손에 쥔 장치를 들어 화면을 돌려 보였다.

100% Completed.

푸른 글자가 또렷하게 떠오르며 화면을 가득 채웠다.

유진의 눈이 크게 휘어졌다. 믿기지 않는다는 듯, 그녀는 덱스와 장치를 번갈아 바라보았다.

"… 말도 안 돼."

발걸음이 저도 모르게 뒤로 물러났다. 이브의 모든 시스템은 복제 불가 장치로 철저히 보호되고 있었다. 어떤 외부 장치도 데이터를 빼내는 건 불가능해야 했다.

덱스는 그녀의 반응을 보며 코웃음을 쳤다.

"설마 순진하게 내가 복제 불가 장치도 못 뚫고 이 짓을 할 거라 생각한 건 아니죠?"

덱스의 말에 유진의 손이 꽉 쥐어졌다. 그녀의 시선은 번쩍이는 장치로 향하며, 떨림이 점점 더해졌다.

"… 너, 정체가 뭐야?"

차갑게 내뱉은 그녀의 목소리에는 분노와 당혹감이 서려 있었다.

덱스는 대답 대신 어깨를 으쓱하더니, 장치를 재킷 안으로 천천히 쑤셔 넣었다.

"나? 해커에게 수억을 쏟을 만큼 원한이 있는 사람이라고 해두죠. 후훗."

덱스는 코웃음을 치며 의자에 털썩 앉았다. 몸을 뒤로 젖히고, 깍지 낀 두 손을 머리 뒤로 얹었다. 한쪽 눈썹을 들며 유진을 바라보는 눈빛엔 여유로움마저 깃들어 있었다.

그리고 재킷에서 담배를 꺼내 불을 붙였다. 연기가 피어오르며 실험실의 차갑고 딱딱한 공기를 어지럽혔다. 그의 태도는 끝까지 뻔뻔하고 도발적이었다.

유진은 이를 악물고 그를 뚫어지게 노려보며 한 걸음 앞으로 다가섰다.

"야, 최덕수! 데이터 훔쳐서 네깐 게 뭘 어쩌겠다는 건데?"

덱스는 담배를 손가락 사이에서 빙그르르 돌리며 말을 이었다.

"난 당신을 알아. 여기서 남의 손가락 근육이나 기록하고 있을 사람이 아니잖아. 당신은 서길수 뒤치다꺼리로 만족할 만한 사람이 아니란 말이야."

"……"

의자에서 몸을 살짝 앞으로 기울이며, 덱스는 담배 끝을 재털이에 툭툭 털어냈다.

"당신은 이브의 기술 그 이상을 원하고 있잖아. 당신만의 세상, 당신이 설계한 꿈… 그걸 실현시키고 싶은 거 아니야?"

짧은 침묵이 흘렀다. 유진의 입술은 굳게 다물려 있었지만, 그의 말은 정확히 그녀의 심장을 겨누고 있었다.

"내가 손에 쥔 이 데이터, 그리고 당신의 머리. 둘이 합쳐지면 못할 게 없지. 서길수든, 누구든 감히 우릴 막을 수 없을 거야. 그러니까 잘 선택해. 날 꼰지르든가, 아니면 이 기회를 잡든가. 결국 중요한 건 당신 선택이야."

그는 담배를 재떨이에 비벼 끄며 고개를 들었다. 유진을 향한 그의 눈빛은 마치 게임의 승패를 이미 쥐고 있는 사람처럼 흔들림 없었다.

"아, 참고로 CCTV? 이미 3일 전 자료로 갈아뒀으니까 쓸모 없을 겁니다. 답은… 3일 내로 주시죠. 신 매니저님."

덱스는 자리에서 일어나 유유히 문밖으로 사라졌다. 실험실에 남겨진 유진은 그 자리에서 한 걸음도 움직일 수 없었다. 머릿속은 뒤엉켰고, 심장은 폭발하듯 요동쳤다.

그의 마지막 말이 여전히 머릿속을 맴돌았다.

'결국 중요한 건 당신 선택이야.'

이제 선택은 그녀에게 달려 있었다.

평범한 현정의 일상

현정은 늘 자신을 '평범하다'는 말로 정의하곤 했다. 키, 얼굴, 성적 모두 그저 적당히 괜찮은 수준. 눈에 크게 띄지 않았고, 뒤처지지도 않았다. 반 아이들이 깔깔거리며 웃고 장난을 칠 때도, 그녀는 늘 무리의 가장자리에 머물렀다.

그런 현정이 처음으로 주목받았던 순간은 중학교 미술 시간이었다. 미술 선생님이 그녀의 캔버스 앞에 멈춰 섰다.

"이거 네가 그린 거야? 정말 잘 그렸다. 너 이름이 이현정이지?"

처음으로 자신의 이름이 또렷하게 불렸던 그 순간, 현정의 심장이 두근거렸다. 누군가에게 제대로 인정받은 건 그때가 처음이었다. 그날 이후, 그녀는 틈만 나면 붓을 들었다.

하지만 그 즐거움은 오래가지 않았다.

"역시 민주는 확실히 다르네. 이 정도면 프로라고 봐야지."

엄마의 말은 잔인할 만큼 명확했다. 집안의 기대와 관심은 언제나 언니, 민주에게 쏠려 있었다.

민주가 그린 그림은 현정의 눈에도 달라 보였다. 선 하나, 색 감 하나에서 타고난 감각이 느껴졌다. 민주는 그런 사람이었 다. 집에서도, 학교에서도, 학원에서도 늘 중심에 서 있는 사람.

겉으로 드러나진 않았지만, 현정의 마음 한구석에는 늘 언 니를 향한 열등감이 웅크리고 있었다.

결정적인 순간은 부모님의 말에서 비롯되었다.

"현정아, 우리 집 사정이 워낙 빠듯하잖니. 어쩔 수 없이 실 력이 더 뛰어난 언니만 학원에 보내는 거, 이해하지?"

현정은 얇은 미소를 띠며 대답했다.

"괜찮아요."

그 말을 내뱉는 순간, 그녀는 그림에 대한 모든 열정이 스르 르 몸 밖으로 빠져나가는 것 같았다.

미대에 수석 입학한 민주가 화려한 경력을 쌓아가는 동안, 현정이 선택한 것은 안정적인 사범대였다.

졸업반이 된 그녀는 임용고시 준비에 몰두하며 속 깊은 의 문을 애써 눌러 두었다.

'이 길이 맞아.'

그렇게, 그녀의 삶은 언니와 전혀 다른 방향으로 흘러갔다.

그 무렵, 현정은 자주 들르던 골목 끝 작은 분식집에서 민후를 만났다.

어딘가 어두운 분위기를 풍기는 마스크에 귀를 덮은 곱슬머리. 현정이 좋아하는 타입이었다. 좁은 공간을 분주히 오가며 주문을 받는 모습이 이상하리만큼 눈길을 끌었다.

현정은 자연스레 그곳의 단골이 되었고, 두 사람은 그렇게 불같은 사랑에 빠졌다.

어느 날, 허름한 뒷골목 여관방. 비스듬히 누운 민후는 현정의 맨살을 어루만지며 나직이 속삭였다.

"나는 앞으로 작가가 될 거야."

"뭘 쓰는데? 나도 읽고 싶어."

"아직은 부끄러워. 다 쓰면 제일 먼저 너한테 보여줄게."

현정은 그의 말에 작게 미소 지으며 그의 가슴속으로 얼굴을 파묻었다.

얼마 후, 현정은 민후를 부모님께 소개하기 위해 집으로 데려갔다.

빌려 입은 것처럼 보이는 정장을 걸친 민후가 어색하게 자리에 앉자, 아버지가 단도직입적으로 물었다.

"자네 직업은 뭔가? 모아둔 돈은 얼마나 있나?"

민후의 어정쩡한 대답은 부모님에게 신뢰를 주기에는 한참이나 부족했다.

그즈음, 아빠의 주선으로 길수를 만났다. 차분하고 성실한 사람 같았다. 눈에 띄는 매력은 없었지만, 거슬리는 점도 없었다. 현정은 몇 번 더 만나보기로 했다.

민후와의 불안정하고 위태로운 연애를 끝낸 이유가 부모님의 뜻이었는지, 아니면 스스로의 선택이었는지, 현정은 지금도 알 수 없었다. 하지만 길수와의 만남은 마치 오래전부터 예정된 흐름처럼 자연스럽게 이어졌다.

"현정아, 연구원 월급이 아주 많은 건 아니지만, 안정적인 직장이라는 게 얼마나 큰 복인지 아느냐?"

부모님의 기대에 따라 길수와의 결혼은 빠르게 진행되었다.

결혼 생활도 그리 놀라울 것 없는 평범함의 연속이었다. 길수는 저녁이면 늘 정시에 집으로 돌아왔고, 아이들과 공놀이를 하거나 TV 앞에서 맥주 한 캔을 즐기는 식이었다. 그들의 일상은 마치 잔잔한 호수 위를 부드럽게 나아가는 나룻배처럼 일정하고 조용하게 흘러갔다.

그가 어느 날 문득 회사를 그만두겠다고 말하기 전까지는 말이다.

길수는 대체로 조용하고 침착한 사람이었다. 그러나 뭔가에 빠지면 끝을 봐야 직성이 풀리는 집요한 면이 있었다. 어린 시절부터 모은 우표는 지역 신문에 소개될 정도로 방대했고, 한때는 옛날 양념통닭의 맛을 찾겠다며 전국을 누비기도 했다. 현정은 남편이 그저 번아웃이 온 거라고 믿고 싶었다. 남편이 멍하니 앉아 있는 모습을 볼 때마다 정신 좀 차리라며 호통을 치기도 했다. 하지만 그녀의 불안한 예감은 빗나가지 않았다. 길수는 얼마 지나지 않아, 말없이 회사를 그만두었다.

학교 선생님의 월급만으로는 아파트 대출금과 두 아이의 양육비를 감당하기엔 턱없이 부족했다. 생활은 점점 팍팍해졌고, 사소한 일에도 언성이 높아지는 일이 잦아졌다. 결국 현정은 아이들을 데리고 친정집으로 들어갔다.

그런 상황에서 생활비를 보태준 사람은 언니, 민주였다. 한 달도 빠짐없이 매달 같은 날짜에 정확한 금액이 계좌로 입금됐다. 그 정돈된 호의 앞에서. 언니를 향한 미움과 질투는 자주 방향을 잃어버렸다. 언니는 친정의 돈을 야금야금 빼먹는 길수와 이혼하는 게 어떻겠냐고 슬그머니 조언하기도 했다.

현정이 길수를 떠나지 못한 이유는 사랑이라기보다 연민, 혹은 책임감에 가까웠다.

가끔 밑반찬을 싸 들고 고시원 문을 두드릴 때마다, 길수는 피로에 찌든 얼굴로도 환하게 웃으며 문을 열었다.

"여보, 미안해. 하지만 이번에는 정말 좋은 느낌이 들어. 이제 거의 막바지야. 당신, 더 이상 고생 안 해도 되게 해줄게. 얼마 전엔 투자도 받았다구."

"그냥, 밥이나 잘 챙겨 먹고. 아프지나 마."

그리고 길수가 약속을 지키기까지는 참으로 오랜 시간이 걸렸다.

회사가 체계를 잡고 주식을 상장하더니, 큰아들이 고등학교에 입학할 즈음, 모든 것이 달라져 있었다. 램튼 심포니가 대박을 쳤고. 길수네는 한강이 내려다보이는 50평대 고급 아파트로 이사했다.

친정에 진 빚을 다 갚겠다며 길수는 옆 동에 장인, 장모를 위한 아파트를 마련해주었다.

"내가 살다 살다 길수 사위 덕을 볼 날이 올 줄이야."

민주에게도 그는 아낌이 없었다. 명품 한정판 가방에 신형 외제 차까지 손수 준비해 건넸다.

"형님이 받아주셔야 저희가 마음이 편하죠."

주방에서 커피를 내리던 민주는 현정을 힐끔 보며 조용히 입을 열었다.

"너 정말, 내 말대로 이혼이라도 했으면 어쩔 뻔했니. 생각만 해도 간담이 서늘하다."

그날 밤, 현정은 좀처럼 잠들 수 없었다. 늘 언니의 뒤에서 느꼈던 그 압도적 간격이 비로소 메워진 듯한 감각에 마음이 들썩였다.

현정은 부유한 사모님으로 살게 되었지만, 값비싼 물건들을 모으는 일에도 금세 흥미를 잃고 말았다.

그즈음, 오래전 잊었던 이름 하나가 자꾸만 머릿속을 떠다녔다.

민후.

그는 정말 작가가 되었을까?

현정은 몇 차례 그의 이름을 검색해봤지만, 정민후라는 이름은 어디에서도 찾을 수 없었다.

혹시 필명을 쓰고 있는 걸까 싶었지만, 확인할 길은 없었다.

그럴 때면 그녀는 종종 상상 속에서 그와 다시 마주쳤다. 품위 있고 여유로운 자신이 우연히 그를 만나고, 다시 불같은 사랑이 다시 시작되는 장면들. 이런 상상들은 점점 더 자주, 더 생생하게 그녀를 사로잡았다.

그녀는 집 안의 작은 방 하나를 화실로 꾸미기로 했다. 하지만 친정 식구들이 올 때면 화실 문을 급히 잠갔다. 아무에게도 들키고 싶지 않았다. 다시 붓을 잡은 자신의 모습이 왠지 부끄럽게 느껴졌다.

. . .

그날은 현정이 친구와 만나기로 한 날이었다.

지갑을 놓고 온 걸 뒤늦게 깨달은 그녀는 주차장에서 다시 집으로 올라왔다.

일요일 아침이니 남편은 아마 침실에서 느긋하게 시간을 보내고 있을 거라 생각하며 조용히 문을 열었다. 그런데, 남편의 연구 룸 문틈 사이로 이상한 소리가 들려왔다.

현정은 무심코 걸음을 멈추고 귀를 기울였다. 낮게 끊어지는, 억눌린 신음소리였다.

조심스레 문을 밀어본 순간, 눈앞의 장면에 현정은 저도 모르게 급히 몸을 숨겼다.

길수는 VR 헬멧과 이상한 장치를 몸에 장착한 채 화면 너머에 완전히 몰입해 있었다. 얼굴은 잔뜩 상기되 채 억눌린 신음소리를 내며 온몸을 흔들었다.

‘저건 누가 봐도 분명 사이버 섹스인데’

차마 더 이상 지켜볼 수 없었던 현정은 얼른 문을 닫고 뒤돌아섰다.

‘나도 민후 떠올리면서 몇 번이나 달아올랐잖아. 어차피 실제도 아닌데.’

그날 이후, 약속이 취소돼 갑자기 집에 돌아올 때나, 한밤중에 눈을 떠 남편이 곁에 없는 걸 알게 될 때면, 남편은 어김없이 연구실에 틀어박혀 있었다. 문에 가만히 귀를 갖다대 보면 어김없이 얕은 신음이 들려왔다.

하지만 더 큰 문제는 따로 있었다.

어느 날, 낮잠에서 깬 현정은 아들을 부르다 대답이 없자, 무심결에 길수의 연구 룸을 열어보았다. 그리고 그 안에서 헬멧을 쓴 아들의 적나라한 표정과 흔들리는 어깨를 마주쳤다. 제대로 컴퓨터 비밀번호 하나 걸어두지 않은 남편이 원망스러웠다. 고민 끝에 현정은 남편에게 이 사실을 털어놓았다.

“다 알고 말하는 거야. 이제는 우리 수현이가 그러고 있다고.”

길수는 얼굴이 하얗게 질리더니 한동안 말을 잇지 못했다.

“미안해… 테스트 삼아 시작했는데, 나도 모르게 빠져들었어. 정말 주의할게. 이제 다시는 그런 일 없을 거야.”

현정은 차오르는 분노를 애써 삼키며 혀를 끌끔 차며 작게 중얼거렸다.

"외도보다는 차라리 이편이 낫긴 하네."

하지만 정작 속으로 삼킨 말은 따로 있었다.

'여성 사용자를 위한 캐릭터가 있다면 난 그걸 정민후로 설정했겠지.'

그날 이후, 적어도 현정이 아는 한, 길수는 더 이상 가상현실에 빠지지 않았다. 아들 역시 연구실에 들어가는 일이 자연스럽게 사라졌다. 모든 것이 아무 일 없었던 것처럼 평온한 일상으로 돌아갔다.

어느 날, 화실에서 완성된 그림 몇 점을 바라보던 현정은 잠시 생각에 잠겼다.

'길수랑 결혼하길 잘했네.'

창밖을 바라보니 저녁 햇살이 한강 물결 위로 조용히 부서지고 있었다.

현정은 AI 스타일리스트가 추천한 실크 원피스를 매만지며 거울 앞에 섰다. 체형에 꼭 맞고, 은은한 광택이 감도는 원단이 한눈에도 고급스러워 보였다. 그녀는 몸을 살짝 돌려 앞뒤를 살피며 천천히 숨을 골랐다. 이제 '사모님'이라는 호칭도 제법 자연스럽게 느껴졌다. 입가에 흡족한 미소가 떠올랐다.

오늘은 이브의 신제품 출시 발표가 있는 날이었다. 길수가 수많은 카메라 앞에서 주목받을 자리였다. 현정 역시 그 자리에 참석해 남편의 성과를 뒷받침할 필요가 있었다. 길수가 '가정적인 이미지'를 통해 '인간적인 리더'로 보이길 원했기 때문이다.

행사장은 이미 사람들로 북적이고 있었다. 현정이 모습을 드러내자 몇몇 관계자들이 다가와 정중히 인사를 건넸다. 반짝이는 눈길과 지나치게 친절한 태도에 현정은 마음 한구석이 따끔했다. 부와 성공이 만들어낸 이 변화가 그녀에게는 여전히 낯설고 어딘가 씁쓸하게 느껴졌다.

그녀는 손거울 속 자신의 모습을 가볍게 점검하고는 무대 위로 오를 남편을 기다렸다.

잠시 뒤, 길수가 미소를 지으며 무대 중앙으로 천천히 걸어 나왔다. 조명이 그의 얼굴을 비추자, 커다란 스크린에 "Touch Memory: 잃어버린 손끝의 기억을 되찾다"라는 문구가 선명하게 떠올랐다. 길수는 잠시 청중을 둘러보더니 자신감 가득한 목소리로 프레젠테이션을 시작했다.

무대 아래에서 현정은 남편을 바라보며 흐뭇하게 고개를 끄덕였다. 성공한 남편의 모습이 자랑스러웠다. 그 순간, 그녀의 휴대폰이 진동했다. 메시지가 도착한 모양이었다. 뒤이어 객석 곳곳에서 알림음이 잇따라 울렸다. 웅성거림이 퍼지기 시작했다.

불길한 예감이 그녀를 짓눌렀다. 천천히 휴대폰 화면을 열어 메시지를 확인한 순간, 그녀의 손끝이 서늘하게 얼어붙었다.

"CEO 서길수, 아동 성애를 가상현실에서 재현? 충격적 영상 공개!"

숨이 턱 막히는 문구였다. 현정은 휴대폰 화면의 글자가 흔들리는 것을 멍하니 바라봤다. 손끝이 떨리며 얼어붙는 와중에도 그녀는 본능적으로 링크를 눌렀다.

화면 속, 이브 헬멧을 쓴 길수가 보였다. 낯익은 움직임이었다. 허공을 더듬으며 헐떡이는 모습. 현정은 그 상대가 그저 젊은 여자 캐릭터라고만 생각해왔다. 상대가 아이일 거라는 생각은 단 한 번도 해본 적 없었다.

청중은 휴대폰 화면을 내려다보며 속삭였고, 불안한 시선들이 곳곳에서 교차했다. 웅성거림이 점점 커지며 장내 분위기가 혼란으로 물들었다. 길수는 프레젠테이션을 이어가려 했지만, 무언가 크게 잘못되었음을 느끼지 않을 수 없었다. 스태프가 길수에게 다가가 귓속말을 전하자, 그의 얼굴이 순식간에 새하얗게 질렸다.

그때 기자석에서 누군가가 자리에서 벌떡 일어났다.

"서길수 박사님, 이 기사 사실입니까?"

"지금 청중 모두가 보고 있는 이 영상이 본인 맞습니까? 상대가 정말 아동이었습니까?"

청중들 사이에서 웅성거림이 노골적인 비난으로 바뀌었다. 몇몇은 고개를 젓거나 자리를 박차고 나갔다.

사회자가 손을 들어 사람들을 진정시키려 했지만, 소란은 더 커질 뿐이었다. 그때, 서 박사가 급히 단상으로 올라갔다. 마이크를 잡은 그의 목소리는 떨리고 있었다.

"이건 모두… 모두 조작된 겁니다. 저와 제 회사에 대한 음해입니다!"

현정은 의자에 주저앉으며 손으로 이마를 짚었다. 무대 위의 남편이 너무나 낯설게 느껴졌다. 마치 지금껏 한 번도 제대로 알지 못했던 사람 같았다.

공모자들

길수의 중요한 프레젠테이션을 며칠 앞둔 밤.

덱스는 어둑한 조명의 술집 구석, 낡은 가죽 의자에 깊숙이 몸을 묻고 있었다. 반쯤 비워진 위스키 잔을 들고, 손가락으로 잔 가장자리를 천천히 문질렀다. 스피커에서 흘러나오는 1960년대 음악이 담배 연기와 알코올 향에 섞여 공기 속을 정처 없이 떠돌았다. 잔 안의 얼음이 간헐적으로 딸깍 소리를 냈다.

그의 시선은 오로지 테이블 위 태블릿 화면에 고정돼 있었다. 마치 이곳과 완전히 단절된 사람처럼.

그때, 출입문이 열리며 찬 공기가 실내로 훅 밀려들었다. 눅진한 술집의 공기가 일순간 갈라졌다. 유진이었다. 어깨에 코트를 느슨하게 걸친 채, 손끝엔 반짝이는 클러치백이 매달려 있었다. 그녀는 술집을 천천히 훑어보다 덱스를 발견하고는

힐 소리를 또각이며 다가왔다.

"늦어서 미안. 길이 엉망이라 어쩔 수 없었어."

유진은 의자에 털썩 몸을 던졌다. 코트를 대충 등받이에 걸치자마자, 곧바로 태블릿 화면으로 시선을 옮겼다. 덱스는 무표정한 얼굴로 그녀를 바라보다, 잔을 들어 위스키를 한 모금 머금었다. 느릿하게 잔을 내려놓은 후, 그는 손끝으로 태블릿 화면을 툭 건드렸다.

"네가 알다시피 해킹에 성공한 이후 이브에서 실행되는 모든 데이터를 뒤져봤는데."

유진의 눈이 가늘어졌다. 그녀는 고개를 살짝 기울이며 물었다.

"그래서 뭐라도 잡았어? 재정 비리라도? 아니면 스캔들?"

"지나치게 깨끗하더라고. 마치 의도적으로 흔적을 남기지 않으려는 사람처럼. 대신…"

덱스가 태블릿을 몇 번 두드리자 새로운 화면이 떠올랐다.

"서 박사의 사적인 취미를 알아냈지."

낮게 내뱉는 목소리에는 묘한 비웃음이 섞여 있었다.

"혼자 방구석에서 서길수가 뭐하고 노는지 알아?"

그는 태블릿을 그녀 쪽으로 돌리고, 재생 버튼을 눌렀다.

침대 위, 발가벗은 젊은 남자가 나른한 눈빛으로 카메라를 바라보고 있었다. 성기를 드러낸 채 비스듬히 누워, 당장이라도 행위를 시작할 태세였다.

유진이 화면에 얼굴을 가까이 들이밀었다. 순간, 눈을 크게 뜨더니 피식 웃음을 터뜨렸다.

"뭐야? 서 대표 게이였던 거야? 대박 사건!"

"진짜 재밌는 건 이제부터야."

덱스는 한쪽 입꼬리를 올리며 집게와 엄지를 넓게 벌려 영상을 확대했다. 영상 속 남자의 얼굴이 점점 더 선명해졌다.

"잠깐만… 이거 서 박사 젊었을 때 같은데."

유진은 믿기지 않는다는 듯 화면에 시선을 고정한 채, 몇 번이고 남자의 얼굴을 확인했다.

"맞아. 젊은 시절의 서 박사. 자신의 기억을 셀프 이식해서 만들어낸 바로 30년 전 자신인 거지."

그녀의 입이 크게 벌어졌다가, 마침내 기가 막힌 듯 혀를 찼다.

"자기 자신을 보면서 고추가 선다는 거야?"

덱스는 작게 코웃음을 치며, 위스키 잔을 손끝으로 굴렸다. 한 모금 넘기고는 태연한 목소리로 중얼거렸다.

"타임머신을 타고 조우한 도플갱어랑 엉겨 붙은 셈이지. 자기애성 성격장애 같기도 하고."

"진짜 깨긴 깨네. 근데 이걸로 무너질까? 좀 괴상하긴 하다만…."

덱스는 살짝 미간을 좁히며 그녀의 말을 자르듯 대답했다.

"성인 남자에게 가장 치명타가 될 수 있는 게 뭘 것 같아?"

"뭐, 마약? 도박? 아니면 불륜 같은 거?"

유진이 한쪽 눈썹을 올리며 가볍게 되물었다. 목소리는 가벼웠지만, 시선은 여전히 덱스를 예리하게 주시하고 있었다.

덱스는 천천히 고개를 저으며 낮게 내뱉었다.

"페도필리아."

순간, 유진의 얼굴에 미묘한 감정이 스쳤다. 놀람과 불쾌함, 그리고 억누를 수 없는 흥미가 묘하게 얽혔다.

그녀는 더는 기다릴 수 없다는 듯 입술을 달싹였다.

"그러니까 지금, 네 말은 서 대표를 아동성애자로 몰자는 거야?"

"그편이 확실하지 않겠어?"

덱스가 잔 속의 얼음을 굴렸다. 가벼운 딸깍 소리가 조용히 퍼졌다.

그의 시선은 여전히 잔 속에서 흔들리는 액체를 따라가고 있었다. 그리고 태연한 어조로 말을 이었다.

"서길수는 한때 확실히 동성애자였어. 셀프 이식으로 과거의 섹스 기억과 자신의 젊은 시절 모습을 각각 추출했겠지. 그리고 이 둘을 합쳐서 즐겼던 거야. 그렇다면 지금부터 우리가 할 일은 단순해. 서길수의 과거 모습 아바타로 교체된 상대의 그 외형만 아동으로 덮어씌우면 된다는 거지."

유진이 고개를 살짝 들었다. 뭔가 떠오른 듯한 표정이었다.

"그렇다면 일이 훨씬 간단해지겠는걸."

짧은 침묵이 흐르다, 유진은 다시 덱스를 향해 입을 열었다.

"이브는 단순히 기억 데이터를 저장하는 게 아니야. 사용자가 그걸 '실제로 경험한 것'처럼 받아들이도록 설계됐지. 그리고 데이터 처리 방식은 철저히 폐쇄적이야. 사용자의 프라이버시 보호라는 명목 아래, 원본과 조작된 데이터를 구분하거나 추적할 방법 자체가 없거든. 그러니까 우리가 덮어씌운 아동 아바타는 서길수의 기억 일부처럼 자연스럽게 흡수돼서, 시스템 안에 그대로 박히게 될 거야. 결국, 그가 무슨 변명을 해도 시스템에 남아 있는 유일한 '기억'은 우리가 조작한 데이터뿐이지. 그는 어떤 식으로도 자신을 증명할 수 없게 되는 거야."

유진의 말이 점점 빨라졌다. 어느새 몸을 덱스 쪽으로 바짝 기울였다. 그녀의 차분한 목소리 끝에 미묘한 흥분이 섞였다.

"역시 신유진답군. 네 말대로야. 서길수는 이제 추락할 일만 남았어. 아주 처참하게."

"그렇다면, 타이밍이 중요하겠네. 아동성애자 서길수, 그 역겨운 진실이라는 기사를 가장 효과적으로 터뜨리려면, 모든 시선이 그에게 쏠려야 해. 얼마 있으면 신제품 발표회잖아?"

덱스는 눈을 가늘게 뜨며 천천히 고개를 끄덕였다.

"그게 정확히 내가 생각한 그림이야. 사람들은 그의 신제품에 열광하다가, 단 한 번의 스캔들로 그 모든 걸 무너뜨리게 될 거야. 기술이고 윤리고, 다."

말을 듣던 유진은 잠시 멈칫하더니, 피식하며 어이없다는 듯 웃음을 터뜨렸다. 그러고는 덱스를 흘끗 보며 그의 말을 받아쳤다.

"추악한 아동성애자라는 꼬리표가 영원히 붙은 채로."

그녀는 테이블 위에 놓인 잔을 천천히 들어 올렸다. 알코올이 흔들리는 잔을 통해 덱스를 바라보며, 짙은 그림자가 그녀의 눈가에 드리워졌다. 덱스도 잔을 들었다. 짧게 고개를 끄덕이며, 두 사람의 시선이 공중에서 스치듯 마주쳤다.

"서길수의 완벽한 몰락을 위해."

두 개의 잔이 부딪히며 맑은 금속성 소리를 만들어냈다. 잔을 기울여 한 모금을 삼키자, 뜨겁게 퍼지는 알코올이 목을 타고 내려가며 속을 달랬다. 유진은 덱스를 똑바로 쳐다보았다. 그리고 야릇한 미소를 흘리며 작게 속삭였다.

"넌 진짜 쓰레기야, 덱스. 그래서 섹시하기도 하고"

주변의 소음과 웃음소리가 두 사람의 치밀한 대화를 삼키듯 스며들었다. 조명이 흔들렸다. 테이블 위로 기묘한 그림자가 길게 드리워졌다.

마침내, 모든 조각이 제자리를 찾았다. 음모는 완벽했다.

추락한 영웅

조명이 점차 밝아지며 차분한 분위기의 방송국 스튜디오가 화면에 잡혔다. 단정한 슈트를 갖춰 입은 진행자가 책상 위 질문지를 가볍게 정돈하며 카메라를 응시했다.

"서길수 스캔들: 추락한 영웅"

배경 스크린에 큼직한 문구가 붉은 선으로 강조되며 떠올랐다. 스튜디오를 가득 채운 시그널 음악이 점차 잦아들고, 화면 하단에는 헤드라인이 빠르게 스쳐 지나갔다.

"혁신의 아이콘, 추악한 실체로 밝혀지다."

짧은 침묵이 흐른 뒤, 진행자는 차분하지만 단호한 목소리로 입을 열었다.

"안녕하십니까, 심층 시선 진행을 맡은 이휘준입니다. 오늘은 전 세계적으로 충격을 준 서길수 박사 사건의 전말을 다룰 예정인데요. 혁신적인 기술로 찬사를 받던 그가, 하루아침에 아동성애자로 낙인찍힌 사건으로 전 세계가 떠들썩하죠. 그 전말과 진실에 대해 이야기해보러 시사 평론가 박지연 님이 자리해주셨습니다. 평론가님, 반갑습니다."

"네. 안녕하세요?"

맞은편 의자에 단정한 정장 차림으로 앉은 박지연은 깔끔하게 정돈된 단발머리와 날카로운 눈빛으로 단번에 이목을 끌었다. 첫 등장부터 풍겨오는 지적인 아우라가 스튜디오 분위기를 단단히 잡아주었다.

진행자는 여유롭게 숨을 고르며 말을 이어갔다.

"사건의 시작은 서길수 박사의 터치 메모리 신제품 발표회장에서 일어났죠. 발표회장 전체에 메시지가 동시에 도착했다고 들었습니다. 어떤 내용이었죠?"

박지연은 침착한 태도로 가볍게 고개를 끄덕이며 말을 시작했다.

"네, 그렇습니다. 그날 발표회장은 서길수 박사의 정제된 프레젠테이션으로 시작됐지만, 문제가 생긴 건 그가 제품 소개를 끝마칠 무렵이었습니다. 갑자기 참석자 전원의 휴대폰에 메시지가 동시에 도착했거든요. 메시지에는 충격적인 내용이 담겨 있었습니다. 바로 서길수 박사가 이브 장치를 착용하고, 가상 세계에서 아동 캐릭터를 대상으로 부적절한 행동을 즐겼다는 폭로와 함께 모자이크 처리된 영상이 첨부되어 있었죠."

진행자는 표정을 살짝 굳히며 말을 받았다.

"저도 정말 충격적이었는데요. 모자이크가 있었다고는 하지만, 캐릭터의 연령대가 어린아이였던 점이 가장 큰 논란을 일으킨 거죠."

"그렇죠. 인위적으로 만들어진 가상의 캐릭터라고 해도, 윤리적인 문제의 소지가 다분했을 텐데요. 우리 모두가 보았던 그 영상은 서길수 박사의 기억에서 추출되었다는 것이 핵심이라는 거지요. 쉽게 말해, 그가 실제로 아동 성범죄를 한 번 이상 저질렀다는 증거가 되구요. 또 자신의 기술력을 이용하여 본인이 직접 그 기억을 불러들였고, 몇 번이고 다시 꺼내어 즐긴 셈입니다. 이는 논란을 넘어 전 세계적인 파장을 불러일으킬 수밖에 없었죠."

진행자는 고개를 약간 숙이며 다음 질문을 던졌다.

"하지만 서길수 박사는 여전히 이번 사건이 누군가의 음모라고 주장하고 있습니다. 정말 그럴 가능성은 없을까요?"

박지연은 잠시 시선을 아래로 내리며 생각에 잠긴 듯하다가, 차분하게 답변을 이어갔다

"이브 시스템의 구조를 살펴보면, '기억 제공자' 즉, 기버(giver)의 이름과 기억을 추출한 날짜, 그리고 기억을 다시 꺼낸 날짜까지 모두 명확히 기록됩니다. 그리고 서길수 박사가 자신에게 셀프 이식을 한 기록도 서길수 대표의 자택, 이브 시스템에 남아 있었죠. 하지만 이브의 정책상 기억의 구체적인 내용은 철저히 암호화되어 저장되어 있죠. 조작이 가능한지의 여부도 불분명합니다. 기술적으로 그는 자신의 결백을 증명하기가 어려운 상태입니다."

진행자는 고개를 끄덕이며 또 다른 의문을 제기했다.

"그렇다면 이 영상은 어떤 경로로 외부로 유출된 건가요?"

다시 자세를 고쳐 앉은 박지연은 특유의 낭랑한 목소리로 설명을 덧붙였다.

"초기에는 저도 내부자가 관련되었을 가능성을 고려했습니다. 서 박사의 비윤리적 행위를 알고 있던 내부 관계자가 이를 폭로했을 가능성이었죠. 그러나 철저한 조사 끝에 내부자 연루 가능성은 완전히 배제되었습니다. 이번 사건은 외부의 누

군가가 서 박사의 집에서 실행된 이브 프로그램 데이터를 해킹해 빼돌린 것으로 밝혀졌습니다.

해킹 자체만으로도 문제는 심각합니다. 이브는 사용자가 과거의 기억을 되살리는 셀프 이식 기능을 지원하는데요. 이를 통해 긍정적이든 부정적이든 강렬했던 기억을 다시 체험하며, 심리적 치유나 트라우마 극복에 활용할 수 있었습니다. 예를 들어, 부모님의 임종 순간이나 극복하고 싶은 고통스러운 기억을 불러와 이를 치유하는 사례도 많았죠. 하지만 이번 사건에서처럼 누군가 숨기고 싶은 기억이 유출되고 악의적으로 사용된다는 건, 이브 시스템의 신뢰를 무너뜨리는 치명적인 문제입니다. 특히, 최고 수준의 보안을 자랑하던 서 박사의 회사에서 이런 일이 벌어졌다는 점은 더욱 아이러니하죠."

"결국, 서길수 박사가 억울함을 호소하고는 있지만, 그가 자신을 증명할 방법은 없다는 거군요?"

박지연은 짧게 숨을 내쉬며 고개를 끄덕였다.

"그렇습니다. 기술적으로도, 윤리적으로도, 그는 이미 사면초가에 빠졌다고 볼 수 있죠."

진행자는 마지막 질문을 위해 메모지를 한 번 넘겼다.

"현재 대중의 분노는 극에 달해 있습니다. 소셜미디어에서는 그를 단죄하는 목소리가 압도적이고, 불매운동과 회사 철폐까지 요구하는 움직임도 일고 있는데요. 이런 반응, 어떻게 보십니까?"

박지연은 눈을 살짝 좁히며 생각에 잠긴 듯했다. 그녀는 이내 고개를 들어 입을 열었다.

"대중의 분노는 불가피한 반응입니다. 이번 사건은 워낙 충격적이었으니까요. 특히 문제의 영상에 붙어 있던 '서길수의 기억에서 추출된 데이터'라는 설명은 많은 사람들에게 결정적 사실처럼 받아들여졌습니다. 대중은 그가 단순히 비윤리적인 행동을 넘어, 실제로 아동성애자라고 확신하고 있습니다. 이 확신은 이브에 대한 불신으로 이어져, 그의 과거 행적과 가족까지 끌어내며 맹렬히 공격하고 있습니다. 결국 이번 사건은 기술과 윤리, 그리고 대중의 심리가 얽히며 만들어낸…."

• • •

서 박사는 화면 속 자신을 둘러싸고 비난을 쏟아내는 뉴스 진행자들의 목소리를 더는 듣고 있을 수 없었다. 리모컨을 움켜쥔 손가락이 끝내 전원 버튼을 눌렀다. 가슴 깊숙한 곳에서부터 억울함이 치밀어 올랐다.

114

며칠 전, 경찰이 그의 집과 연구실에 들이닥쳤던 장면이 머릿속에서 떠나지 않았다. 압수수색이 진행되는 동안, 그는 방 한쪽에 서서 참담한 심정으로 그들의 손이 자신의 모든 것을 파헤치는 모습을 지켜봐야 했다.

첫 번째 질문은 생각지도 못했던 방향에서 날아들었다.

"2년 전, 아동성애와 관련된 연구 자료를 열람한 이유가 무엇입니까?"

서 박사는 순간 머릿속이 새하얘졌다. 그러나 곧 스스로를 추스르고, 단어 하나하나를 신중히 골라 답을 이어갔다.

"그건 단지 방대한 범죄자의 심리 중 하나를 살펴본 것뿐입니다. 이브를 통해 범죄 예방이나 트라우마 치료에 도움이 될 가능성을 탐구했을 뿐입니다. 보면 아시겠지만 아동성애뿐만 아니라 그 당시에는 다양한 범죄 사례를 수십 개는 열람했을 겁니다. 물론, 윤리적 논란을 고려해 이미 오래전에 해당 기능은 개발하지 않기로 결정했구요."

그는 최대한 차분하고 논리적으로 답했지만, 수사관의 눈빛은 끝내 그를 파고들었다. 그것은 흉측한 벌레에게나 보낼 법한, 본능적인 경멸이었다. 그 눈빛은, 서 박사의 기억 속 깊은 곳에 상처처럼 각인되었다.

아내 현정마저도 자신을 쓰레기 취급한 지 오래였다. 연구실에서 발각된 몇 차례의 행위를 두고, 그녀는 그것이 아동을 상대로 한 행동이라고 굳게 믿고 있는 듯했다.

"미성년자가 아니면 누구였는데? 왜 말을 못해?"

"사실은, 현정아…."

그러나 끝내 말을 잇지 못했다.

두 아이의 아버지이자 한 가정의 가장으로서, 지금 이 순간 '자신이 동성애자였음을' 밝히는 것이 무슨 의미가 있을까? 대신 옆에 앉아 있는 아들 수현의 어깨를 붙잡았다.

"수현아, 엄마한테 들었다. 연구 룸에서 본 캐릭터 선택 화면… 그거 기억하지?"

수현의 얼굴이 금세 붉어졌다. 입술을 달싹이며 시선을 피하더니, 낮게 중얼거렸다.

"아, 몰라. 그냥 아무 여자나 골랐다니까. 두 번인가 밖에 안 했다고."

보다 못한 현정이 끼어들었다. 목소리는 단단히 날이 세워져있었다.

"진짜 애한테까지 이런 말까지 해야겠어? 그만 못 해?"

길수는 흔들림 없이, 차분히 되물었다.

"적어도 그중에 어린아이는 없었지? 그건 기억할 수 있잖아."

"아, 진짜 모른다니까! 아빠 때문에 창피해서 요즘 학교도 못 가는 거 몰라?"

가족들만큼은 자신을 믿어주길 간절히 바랐다. 하지만 끝내 그의 입에서 나온 건 이 한마디뿐이었다.

"미안하다… 정말."

회사 내부에서도 상황은 좋지 않았다. 이브의 동료들은 서길수와 거리를 두며 꼬리 자르기에 급급했다.

"저희는 대표가 이런 사람인지는 전혀 몰랐어요. 겉으로는 처자식을 잘 챙겼거든요. 아무튼 저희도 무척 놀랐습니다."

"기술 개발 과정에서 서 박사가 독단적으로 진행한 일들입니다. 회사와는 전혀 관련이 없습니다."

서길수는 수없이 억울함을 호소했지만, 회사는 그를 보호하려 하지 않았다. 오히려, 브랜드 이미지를 지키기 위해 서길수를 희생양으로 삼는 쪽을 택했다.

증거불충분으로 서 박사는 결국 징역까지는 면할 수 있었다. 길수의 주장은 처음부터 끝까지 한 번도 뒤바뀐 적 없었고, 해킹을 당한 건 명백하기에 조작 가능성을 완전히 배제할 수도 없다는 이유에서였다.

하지만, 회사 내부에서는 서 박사를 고립시키는 분위기였다. 그리고 마침내 열린 주주총회에서, 서길수의 대표직 사임이 결정됐다. 모든 것이 끝난 순간이었다.

'나락이 있다면 바로 이곳이지.'

길수는 쓸쓸히 실험실을 둘러보았다. 한때 그의 열정과 꿈으로 가득했던 공간은 이제 냉랭한 회색 얼굴을 하고, 그를 서둘러 떠나라고 재촉하고 있었다.

서 대표는 천천히 손을 들어 이브의 헬멧을 머리에 얹었다. 그리고 익숙한 파일 하나를 클릭했다. 곧 매콤달콤한 양념통닭의 강렬한 향이 길수의 코끝을 생생히 파고들었다.

닭다리 하나를 집어 들려는 순간, 어느새 길수의 눈가에는 뜨거운 눈물이 고여 있었다.

그렇게 눈물로 적셔진 치킨을 그는 마지막 한 조각까지 꾸역꾸역 씹어 삼켰다.

2부
이브의 유혹
접속된 인간들

뉴 웨이브

서 대표의 빈자리를 채운 것은 단연코 신유진이었다.

서길수가 윤리적 기준을 지나치게 강조하며 보수적인 리더십을 고수하던 시절, 회사 내부와 외부에서는 점점 답답함이 커져 갔다. 그는 뛰어난 과학자였지만, 경영자로서는 치명적인 결함을 지닌 인물이었다. 기술 개발에만 몰두하며 법적 절차와 경영 전략에는 무관심했던 그의 태도는, 조직의 미래를 불안하게 만들었다.

이브의 새 대표를 선출하는 주주총회에서, 자연스럽게 신유진의 이름이 떠올랐다.

그녀가 단순히 젊고 패기 넘친다는 이유 때문이 아니었다. 이브에서 가장 기민하고, 가장 날카로운 인물.

무엇보다도, 그녀의 저돌적이고 현실적인 추진력은 서길수의 신중함을 완전히 압도했다.

느리고 고착화된 체제에 메스를 들이댈 유일한 존재.

사람들은 그렇게 믿었다.

유진은 가히 아티스트라 부를 만한 감각을 지니고 있었다. 특히 기술에 스토리를 입히고 메시지를 부여하는 데 탁월했다. 그녀가 기획한 '세계인의 하루' 시리즈는 여행의 개념을 재정의하는 혁신이자, 전 세계를 문화적으로 연결할 잠재력을 지닌 프로젝트였다. 그러나 서길수의 반대에 부딪혀 결국 폐기됐을 때, 많은 이들이 아쉬움을 감추지 못했다.

게다가 유진은 법적 지식과 행정 능력에서도 독보적인 강점을 가지고 있었다. 서길수가 행정적 공백을 남긴 사이, 그녀는 회사의 비즈니스 모델과 법적 기반을 꼼꼼히 설계하며 핵심 특허들을 자신의 이름으로 등록하거나 회사 명의로 처리했다. 이로 인해 유진은 단순한 경영자가 아니라, 회사의 기술적·법적 통제권을 쥔 실질적인 능력자로 여겨지기에 충분했다.

"이브는 더 이상 과거에 머물러 있을 수 없습니다. 이제는 기억을 통해 삶을 재창조하는 시대입니다."

주주 회의에서 그녀가 던진 이 한마디는 이브가 나아갈 새로운 방향을 선명하게 제시했다.

유진의 젊음과 추진력, 그리고 혁신적인 비전은 주주들의 마음을 움직였다. 특히, 중년 남성에서 젊은 여성으로 대표가 바뀌는 것은 단순한 인사 교체를 넘어, 이브의 이미지를 쇄신하고 브랜드의 새로운 시작을 알리는 상징적인 변화로 여겨졌다.

결국, 그녀를 이브의 새로운 리더로 선택하는 데는 그리 오랜 시간이 걸리지 않았다. 이제, 신유진의 손끝에서 이브는 다시 태어날 준비를 하고 있었다.

신유진이 가장 먼저 착수한 것은 '세계인의 하루' 시리즈를 완성하는 일이었다.

각 나라와 도시를 대표할 독특한 정체성을 가진 인물을 찾는 과정은 치밀했다. 호기심이 가는 인물을 직접 인터뷰하며 각 기억이 지닌 깊이와 이야기를 세심하게 다듬었다. 뉴욕의 골목을 걷는 예술가, 네팔의 산길을 누비는 트래커, 교토의 전통 공방을 지키는 장인까지. 모든 기억은 그들 삶의 향기가 고스란히 배어 있어야 했다.

"고객은 누군가의 세상을 온전히 살아보는 경험을 해야 합니다. 그들의 발걸음, 시선, 숨결까지도요. 만약 기억이 생생하게 재현되지 않는다면, 그 생동감을 위해 모든 수단을 동원해 기억을 다시 추출해야 합니다. 그래도 특별함이 부족한 참가자는 과감히 교체하세요."

유진은 데이터를 가공하는 연구팀과 마케팅 팀을 독려하며, 한 치의 허술함도 용납하지 않았다.

그녀는 사용자가 여러 기억을 조합해 자신만의 여행을 설계할 수 있도록 시스템을 확장했지만, 동시에 지나친 선택의 자유는 현실감을 무너뜨릴 수 있다는 점에도 주목했다.

"여행의 본질은 깊이에 있습니다. 하루 만에 세계를 누비는 건 환상일 뿐이에요. 감각을 마비시키고 피로만 남길 뿐이죠."

그 결과, 고객은 선택한 기억 속에서 하루를 온전히 머무르며, 현지의 공기와 분위기를 깊이 체감할 수 있었다. 무엇보다, 다음 여행을 기다리게 만드는 설계는 유진 특유의 전략 감각이 가장 빛나는 부분이었다.

프로젝트의 완성도를 위해 그녀는 세부 단계 하나하나에도 직접 관여했다. 기억 데이터가 완성되면 반드시 테스트에 참여해 오류를 점검했고, 체험 이후 피드백을 수집해 즉시 반영했다. 현실감을 높이는 작업은 수십 번 반복되었고, 그 과정에서 유진은 단 한 번도 집중을 놓치지 않았다.

그녀의 열정은 팀원들에게도 자연스럽게 전염되었다. 연구소는 밤낮을 가리지 않고 불이 꺼지지 않았고, 모두가 자신들이 거대한 무언가를 만들고 있다는 확신 속에 움직이고 있었다.

세계 각국에서 선정된 10명의 기억으로 시작된 이 상품은 폭발적인 인기에 힘입어 점차 확장되었다. 이제는 돈만 있으면 77명의 하루 중 하나를 선택해 살 수 있는 시스템으로 진화한 것이다.

이브는 더 크고 강력한 영향력을 가지게 되었고, 신유진은 이에 만족하지 않았다.

"누구나 더 쉽고, 더 편리하게 이브를 체험할 수 있어야 해요."

그녀는 본사나 대리점을 방문하지 않고도 시간 단위로 이브를 렌탈할 수 있는 시스템 구축에 막대한 비용을 투자했다. 가상 접속 장비를 대여해 주는 서비스는 출시 직후 선풍적인 인기를 끌었고, 투자 비용은 순식간에 회수되었다.

그 성공을 발판 삼아, 이브는 연이어 신제품을 선보였다. 매번 출시되는 서비스마다 전 세계적으로 대히트를 기록했고, 기술의 발전 속도 또한 가파르게 가속되었다. 이제 사람들은 렌탈을 넘어, 이브 기기를 개인 소유로 구매하기 시작했다. 사용자는 집 안의 컴퓨터나 스마트폰에서 간단한 설정만으로 몇 초 만에 가상 세계에 접속할 수 있었다.

그러나 편리함이 가져온 그림자는 예상보다 빨리 드리워졌다. 현실과 이브의 경계는 점차 흐려졌고, 중독은 사회 전반으로 퍼져나갔다. 이브 속 이상형과의 데이트를 반복하며 현실의 인간관계를 포기하는 사람들이 늘었고, 가상 세계에 몰입한 나머지 현실의 의무와 책임을 망각하는 사례도 급증했다.

이브는 더 크고, 더 정교하며, 더 매혹적인 세계가 되었지만, 그 안에서 무언가가 서서히, 그리고 분명히 삐걱거리기 시작했다.

두식의 사정

두식은 결국 참지 못했다. 삼 일에 한 번씩 이브를 렌탈하며 억눌렀던 갈증은 끝내 폭발했고, 두 달 치 월급을 몽땅 털어 신형 이브 기기를 구매했다. 비싼 가격도 문제였지만, 그보다 더 견디기 힘들었던 건 한 달이 넘는 길고 지루한 대기 시간이 었다. 그리고 오늘 아침, 마침내 메시지가 도착했다.

배송 완료 예정

그 순간, 두식의 몸은 지상에서 세 발쯤 떠 있는 듯했다.

일이 손에 잡힐 리 없었다. 초조한 눈빛으로 자꾸만 스마트폰 화면을 들여다보는 두식의 모습에 옆자리 동료도 힐끔거리며 눈치를 줄 정도였다.

퇴근하자마자 그는 거의 뛰다시피 지하철로 향했다. 집에 도착해 문 앞에 멈춰선 그는 숨을 고를 새도 없이 커다란 박스를 끌어안았다. 상자 위에 선명히 새겨진 'EVE SYSTEM'이라는 글씨마저 눈부시게 아름다워 보였다. 신발도 제대로 벗지 않은 채 박스를 열자, 내부에서 반짝이는 신형 이브가 천천히 모습을 드러냈다.

곧장 책상으로 달려간 두식은 케이블을 연결하고 전원 버튼을 눌렀다. 부드러운 전자음과 함께 이브가 작동을 시작했고, 화면 한가운데에는 'EVE'라는 로고가 천천히 떠올랐다. 그제야 실감이 났다. 이건 더 이상 렌탈이 아니었다. 이브는 이제 온전히 그의 것이었다.

먼저 요기를 해결해야 했다. 이브 사이트의 푸드 코너를 열어 메뉴판을 찬찬히 훑어본 뒤, 익숙한 잔치국수를 선택했다. 두식은 여느 때처럼 후루룩 국수를 들이켰고, 실제 영양 보충을 위한 알약을 꿀꺽 삼켰다.

그리고 드디어, 아침부터 기다려온 바로 그 프로그램. 두식의 손끝이 천천히 움직여 '카이의 하루 : The Casanova Experience'라는 아이콘 위에 멈췄다.

경쾌한 "두둥!" 소리와 함께 다운로드가 시작되었다. 화면이 번쩍이며 감각적인 인터페이스가 펼쳐졌다. 부드럽게 전환되

는 그래픽 속에서 마침내 기억의 주인공, 아바타의 얼굴이 떠
올랐다.

    이름: 카이
    키: 186cm
    몸무게: 74kg
    직업: 모델

    화면 아래에 뜬 그의 프로필과 함께 치명적인 매력을 가진
남자가 서 있었다. 단정함과 날카로움이 절묘하게 어우러진
아우라, 여유가 깃든 표정은 남자가 봐도 매혹적이었다.
    두식은 화면을 터치해 아바타를 360도로 회전시켰다. 날렵
한 실루엣과 완벽한 비율을 한참 동안 살펴보며 그는 나지막
이 중얼거렸다.
    "음, 이 남자가 내가 될 사람이라 이거지? 키는 20cm 차이
나는데 몸무게는 똑같네. 그래도 얼굴은 뭐… 울 엄마는 내가
젤 잘생겼다고 했으니까, 아무렴."
    자조 섞인 중얼거림 뒤로, 아바타 하단에 흥미로운 설명이
떠올랐다.
    "총 1,000명이 넘는 여자와 관계를 맺었다는 현대판 카사

노바. 그가 다섯 명의 아름다운 여자와 하루 동안 겪었던 잊지 못할 이야기를 직접 체험하세요."

두식은 본능적으로 침을 삼켰다. 심장이 쿵, 하고 한 박자 크게 뛰었다.

"진정한 형님이시네. 나도 한 번 그렇게 좀 살아보자."

체험 시간이 6시간으로 제한된다는 안내가 화면에 떠오르자, 두식은 입술을 질끈 깨물었다. 긴장감에 손끝이 살짝 떨렸다. 두식은 옆에 놓인 콜라를 벌컥벌컥 들이켰다. 이제, 진짜 카이가 되어볼 준비가 된 것 같았다.

두식은 숨을 들이쉬며 시작 버튼을 클릭했다.

· · ·

"체험을 시작합니다."

기계적인 이브 시스템의 안내 음성이 끝나자마자, 심장을 쿵쿵 두드리는 저음 비트가 귓속을 파고들었다. 곧이어 화면이 점점 밝아지더니 시야는 강렬한 네온 불빛으로 가득 찼다. 공간은 마치 살아 있는 것처럼 숨을 쉬며 그를 휘감았다.

형형색색의 빛을 흩뿌리는 거대한 디스코볼 아래에서 사람들은 서로의 몸을 부딪혀가며 흐느적대고 있었다. 두식이 서 있는 곳은 화려한 클럽의 한가운데였다.

그의 몸은 마치 원래부터 익숙했던 듯 자연스럽게 앞으로 나아갔다. 한 걸음 내디딜 때마다 공기 중에 미세한 파문을 일으키며 주변의 시선들이 일제히 그를 향해 몰려들었다. 욕망과 호기심, 감탄이 뒤섞인 눈빛이었다.

그것은 한 번도 받아본 적 없는 종류의 시선이었다. 동시에, 숨이 가빠질 만큼 짜릿하고도 기묘한 감각이었다. 두식은 순간 억울하다는 생각마저 들었다.

그는 바 스툴에 자리를 잡았고 앞에 서 있는 바텐더에게 가볍게 손짓했다. 의자를 고쳐 앉는 순간, 귀 옆에서 들리는 낮고 농밀한 목소리가 그를 불러 세웠다.

"이 오빠, 멋지네. 여기 앉아도 돼요?"

고개를 돌리자, 가장 먼저 눈에 들어온 것은 붉은 드레스였다. 목선 아래로 깊게 파인 디자인이 가슴골을 훤히 드러내고 있었다. 여자는 머리칼을 한쪽으로 쓸어 넘기며 그를 내려다보았고, 눈빛엔 노골적인 교태가 넘실거렸다.

두식의 입술이 자연스럽게 열리더니 능숙한 멘트가 그의 혀 끝에서 가볍게 떨어졌다.

"기다리고 있었어요. 같이 한잔할까요?"

그가 손짓하자 바텐더는 알아서 두 잔의 술을 준비했고 여자는 천천히 그와 나란히 앉으며 의자를 당겼다. 순간 그녀의 플로럴 향수가 풍겼다. 확실히 관능적이었다.

"혼자 왔나 봐요?"

"이젠 아니죠. 당신이 있으니까."

"어머! 위트 봐. 호호"

두 사람의 잔이 부딪히며 맑은 소리를 냈다. 그녀는 잔을 들어 한 모금을 머금더니, 천천히 두식 쪽으로 몸을 기울였다. 흘러내린 머리카락이 그의 어깨에 아슬아슬하게 닿으며 흔들렸다.

두식의 손이 자연스럽게 그녀의 허리를 감쌌다. 드레스 너머로 느껴지는 잘록한 허리선이 손바닥에 선명하게 전해졌다. 여자는 그의 손길을 거부하지 않고 몸을 더 가깝게 붙였다. 두 사람 사이의 공기는 점점 더 뜨겁게 조여왔다. 잠시 후, 두식이 낮은 목소리로 말을 꺼냈다.

"잠깐 바람 쐬러 나갈까?"

그녀가 가볍게 고개를 끄덕이자 남자는 그녀의 손을 잡고 클럽 밖, 어둑한 구석으로 걸음을 옮겼다. 쿵쿵 울리던 비트와 번잡한 네온 불빛이 점점 멀어지면서, 주변은 고요한 어둠에 휩싸였다. 희미한 조명만이 두 사람의 실루엣을 비추고 있었다. 그가 천천히 그녀에게 다가섰다.

그리고 그녀의 허리 뒤에 팔을 감았다. 그녀의 물기 어린 눈 동자가 그를 올려다보았다. 부드럽게, 그러나 확고하게 그녀의 두 손이 그의 옷깃을 잡아당겼다. 숨결이 엉키는 거리에서, 두식의 심장은 터질 듯 요동쳤다.

'어서 키스해. 아아. 못 참겠어.'

그의 손끝이 그녀의 턱을 가볍게 들어 올렸다. 그녀의 입술 가까이에서 낮고 숨 가쁜 목소리가 흘러나왔다.

"너 정말 예쁘다."

그리고 입술이 닿았다. 순간, 모든 감각이 폭발하듯 깨어났다.

그녀의 입술은 놀라울 만큼 부드럽고 뜨거웠다. 그가 입술을 가볍게 물고 열자, 그녀는 기다렸다는 듯 입을 벌렸다. 축축한 혀는 그녀의 입안 깊숙이 파고들었고, 그의 혀는 그 속에서 여유롭고도 집요하게 움직였다.

강약을 오가는 리듬에 그녀의 숨이 흐트러졌다. 작은 신음이 끊어지듯 터져 나왔다.

"… 아… 아…"

젖은 소리가 입술 사이를 가득 채웠다. 입술이 떨어지자마자 그는 숨을 몰아쉬며 속삭였다.

"처음 봤을 때부터 키스하고 싶었어."

그녀는 아무 말 없이 그의 목을 감아 끌어당겼다. 입술이 다시 마주쳤고, 더 깊고 더 거칠게 엉켜 들었다.

그의 손이 그녀의 허리를 따라 미끄러지며 풍만한 가슴을 더듬었다. 얇은 옷 너머로도 느껴지는 탄력에 손끝이 저릿해졌다.

더 이상 망설임은 없었다. 그녀의 치마를 거침없이 밀어 올렸고, 마침내 서로의 몸이 하나로 맞닿았다.

흥분이 채 가라앉기도 전에, 카이는 이미 두 번째 여자를 찾으러 다시 클럽 안으로 발걸음을 옮겼다. 시끄러운 음악과 눈부신 조명이 흐드러진 공간은 여전히 뜨거운 열기로 들끓고 있었다. 사람들 사이를 헤치며 걸어가는 카이에게 또다시 시선이 몰려들었다.

이 여자, 저 여자 할 것 없이, 안구를 가진 모든 존재는 마치 자석에 끌리듯 하던 일을 멈추고 자연스레 그를 올려다본다. 아마도 그의 세상은 언제나 이런 패턴으로 돌아갔을 것이다. 타고난 유전자가 만들어낸 이 압도적인 마력은 두식에게 여전히 이질적이면서도 황홀한 경험이었다.

그의 시선은 어느새 사냥감을 찾는 포식자처럼 주위를 훑고 있었다. 시야에 들어오는 그녀들 중 누구를 고를지 궁금증이 커질수록, 두식의 입술은 바짝 말라갔다. 이 순간, 두식은 완전히 몰입되어 있었다.

그리고 곧 한 여자에게 시선이 멈춰졌다.

찰랑이는 짙은 흑발, 몸을 꼭 조이는 바니걸 복장, 그리고 그 안에서 반짝이는 동그란 눈매. 전체적으로 사랑스럽고 귀여운 인상이 섹시함을 넘어 전혀 다른 차원의 매력을 만들어냈다. 두식은 단번에 깨달았다. 그녀는, 그의 머릿속에서 수없이 그려왔던 이상형 그 자체라는 걸.

카이와 시선이 맞닿았을 때, 그녀는 기다렸다는 듯 입꼬리를 살짝 올리며 몸을 살짝 틀었다. 자신이 선택받을 것을 이미 알고 있었다는 듯, 태연하면서도 당당해 보였다. 술잔을 사이에 두고 이어진 대화는 가벼우면서도 유쾌하기만 했다. 그녀는 카이가 던지는 시시한 농담에도 연신 웃음을 터뜨리며 은근슬쩍 남자의 어깨에 손을 올렸다.

그렇게 몇 번의 술잔이 오간 후, 남자의 짧고 낮은 목소리가 흘러나왔다.

"나가자."

그녀는 아무런 망설임도 없이 그의 손을 잡았다. 둘은 자연스럽게 클럽을 빠져나와 택시를 멈춰 세웠다. 차량이 덜컹이며 흔들릴 때마다 두식의 가슴은 미친 듯이 요동쳤다. 그녀가 바로 옆에 앉아 있다는 것 자체가 비현실적으로 생생했다.

호텔 방에 들어서자, 카이는 침대에 몸을 기댔다. 그녀는 문가에 잠시 서 있다가 조용히 그의 앞에 섰다. 아무 말도 없이 그를 바라보던 그녀는 천천히 손을 들어 어깨끈을 잡았다.

얇은 끈이 손끝에서 풀려 내렸다. 타이트하게 몸을 감싸던 복장이 발끝으로 스르르 미끄러졌다.

마지막 한 조각까지 떨어진 뒤, 그녀는 아무 말 없이 그 앞에 섰다. 그리고 오롯이 그의 시선을 받아냈다.

카이는 순간 숨을 삼켰다. 본능처럼 앞으로 몸을 움직이려던 찰나였다.

'뭐야… 갑자기 왜…?'

시야가 어둠에 삼켜지듯 툭 꺼졌다. 뒤이어 냉정한 기계음이 들려왔다.

"체험이 종료되었습니다. 연장하시겠습니까?"

두식은 머뭇거릴 새도 없이 결제 버튼을 눌렀다. 출혈이 컸다. 예상보다 훨씬. 하지만 이 순간을 놓칠 수는 없었다. 침을 꿀꺽 삼키며 결제를 마친 그의 손끝에는 아직도 욕망의 잔열이 남아 있었다.

그렇게 첫 연장을 시작으로, 두식은 결국 세 번이나 더 결제를 이어갔다. 처음에는 예상하지 못했던 금액에 잠시 망설였지만, 결제창이 뜰 때마다 멈출 수 없었다. 이미 답은 정해져 있었다. 차라리 돈을 내고 이 순간을 완성하는 게 합리적이라고 스스로를 설득했다. 그렇게 쌓여가는 결제 내역에 뒷골이 당겼지만, 그보다 더 강렬한 건 카이의 하루를 온전히 체험하겠다는 갈망이었다.

다음 날, 회사로 돌아온 두식은 키보드를 어정쩡하게 두드릴 뿐이었다. 머릿속에는 온통 어젯밤의 기억뿐이었다. 만나고, 만지고, 헤어지고. 그것들을 둘러싼 모든 감각이 여전히 그의 몸에 남아 선명하게 남아 있었다.

이브는 '재체험 50% 할인 이벤트'를 진행 중이었다. 이미 어떤 전개가 기다리고 있는지 다 알고 있었지만, 클릭을 멈출 수는 없었다. 두식은 다시 구매 버튼을 클릭했다.

그 후로 두식은 여러 날을 카이의 하루로 살았다. 아침부터 밤까지 카이의 기억 속으로 들어가, 그가 만난 사람들과 나누었던 감정과 쾌락을 되풀이했다. 당연하게도, 놀라움과 희열로 가득했던 감각은 시간이 지날수록 무뎌져 갔다.

특히 두 번째 여자와의 순간에서는 다른 체위를 시도하고 싶다는 충동이 강하게 들었다.

'다른 선택지는 없나?'

그는 그런 상상을 하며, 그녀와의 장면이 시작될 때마다 새로운 시나리오를 그려보곤 했다. 하지만 결국, 체험은 정해진 틀 안에서만 작동할 뿐이었다.

· · ·

어느 날이었다. 편의점 앞, 자동문이 닫히는 소리를 뒤로 한 채 두식은 콜라 캔을 들었다. '칙'— 짧은 파열음과 함께 탄산이 튀었고, 무심히 한 모금을 넘기려는 그때였다.

골목 끝, 낯익은 뒷모습 하나가 시야에 걸렸다. 티셔츠에 청바지, 특별할 것 없는 옷차림이었다. 그러나 허리까지 내려오는 칠흑 같은 머리카락, 곧게 뻗은 어깨선, 그 움직임은 기억 속의 한 사람을 너무도 정확히 가리키고 있었다.

두식의 심장이 쿵 하고 내려앉았다.

'이게… 가능해? 현실에 나타났다고?'

그는 알 수 없는 확신에 이끌려 그녀에게로 걸음을 옮겼다. 그리고 카이의 말투를 흉내 내며 입가를 느슨하게 올렸다.

"오랜만이야."

여자는 갑작스러운 목소리에 흘긋 뒤를 돌아보았다. 곧 그녀의 얼굴에 경멸 섞인 표정이 떠올랐다. 고개를 돌리며 가던 발걸음을 재촉하자, 두식은 당황한 얼굴로 그녀의 손목을 덥석 잡아챘다.

"혼자야? 너 정말 예쁘다. 같이 나갈까?"

"뭐라고요? 저 알아요?"

당황과 경계가 뒤섞인 목소리였다. 그녀는 손목을 빼내려 몸을 틀었지만, 두식은 물러서지 않았다. 오히려 상체를 살짝 숙여, 그녀의 귓가에 바짝 다가갔다. 그리고 낮은 목소리로, 아주 조심스럽게 속삭였다.

"오늘은 바니걸 복장이 아니지만, 내가 알지. 너, 배꼽 옆에 점 있잖아."

그 말에 그녀의 눈동자가 확장되었다.

"어머, 진짜 미쳤나 봐."

그녀는 뿌리치듯 손목을 빼며 황급히 몸을 돌렸다.

그러나 두식의 머릿속은 오직 한가지 뿐이었다. 다시 그녀를 만났다는 반가움. 그리고 어떻게든 끊긴 이야기를 이어가야 한다는 강박. 그는 무언가에 홀린 사람처럼 손을 뻗어 그녀의 티셔츠 밑단을 잡아당겼다.

"잠깐만, 내가 확인해볼게!"

단단히 움켜쥔 옷자락이 한순간에 위로 젖혀 올려졌다. 거칠고, 일방적으로.

"으악!!! 미쳤어?"

허옇게 드러난 피부 위로, 작은 점 하나가 또렷이 박혀 있었다. 두식은 확신에 찬 얼굴로 외쳤다.

"맞네, 맞잖아! 이 오빠 못 알아보겠어? 나라니까, 나라구!"

여자의 얼굴이 순식간에 창백해졌다. 한 손으로 티셔츠를 끌어내리려 안간힘을 쓰며 버둥거렸다. 두식은 그녀의 저항에도 아랑곳하지 않았다. 벌개진 눈으로 혼잣말처럼 말을 쏟아냈다.

"너 몸매 진짜 죽이던데… 그날 존나 뜨거웠잖아. 한 번 더 하자. 이번엔 내가 다른 식으로 해줄게. 네가 얼마나 좋아했는지 내가 다 안다니까?"

도망치려던 그녀의 몸이 크게 휘청였고 주변에 있던 사람들이 상황을 감지하고 웅성대기 시작했다. 몇몇이 다급하게 휴대폰을 꺼내 들었다.

멀리서 사이렌 소리가 울리기 시작했지만, 두식의 입은 멈추지 않았다. 입꼬리를 일그러뜨린 채, 여전히 혼자만의 세계에 빠져 있었다.

"카이 오빠잖아, 나. 어? 창피할 거 없잖아. 성인인데. 설마 너… 유부녀야? 에이, 아니지, 그치?"

마침내 경찰이 도착해 두식을 강제로 떼어낼 때까지 두식의 머릿속엔 단 하나의 생각만이 맴돌았다.

'왜 날 못 알아보는 척하는 거지?'

티셔츠를 들쳐 올리던 순간, 그녀를 붙잡고 말을 퍼붓던 모습, 그리고 저항을 무시한 채 거듭 손을 뻗던 장면까지.

근처 CCTV는 그의 모든 행동을 고스란히 담고 있었다.

성추행범으로 연행된 두식은 조사를 받는 외중에도 그는 끊임없이 그녀와 '이미 아는 사이'라고 주장했다.

의사는 그의 상태를 '현실 왜곡 증후군'으로 결론 내렸다.

이브의 새 주인

유진은 위스키 잔을 내려놓고 천천히 주위를 둘러보았다. 오래된 나무 테이블과 가죽 소파는 세월의 무게를 조용히 견디고 있었다. 술과 담배 연기가 눌어붙은 탁한 공기 속에서, 벽에 걸린 낡은 재즈 포스터가 희미하게 흔들렸다.

바로 이 자리였다. 수년 전, 텍스와 함께 서길수를 끌어내릴 음모를 꾸몄던 것을 시작으로 이 공간은 언제나 조용한 공범이었다. 테이블 위에 흩어진 서류, 담뱃재가 눌어붙은 재떨이, 나른한 음악 속에 파묻힌 낮은 목소리들. 음모와 배신, 성공에 대한 끝없는 갈증이 뒤엉켰던 이곳. 이제는 모든 비밀이 끝을 향해 가고 있었다.

재즈의 음표가 길게 늘어지는 동안, 유진은 잔을 손바닥에 굴리며 핸드폰을 꺼내 들었다. 비밀번호를 누르는 손가락 끝이 미세하게 떨렸다. 곧 화면이 켜졌고, 선명한 숫자가 떠올랐다.

'10,000,045,096 USD.'

횡격막 깊은 곳에서 무언가가 꿈틀거렸다. 억눌렀던 웃음이 결국 낮고 짧은 소리로 터져 나왔다. 가로로 길게 늘어선 숫자들은 너무나도 뻔뻔할 만큼 매혹적이었다. 유진은 숨을 삼키려 애썼지만, 킬킬거리는 웃음은 다시금 새어 나왔다.

기이한 웃음 사이로, 그간 감내했던 더럽고 무거운 기억들이 머릿속에 떠올랐다. 꺼진 화면 속에 비친 자신의 표정은 알 수 없는 감정으로 일그러져 있었다.

유진은 잔을 들어올려 한 모금을 삼켰다. 목구멍을 타고 내려가는 쓰디쓴 액체로 공허한 무언가를 달래야 했다.

멀리서 문이 열리는 소리가 들렸다. 일정한 간격으로 다가오는 발소리가 공기를 짧게 끊으며 그녀의 신경 끝을 톡톡 두드렸다. 그리고 익숙한 그림자가 테이블 위로 드리워졌다.

"정확히 어제였지?"

유진은 고개를 들어 소리가 나는 쪽을 바라봤다. 의자에 몸을 기댄 덱스의 양쪽 입꼬리가 한껏 올라가 있었다. 그리고 무대를 마친 배우에게 보낼 법한, 건조하고 인위적인 박수가 이어졌다.

"신유진, 축하해. 드디어 백억 불 달성이네."

수만 번 머릿속에 그려왔던 그 숫자가 귀에 들어오자, 유진의 어깨가 다시금 들썩였다. 웃음이 목 끝까지 차올랐지만, 그녀는 애써 숨을 삼켰다. 결국 얇은 미소만을 띤 채, 낮고 담담한 톤으로 말을 던졌다.

"응, 그렇게 됐네. 이제 정말로 여한이 없어."

잔을 테이블 위에 내려놓는 그녀의 손끝이 미세하게 떨렸다. 한동안 잔에서 손을 떼지 못한 채, 짧고 무거운 숨을 내쉬었다. 그리고 덱스를 꿰뚫듯 올려다보며 말했다.

"근데, 꼭 이렇게까지 내 얼굴에 먹칠을 해야 했을까?"

"초상권 문제를 일으킨 대표의 사퇴. 이편이 깔끔하고 자연스럽지 않아?"

이브 프로그램의 아바타 체험에서는 등장인물들의 얼굴을 비식별 처리하는 것이 철칙이었다. 실재하는 기억을 기반으로 한다면, 그 안에 포함된 출연자의 프라이버시를 보호하는 것은 당연한 일이었다. 그러나 '카이의 하루'에서 바니걸의 얼굴과 알몸은 전혀 가려지지 않은 채 그대로 노출되었고, 수백만 사용자가 진짜 그녀의 얼굴과 마주하며 몸을 섞었다.

여자 카사노바의 하루는 논란에 기름을 부었다. 등장한 8명 중 두 남자의 얼굴이 그대로 드러났고, 그중 한 명이 유부남이라는 사실까지 밝혀지면서, 그들의 사생활은 걷잡을 수 없는 타격을 입었다.

결과는 명백했다. 초상권 침해를 이유로 세 명이 이브를 상대로 고소장을 날렸다. 콘텐츠는 남자 편과 여자 편 모두 대히트를 기록하며 이브의 자산 가치를 폭등시켰지만, 그만큼 유진의 퇴진 준비는 잡음에 휘말려야 했다.

"그래도 우아하게 물러나게 해줬어야지. 그게 그림이 예쁜데."

그녀의 담담한 말투 속엔 약간의 빈정거림이 섞여 있었다.

덱스는 어깨를 으쓱하며 잔을 들었다. 잔 속 액체가 살짝 흔들리며 미세한 파장을 일으켰다.

"어차피 여기까지가 우리 시나리오였잖아. 완벽하게 짜여진 대본, 그대로 흘러간 거라고."

이미 예상했던 답변이었다. 유진은 짧게 숨을 내쉬며 질문을 던졌다.

"그래서, 이제 내가 뭘 하면 돼?"

"임원진들과 투자자들을 설득해. 초상권 문제를 해결할 사람은 나라는 걸. 그리고 넌… 조용히 물러나."

유진은 잔을 내려놓으며 그의 말을 되뇌듯 반복했다.

"조용히 물러나라, 이거지."

잠시 시선을 옆으로 돌렸던 그녀가 다시 덱스를 바라봤다. 눈빛은 한층 더 차가워져 있었다. 마치 무언가를 확인하려는 듯, 살짝 눈을 흘기며 물었다.

"만약 내가 사퇴하지 않겠다고 하면?"

덱스는 대답 대신 천천히 주머니로 손을 뻗었다. 그의 손끝에서 작은 USB가 모습을 드러냈다. 그녀의 시선은 자연스럽게 그곳에 고정됐다.

"그렇게 나온다면…"

덱스는 USB를 손끝으로 만지작거리며 말을 이었다.

"너랑 내가 서길수를 끌어내리려 공모했던 증거들, 그리고 이브를 지금의 자리로 끌어올린 모든 과정이 사실은 덱스 최의 설계였다는 진실을 공개해야겠지."

낮고 느릿한 덱스의 목소리에는 날 선 여유가 배어 있었다.

"대리점 방문 방식을 렌탈 형식으로 바꾼 것도, 개인 판매를 밀어붙인 것도, 그 결과로 시장이 어떻게 반응할지 예측했던 것도 전부 내가 설계한 거였어. 덕분에 이브는 수백억 불을 끌어당겼고."

덱스는 잠시 말을 멈추고 유진을 바라봤다. 짙은 비웃음과 은근한 확신이 담긴 눈빛이었다.

"결국 신유진이라는 이름 뒤에 있던 건 덱스 최가 있었다는 사실. 여기에 모든 증거가 담겨 있으니 이제 떠보는 건 그만해. 어차피 네 목표는 돈, 그거 하나였잖아."

빌리 홀리데이의 목소리는 여전히 끈적했지만, 이제는 더 이상 위로처럼 들리지는 않았다. 유진은 입을 삐쭉 내밀고 낮게 중얼거렸다.

"대표 자리로 올라서지 못할 바엔, 뭐, 같이 죽자는 거군."

의자에서 몸을 일으킨 유진은 마지막으로 술집 안을 둘러보았다.

"좋아. 덱스. 네가 원하는 대로 해줄게. 어차피 난 이브에 신물이 났으니까."

고개를 들어 덱스를 바라본 그녀가 마지막으로 말했다.

"이제 이브는 네 거야."

덱스는 그녀가 문을 나서는 뒷모습을 조용히 바라봤다. 그녀의 걸음은 어딘가 홀가분해 보였다. 차가운 밤바람에 흔들리는 간판 불빛과 어둠 속으로 멀어지는 사람들. 그는 잠시 창밖을 응시하다가 테이블에 등을 기댔다.

· · ·

"권력은 부패하지 않는다. 다만, 권력을 가진 자가 자신의
본모습을 드러낼 뿐이다."

- 조지 오웰

덱스는 읽던 책을 덮으며 방금 읽은 구절을 잠시 눈을 감고
되새겨보다가 마음을 정한 듯 눈을 떴다. 이브의 대표가 신유
진에서 덱스 최로 바뀌자, 회사는 쾌락을 향한 새로운 궤도에
올라섰다. 덱스는 인간 본능 중 가장 원초적이고도 강력한 욕
구는 '성욕'이라고 믿었다. 은밀하게 감춰지지만, 그 어떤 감정
보다도 더 솔직하고 날것에 가까운 본질.

'카이의 하루'와 '미나의 하루'는 기록적인 매출로 이미 그
가능성을 증명해 보였고, 그와 비슷한 다양한 시리즈가 연이
어 출시되었다. 이 과정에서 쏟아지는 비판에도 불구하고, 열
광적으로 환호하는 이들도 넘쳐났다. 그러나 단순히 난잡한
섹스를 재현하는 방식 이상을 구현해내고 싶었다.

고심 끝에 덱스는 욕망의 또 다른 판로를 개척하기로 결심
했다. 기존에는 특정 인물의 기억을 수많은 사용자가 복제하
듯 동일하게 따라가는 방식이었다면, 이제는 각 사용자의 무

의식 속에 숨겨진 이상형을 분석해 완벽히 구현하는, 개인 맞춤형 데이팅 기술 개발에 집중하기로 한 것이다.

당시의 가상 데이팅 기술은 AI를 기반으로 사용자가 입력한 선호 데이터를 분석하고, 외모·목소리·성격을 조합해 정교한 대화를 나누는 수준까지 발전해 있었다. 하지만 여전히 사용자의 자의적 선택에 의존하거나, 정해진 스크립트를 넘어서지 못하는 한계는 뚜렷했다.

하지만 이브 시스템은 기존의 기술과는 차원이 달랐다. 이브의 핵심은 사용자의 뇌 데이터를 실시간으로 분석해, 억눌린 욕망과 감정적으로 연결된 기억을 재구성하는 데 있었다. 사용자가 뉴럴 인터페이스(뇌파 스캔 기기)를 착용하면, 시스템은 즉시 뇌파를 읽어들이고, 사랑과 관련된 이미지를 떠올리게 유도한다. 이 과정에서 과거 기억 속에 담긴 시각적·청각적·촉각적 요소들이 정교하게 스캔된다.

이 기술은 사용자의 뇌 속 깊숙이 숨겨진 특정 기억과 감정을 탐색하는 데 초점이 맞춰져 있다. 이상형에 가까운 외모나 목소리, 미완의 사랑과 관계, 욕망을 자극했던 순간들, 그리고 그에 연결된 감정의 잔재들까지— 이브는 그것들을 집요하게 끌어올린다.

추출된 데이터는 단순한 기억 복제에 그치지 않는다. 이브는 심박수, 호흡, 피부 반응 같은 생체 데이터를 기반으로 사용자의 감정 신호를 분석하고, 설렘, 흥분, 긴장감 같은 반응을 실시간으로 포착해 가장 높은 만족도를 유도할 수 있는 상호작용을 설계한다. 그렇게 해서 생성된 인물은 점점 더 사용자의 무의식 속 이상형에 가까워진다.

결국, 이브는 억눌린 욕망과 감정의 흔적을 바탕으로 '가장 설레는 이상형'을 구현해냈다. 이 프로그램은 'LOVER IN DREAMS', 즉 '꿈속의 연인'이라는 이름이 붙었다. 본사에 직접 방문해 전문가와의 긴 상담을 거쳐야 하며, 비용과 시간 모두 상당하지만, 자신만의 이상형을 간절히 꿈꾸는 이들로 대기 줄은 끊이지 않았다.

아담의 유혹

핼러윈 데이가 코앞으로 다가왔다. 이곳은 경기도의 작은 번화가에 자리 잡은 옷 가게. 테마 의상을 찾는 손님들로 북적이는 이번 주는 매출을 좌우할 중요한 시기였다. 사장은 며칠 전부터 핼러윈 특수에 들떠 있었지만, 사실 시연은 별 관심이 없었다.

'알게 뭐야. 어차피 돈 버는 건 사장인데.'

쌓인 모자 위에 내려앉은 먼지를 털어내며, 시연은 한숨을 내쉬었다. 이곳에서 일한 지도 어느새 1년이 넘어간다. 사장은 친절한 편은 아니었지만, 월급은 항상 정확한 날짜에 정확한 금액으로 들어왔다. 어쩌다 모델 촬영 일정이 생기면 큰 생색 없이 시간을 융통성 있게 빼주는 것도 큰 장점이었다. 어쨌거나 시연에게 이곳은 필요한 자리였다. 생활비와 월세, 그리고 하나뿐인 남동생의 다음 학기 등록금을 어떻게든 마련해야 했다.

정확히 교대 시간에 맞춰 사장이 터벅터벅 들어왔다. 계산대 옆에 묵직한 짐 가방을 툭 풀어놓고서는 서둘러 매출표를 확인했다.

"확실히 낫네. 바꾸길 잘했다니까."

시연은 대답 대신 고개만 끄덕였다. 장사가 안 될 때면, 남의 돈을 부질없이 받아먹는 듯한 기분은 늘 불편했다. 하지만 다행히 최근 들어 상황이 조금씩 나아지고 있었다. 가게의 콘셉트를 파티 의상과 코스튬 쪽으로 조금씩 바꿔나가면서 손님층이 다양해졌기 때문이다.

규제가 풀리고 외국인 유입이 늘면서, 거리에는 번화가 특유의 활기가 감돌고 있었다. 그런 변화에 맞춰 가게도 코스튬 라인을 늘렸고, 반응이 오자 점점 이런 의상이 주를 이루게 됐다. 사장이 꾸러미를 풀어 헤치며 말했다.

"수고했고, 시연 씨. 내일부터는 이걸로 입자고."

그가 건넨 옷은 과장된 토끼 귀 머리띠와 반짝이는 비닐 소재의 코스튬이었다. 짧게 퍼지는 치마 밑단 위로 엉덩이 쪽에서는 커다란 리본이 너풀거렸다.

"예? 옷은 예쁘긴 한데… 좀 과한 것 같은데…"

"그럼 내가 입을까?"

40대 배나온 아저씨의 우스꽝스러운 모습이 자동으로 상상되자, 시연은 결국 옷을 받아 들었다. 탈의실로 들어가 옷 속에 몸을 욱여넣고, 쫑긋 솟은 토끼 귀 모양의 머리띠를 길게 웨이브진 흑발 위에 얹었다. 발랄하면서도 요염한 분위기로 변신한 자신의 모습에, 시연은 거울 앞에서 발끝을 들어 이리저리 몸을 돌려 보았다. 자신과 잘 어울린다는 생각이 들었다.

진열장의 빈자리를 바쁘게 채우던 사장이 시착을 마친 시연을 보고는 눈을 활짝 열었다.

"와! 여태까지 중에 이게 제일 낫네. 시연 씨, 앞으로 같이 딱 만 장만 팔자고."

"암요."

적당히 맞장구를 치고 다시 옷을 갈아입으려는 순간, 휴대폰에서 알림음이 울렸다. 연기 스튜디오에서 함께 수업을 들었던 친구 미연이었다.

야, 대박. 나 브랜드 모델 합격됨. 축하해줄 거지?

시연의 손끝이 잠시 멈췄다. 심장이 쿵 하고 내려앉는 기분이었다. 문자의 내용인즉슨, 자신은 곧 탈락이라는 뜻이기도 했다.

'어차피 내일이면 다 소문 날 텐데, 이렇게라도 자랑질을 하고 싶었던 거야?.'

속이 아릿하게 쓰려왔다. 머릿속에 이런저런 말들이 얽히다. 결국 그녀는 퉁명스럽게 핸드폰을 가방 속으로 던져 넣었다.

"그럼 내일 뵙겠습니다."

환복도 잊은 채 외투를 대충 걸치고 문을 나섰다. 뺨에 닿는 밤공기가 유독 칼칼했다. 지하철역으로 걸음을 옮기던 시연이 문득 멈춰 섰다. 오늘도 똑같을 것이다. 밀린 설거지거리와 집안일을 대충 마치고, 그 뒤엔 OTT 신작을 연달아 틀어놓고는 화면 앞에서 곯아떨어지겠지. 그리고 미연의 SNS를 한참을 뒤적거리다 꾹꾹 올라오는 감정을 조용히 눌러 담겠지. 시연은 무심코 오른쪽으로 고개를 돌렸다. 거리를 메운 조명들이 요란하게 발광하며 자신을 향해 손짓하고 있었다.

'그래, 오늘은 달라야 해.'

시연은 본능적으로 그쪽을 향해 발걸음을 옮겼다.

끈적한 열기로 가득 찬 클럽. 혼자 온 건 처음이라는 낯선 감각마저 심장을 더욱 세차게 뛰게 했다.

술이 들어가자 몸이 뜨거워졌다. 그녀는 외투를 벗었다. 얇은 옷 위로 타인의 시선들이 살갗을 훑으며 지나다녔다. 스테이지로 걸음을 옮겼다. 그리고 소리가 이끄는 대로 몸을 움직였다. 몇몇 남자들이 말을 걸어왔지만, 시간을 내주고 싶진 않았다. 대신 음악에 더 깊이 몰입했다. 손을 들어 올리고, 머리를 흔들고, 다리를 움직일수록 마음 한구석이 녹아내리는 것 같았다.

다시 바에 앉아 한 잔 더 들이키고 몸을 일으키려던 찰나, 그곳에 그가 있었다. 차갑지도, 뜨겁지도 않은, 묘한 중력을 가진 눈빛의 남자였다. 그가 천천히 다가왔다.

"혼자 오신 것 같은데, 같이 한잔해요."

낮게 깔린 목소리가 시연의 귀를 간지럽혔다.

눈앞의 남자는 느긋한 태도로 목걸이를 만지작거리고 있었다. 단추가 풀린 셔츠 아래 드러난 목선과 무심하게 얹힌 손동작이 섹시한 느낌이었다. 확실히 시선을 끄는 남자였다.

"그래요."

시연은 가볍게 웃으며 대답했다.

"이분이 마시던 거랑 같은 걸로요."

그는 바텐더에게 주문을 마친 후, 그녀를 향해 몸을 돌렸다. 시선을 떼지 않은 채 시연을 바라보며 입가에 여유로운 미소를 띠우며 말했다. 음성은 낮고 부드러웠다.

"솔직히, 이런 의상을 이렇게 소화할 수 있는 사람이 있을 거라고는 상상도 못 했어요."

상기된 표정을 숨기려 시연은 잔 속으로 눈길을 내렸다. 그리고 차분한 목소리로 되물었다.

"누가 봐도 코스프레잖아요. 진지하게 본 건 아니죠?"

"아주 진지해요. 제대로 홀렸으니까."

시연은 그의 대답에 눈썹을 살짝 치켜올렸다.

"코스튬 하나에 홀릴 정도면, 취향이 명확한가 봐요?"

"명확해요. 내 취향은 바로 당신이거든요."

터져 나오는 웃음에 시연의 어깨가 가볍게 들썩였다.

"자주 이러시나 봐요? 여자들한테?"

"처음이에요."

"에이, 거짓말. 딱 봐도 꾼인데….."

"적어도 오늘은."

"호호, 이 오빠 솔직한 거 봐."

"같이 건배해요."

거부감 없이 자신을 끌어당기는 스킬은 영락없는 바람둥이였지만 시연은 오히려 그 점이 좋았다. 남자에게선 좋은 냄새가 났고 그의 입술은 유난히 붉었다. 자신도 모르게 그의 팔에 손을 올리고 웃음을 터뜨렸다. 약간의 터치가 있을 때마다 그녀의 몸이 저릿해졌다. 그들의 대화는 자연스럽고 유쾌하게 흘러갔다. 그리고, 점점 농밀해지는 분위기 속에서 둘 사이의 거리는 조금씩 좁아지고 있었다.

"나가자."

군더더기 없는 이 명쾌한 한마디에 시연은 대답 대신 남자의 손을 잡았다

방에 들어서자마자 그녀는 머리띠를 벗고, 원피스의 후크를 내렸다. 그리고 스타킹과 팬티를 벗어던졌다. 그리고 침대에 누운 묘한 중력을 가진 남자에게 다가가 그의 붉은 입술에 키스했다. 둘은 서로를 집어삼키듯 뜨겁게 엉켰고, 마침내 몸과 몸이 완벽히 맞닿았다.

침대에서 빠져나온 남자는 바닥에 떨어진 바지를 주워 입으며 한쪽에 놓인 담배를 집어 들었다. 담뱃불을 붙이며 한 모금을 깊게 들이마시며, 시연을 향해 고개를 돌렸다.

"연락처 좀 알려줄래?"

무심한 어투였다. 아침까지는 곁에 있을 줄 알았던 남자가 왜 이렇게 빨리 자리를 뜨려는 걸까? 시연은 침대에 앉아 벨트를 맞추는 그의 뒷모습을 가만히 바라보았다. 갑자기 서운함이 밀려왔다.

"너 것도 알려줘."

"아냐. 내가 곧 할게."

묘한 중력의 남자는 그녀의 번호를 입력했다. 그리고 홀연히 방을 떠났다. 시연은 침대에 누운 채 천천히 눈을 감았다. 아무튼 황홀한 경험이었다고 생각했다. 그의 말이 진짜이길 바랐다.

• • •

수개월이 흐르고 비로소 연락이 온 건 묘한 중력의 남자가 아닌, 지나치게 정제된 목소리의 남자였다.

"작년 10월, ○○클럽에 간 적 있으시죠?"

시연의 특별할 것 없던 일상을 송두리째 흔들기 충분한 질문이었다.

그녀의 심장이 순간 얼어붙었다. 유난히 입술이 붉었던 그 핸섬남이 무슨 사고를 쳤나, 아니면 자신이 그날 약물 같은 범죄에 연루된 건 아닐까? 하지만 상대의 다음 말은 더 당혹스러웠다.

"그때 그 남자와의 경험을 이브 프로그램에 사용하고 싶습니다. 물론, 상상하지 못할 큰 금액을 드릴 겁니다. 얼굴을 보정 없이 그대로 공개하는 조건으로요. 내키지 않으시면 거절하셔도 됩니다."

당혹감, 분노, 그리고 굴욕감이 한꺼번에 밀려왔다.

"미… 미쳤어요? 당장 안 지워?"

정제된 목소리의 남자는 얼굴이 공개된 후 당분간의 타격만 감수해낸다면, 그녀의 삶이 완전히 바뀔 수 있는 전환점이 될 것이라고. 그리고 이 제안을 받아들인다면, 그녀를 모델로 한 이브의 또 다른 상품을 만들 계획도 있다고 정제된 설명을 늘어놓았다. 전화를 끊은 후에도 시연의 머릿속은 복잡했다. 모욕적인 감정 속에서도 이상하게 마음 한구석이 흔들렸다. 일단은 이 남자와 만나서 이야기해야 할 것 같았다.

"왜 저를 선택했죠?"

"곧 출시될 '카이의 하루'라는 프로그램 때문입니다."

덱스는 여유 있게 말을 이었다.

"사용자들은 몰입감 있는 경험을 원합니다. 그 몰입감을 가장 극대화할 수 있는 방법은… 단 한 번의 논란입니다."

시연은 말을 잃고 그를 쳐다봤다. 그는 손에 쥔 펜을 돌리며 말했다.

"프로그램 오류를 가장해 카이와 함께했던 여성 중 한 명의 신상이 밝혀진다면, 관심은 폭발적일 겁니다. 아시다시피, 강력한 초상권 보호 규정에 따라 타인의 기억 속 인물을 공개할 때는 얼굴과 목소리가 자동으로 보정되게 되어 있죠. 특히 은밀한 사생활이 담긴 경우라면 더욱 엄격하고요. 그런데 만약, 규정을 어기고 판타지의 진짜 얼굴이 드러난다면 어떨까요? 그 사람이 바로 채시연 씨라면, 그 파급력은 감히 상상조차 할 수 없을 겁니다.”

그녀는 믿기지 않는다는 표정으로 물었다.

“그날 카이와 함께했던 여자가 몇 명이었죠?”

“다섯 명입니다. 당신을 포함해서요.”

묘한 중력 안으로 끌려온 여자가 그날만 다섯 명이라니, 시연이 또 한 번 놀라는 부분이었다.

“만약 모두 거절하면요?”

덱스는 피식 웃으며 답했다.

“한 명쯤은 반드시 응할 겁니다. 그리고 솔직히, 저는 그 사람이 채시연 씨가 되길 바랍니다.”

그는 몸을 앞으로 기울이며 시선을 고정했다.

“수락한다면, 법적으로 문제가 생길 경우 지급해야 할 배상금과 같은 금액을 미리 드리겠습니다. 당신이 동의한다면 이건 완전히 합법이겠군요.”

“결국 원하는 건 프로그램의 이슈라는 건가요?”

덱스는 고개를 끄덕이며 답했다.

“정확합니다. 하지만 우리는 단순히 이슈를 넘어서 모든 상황을 완벽히 통제할 방안을 원하고 있습니다. 프로그램이 출시된 후엔 이브의 실수로 처리될 겁니다. 당신은 이 내용을 철저히 비밀로 유지하며, 이후에도 문제를 제기하지 않겠다는 비밀 계약서에 서명하시면 됩니다.”

시연은 한동안 침묵하며 그를 바라보았다. 결국 그녀는 펜대를 집어 들었다. 단순히 돈 때문만은 아니었다.

이 제안은 그녀를 세상에 완전히 새로운 방식으로 드러낼 기회였다. 프로그램의 독특한 설정과 그녀의 역할은 분명 화제가 될 것이었다. 그리고 그 화제는 그녀를 지금과는 전혀 다른 존재로 만들어줄 것이다. 더 이상 하루하루를 옷 가게 점원으로 살 수만은 없었다. 늘 똑같았던 일상에서 벗어나, 더 특별한 존재로 변신할 순간이 온 것만 같았다.

지금까지 그녀는 보이지 않는 사람이었다. 사람들의 시선 속에서도 특별히 기억되지 않는 존재. 하지만 이번만큼은 다를 것 같았다. 이번만큼은 그녀가 세상 속에서 분명한 흔적을 남길 것이라는 확신이 들었다.

그리고 어느 정도는 감당할 수 있을 것 같았다.

아니, 그래야만 했다.

'카이의 하루'가 출시된 뒤, 시연의 신상은 무섭도록 빠르게 퍼져나갔다. 출신 학교, 가족관계, 성격, 진실 여부를 알 수 없는 섹스 경험담까지 그녀와 관련된 온갖 정보가 인터넷을 뒤덮었다. 논란은 걷잡을 수 없이 커졌고, 그 타격은 상상 이상이었다. 연기학원에서 잘리고 가족이라고는 하나뿐인 남동생과 마주하기도 껄끄러워졌다. 시연은 동생에게 등록금과 함께 그가 그렇게 갖고 싶어 했던 스쿠터를 선물했다. 그제야 동생은 작게 말했다.

"누나는 어쨌든 피해자니까… 근데, 이게 뭔 꼴이래."

이렇게 돼 버린 이상 시연은 뒷걸음질 치고 싶지 않았다.

그녀는 자신의 논란과 화제성을 무기 삼아 인플루언서로 전향하기로 결심했다. 바니걸의 인기는 대단했기에 어쩌면 자연스러운 흐름이었다. 카이의 하루에 담긴 다른 여자들과 달리, 실존 일반인이라는 점에서 남성 고객들의 판타지를 극대화시켰다. 자신의 가장 약했던 순간을 발판 삼아 새로운 왕관을 쓰기로 한 것이다.

"한 여자의 인생을 이브가 파괴했다며 싸구려 동정을 보내는 사람들에게 말하고 싶어요."

시연은 차분하지만 단호한 목소리로 인터뷰를 시작했다.

"이브 대표님이 직접 저에게 명백한 실수임을 인정하고 사과했습니다. 솔직히 '카이의 하루'의 그 남자, 멋졌어요. 다들 보셨잖아요. 먼저 빨려든 건 제 쪽이었죠. 그는 분명 카사노바였지만, 그 짧은 시간 동안 정말 황홀했고 즐거웠어요. 그래서 후회하지 않아요. 건강한 미혼 성인 남녀라면 충분히 그럴 수 있는 일이잖아요. 저는 파괴당하지 않았습니다. 그 누구도 저를 망가뜨릴 수는 없어요."

그녀의 솔직한 발언은 큰 파장을 일으켰다. 비난하는 목소리도 있었지만, 많은 여성들은 그녀가 보여준 자기 결정권을 응원했다. 여성 인권 단체들 역시 그녀의 용기 있는 태도를 높이 평가하며, 논란 속에서도 자신의 목소리를 잃지 않은 그녀를 공개적으로 지지했다.

이후 시연은 사건 전 써내려 갔던 일기들을 보완해, 이 사건을 둘러싼 짧은 에세이를 출간했다. 복잡한 감정과 결단을 가볍고 담백한 문체로 풀어낸 이 책은 출간 즉시 베스트셀러에 올랐다.

수많은 성 상품화 영화의 제안을 거절하고 시연이 대신 선택한 것은 작은 독립영화였다. 상업적 유혹보다 연기자로서의 진정성을 증명해내고 싶었기 때문이다. 영화에서 그녀는 평범한 삶 속에서 갈등과 아픔을 마주하는 한 여성의 내밀한 감정을 섬세하게 표현해냈고, 이를 통해 연기력을 인정받았다.

곧이어 규모가 큰 영화의 주연으로 발탁된 시연은 노출 없이도 캐릭터를 설득력 있게 그려냈다. 영화는 흥행에 성공했고, 시연은 마침내 연기자로서 안정적인 입지를 다지게 되었다.

영화 관련 행사 일정을 마치고 집으로 돌아온 시연은 털썩 소파 위로 자신을 던졌다. 집 안에 들어오자 모든 에너지가 빠져나가는 기분이었다. 문득 덱스의 말을 떠올렸다.

"어쩌면 당신의 삶이 완전히 바뀔 수 있는 전환점이 될 수도 있습니다."

그의 말은 틀리지 않았다. 지난 1년 동안 그녀의 삶은 크게 달라져 있었다. 옷 가게에서 코스튬을 정리하고, 묵직한 가방을 옮기던 일은 이제 완전히 과거가 되었다. 월세와 생활비 걱정도 없었다. 매니저와는 제법 호흡이 잘 맞았고 새로운 집과 차까지 마련했다. 물질적으로나 정신적으로나, 한 단계 위로 올라선 기분이었다.

이 인기가 언제까지 계속될 수 있을까? 문득 그런 생각이 스쳤지만, 시연은 곧 고개를 저었다. 적어도 지금은 그런 고민할 때가 아니었다. 앞으로 몇 달간은 스케줄이 빡빡하게 잡혀 있었다. 화제성에 얽매이기보다 더 긴 호흡을 선택한 건 결국 옳은 판단이었다.

피곤한 몸을 이끌고 가까운 편의점으로 나섰다. 평범한 옷차림에 화장을 지우고 모자를 눌러쓰면 그녀를 알아보는 사람은 거의 없었다. 오늘은 직접 끓인 구수한 된장찌개가 먹고 싶었다.

장바구니를 들고 집으로 향하는 길이었다. 이어폰 너머로 흘러나오는 음악에 집중하려던 순간, 멀리서 그녀를 부르는 목소리가 들렸다.

"시연아!"

그녀는 순간 걸음을 멈추고 소리가 들려온 방향으로 시선을 옮겼다. 어떤 낯선 남자가 자신을 향해 빠르게 다가오고 있었다.

'내가 아는 사람인가?'

시연은 잠시 그 자리에 멈춰 섰다. 알 수 없는 불안감이 몸을 쭈볏하게 만들었다. 왠지 낯익은 느낌에 머릿속이 바쁘게 돌아갔지만, 누구인지 확신할 수 없었다. 남자는 마침내 그녀 앞에 가까워졌고, 이내 그녀를 향해 짧은 숨을 몰아쉬며 멈춰 섰다. 그녀는 조용히 그를 바라보았다.

Lover in Dreams

‘러버 인 드림즈(Lover in Dreams)’ 예약을 잡은 뒤로 두식은 좀처럼 화면에서 눈을 떼지 못했다. 새로 올라온 후기가 있는지 몇 번이고 새로고침을 눌렀고, 이미 다 읽은 글도 마치 처음 보는 것처럼 다시 몇 번이고 훑었다.

- 돈값 제대로 함. 이젠 현실 연애 끝.

- 이것은 혁신이다.

- 꿈에 그리던 이상형이라는 말의 진짜 의미를 이제야 알았다.

- 이브 쓰고 나서 배우자 꼴도 보기 싫어짐. 솔직히 너무 비교됨.

눈이 번쩍 뜨일 만큼 과격한 표현들이었다. 과장처럼 보이기도 했지만, 대체로 찬사 일색인 분위기는 부정할 수 없었다.

'혁명', '이브', '환상' 같은 단어들은 두식의 가슴에 자꾸 불을 질렀다. 어서 자신만의 인연을 만나고 싶었다. 이브는 지금까지 단 한 번도 그를 실망시킨 적 없는 판타지를 선사해왔지만, 이번 체험은 그가 결제한 서비스 중 가장 고가이기도 했다. 그만큼 기대가 더욱 클 수밖에 없었다.

"서두식 님, 이쪽으로 오시죠."

긴 기다림 끝에 안내원이 나타났다. 그의 손짓과 함께 체험실 문이 열렸다. 두식의 입안이 바짝 말랐다.

바닥과 천장까지 온통 하얗게 칠해진 방. 눈이 부실 정도로 깔끔한 인테리어에 조명과 잔잔한 배경음악이 얹혀져 어색하게나마 아늑한 분위기를 쥐어 짜내고 있었다. 두식의 시선을 사로잡는 것은 방 한가운데 자리 잡은 뉴럴 인터페이스 장치였다. 거대한 기계는 유려한 곡선의 몸체와 형형색색의 LED 불빛을 뿜내고 있었다. 두식의 눈이 떨렸다. 심장은 기계의 박자에 맞춰 두 배속으로 뛰었다.

"그럼 이쪽에 앉아주세요."

기계 옆에 서 있던 40대 중반의 금테 안경을 쓴 남자가 말했다. 그가 입은 흰 가운은 하얗게 칠해진 방과 깔맞춤을 한 듯 보였다. 지나치게 단정한 차림새가 마치 흐트러짐 자체를 거부하는 것 같았다.

두식이 머리가 의자 등받이에 푹 파묻혔다. 동시에 주변 기계들이 낮은 진동음을 내며 움직이기 시작했다.

"이제 당신의 무의식을 열어볼 겁니다."

상담사의 목소리는 마치 수술 준비를 알리는 의사의 진단처럼 차분하고 단조로웠다.

"뉴럴 인터페이스를 통해 당신의 기억, 감정, 억눌린 욕망까지 모두 분석합니다. 단순히 좋아하는 얼굴이나 성격을 맞추는 게 아니라, 당신도 몰랐던 이상형을 추출하는 과정이죠."

두식은 자신도 모르게 입술을 핥았다. 그리고 침을 꿀꺽 삼켰다. 광고에서 백 번도 더 들었던 설명이지만, 직접 듣는 순간 묘하게 긴장감이 밀려왔다. 어쩌면 이 선택이 자신의 삶을 송두리째 뒤집을지도 모른다는 생각이 들었다.

"자, 먼저 간단한 취향 설문부터 시작하겠습니다."

상담사가 인터페이스 장치를 조정하며 말했다. 두식은 무릎 위에 가만히 손을 올렸다. 눈앞의 기계는 마치 스스로 호흡하는 생물체 같았다. 그는 조심스럽게 숨을 들이켰다.

"어떤 외모의 이성을 선호하시죠? 특정 이미지라든지."

상담사의 질문에 두식은 순간 말문이 막혔다. 뭔가를 말해야 하는데, 머릿속이 하얗게 변했다.

"… 음, 귀엽고 청순한 얼굴? 아참! 저 크고 동그란 눈 좋아해요!"

두식은 상담사의 표정을 슬쩍 살폈다. 상담사는 그저 메모를 적어 내릴 뿐이었다. 상담사의 기계적인 태도는, 차라리 그가 AI라면 더 설득력이 있을 것 같았다.

"성격은요? 특별히 선호하는 특징이 있다면 말씀해주세요."

"잘 맞춰주는 사람? 나한테 헌신적으로 잘해주는 사람! 그리고…"

두식은 말을 삼키려 했지만, 상담사의 기다리는 눈빛에 밀려 덧붙였다.

"잠자리에서는 적극적인…?"

상담사는 특별한 반응 없이 다음 단계로 넘어갔다.

"이제 뉴럴 인터페이스를 착용하겠습니다. 이후로는 기억과 무의식을 통해 이상형을 분석하게 됩니다. 자연스럽게 떠오르는 생각에 집중해주세요."

상담사의 안내에 따라 두식은 장비를 머리에 착용했다. 그는 심호흡을 하고 눈을 감았다. 상담사의 무미건조한 목소리가 이어졌다.

"가장 행복했던 순간, 사랑을 느꼈던 기억을 떠올려주세요. 혹은 당신의 이상적인 관계를 상상해도 좋습니다."

그는 눈을 감고 머릿속에 떠오르는 장면들을 그리려 했다. 하지만, 의식 깊은 곳에서 의외의 장면들이 튀어나왔다. 현실의 사랑이나 관계가 아니라, 어릴 적부터 열렬히 빠져들었던 애니메이션 속 캐릭터들이 대거 등장했다. 하늘하늘한 교복 자락, 반짝이는 초롱초롱한 눈, 그리고 특유의 귀여운 목소리.

'제발… 제발 금테안경이 이걸 못 보게 해줘.'

두식은 떠오른 이미지들을 밀어내려 안간힘을 썼다. 머릿속을 쥐어짜도, 그 장면들은 마치 축축하게 달라붙은 껌처럼 떨어지지 않았다.

그때였다.

삐—삐—

기계에서 짧고 건조한 경고음이 울렸다.

"뇌파 활동이 강해지고 있는데 갑자기 저항하시는군요. 무의미합니다. 솔직해질수록 데이터가 명확해집니다. 참고로, 어떤 고객님의 이상형은 키 270cm의 샴쌍둥이였습니다. 그분, 대단히 만족하셨구요."

상담사는 모든 걸 예측하고 있었다는 듯, 담담하게 말을 이었다.

"저는 당신의 꿈과 무의식을 그대로 재현할 수 있도록 돕는 보조자일 뿐입니다. 당신이 솔직해질수록, 우리는 더 완벽하고 이상적인 결과를 만들 수 있어요. 그러니 스스로를 방해하지 마세요. 그래야 저도 정시에 퇴근합니다."

상담사의 지나치게 기계적인 목소리는 역설적으로 신뢰감을 불러일으켰다. 그의 말대로, 이곳은 가장 은밀한 이상형을 끌어내며 돈을 버는 곳이었다. 두식은 긴장을 풀고 깊게 숨을 들이쉬었다. 그리고 다시 눈을 감는 순간, 고삐 풀린 망상이 거침없이 폭주하기 시작했다.

두식의 머릿속에 선명히 떠오른 건 바니걸 복장을 한 그녀였다. 긴 토끼 귀를 살짝 흔들며 농염한 미소를 띤 그녀는 천천히 옷을 벗어 내렸다. 그러고는 두식에게 다가와 그의 얼굴을 감쌌다. 이어지는 키스는 깊고도 강렬했다. 그녀의 시선과 미소, 그리고 탐미적인 터치 하나하나가 그를 완전히 사로잡았다. 심장은 폭발할 듯 요동쳤고, 이마엔 뜨거운 땀방울이 줄줄 흘렀다.

스캔이 끝나자, 상담사가 고개를 들고 두식을 향해 말했다.

"결과가 나왔습니다. 외형은 거의 완벽에 가깝습니다. 특히 바니걸 복장과 교복 같은 요소들이 강하게 반영되었습니다. 사용자의 무의식 속 깊이 자리한 연관성을 기반으로 분석한 결과입니다."

두식은 헛기침을 하며 머리를 긁적였다.

"그, 그렇군요. 음… 재밌네요."

"그리고요."

상담사는 모니터를 응시하며 데이터를 넘겼다.

"발과 같은 신체적 세부 요소에 대한 선호도가 매우 높게 나타났습니다. 이와 함께, 성격적으로는 사용자의 주도권을 존중하면서도, 중요한 순간이나 관계의 전환점에서는 적극적으로 리드를 잡아줄 수 있는 성향을 선호하시는 것으로 보입니다. 상대방이 다정하면서도 단호한 모습을 동시에 보여주는 것을 이상적으로 느끼시는 경향이 있습니다. 또한, 일상에서는 부드럽고 유머러스한 태도를 유지하되, 깊이 있는 대화나 감정적인 교류가 필요한 순간에는 진지하게 몰입해 주는 성격을 원하시는 것으로 분석됩니다."

"흠, 그렇습니까?"

들키고 싶지 않은 비밀이었지만, 이미 여기까지 온 이상 두식은 받아들이는 수밖에 없다고 생각했다. 그의 미묘한 표정을 흘끗 살펴본 후 상담사는 별다른 반응 없이 다음 설명을 이어갔다.

"이제까지의 데이터를 바탕으로 이상형의 베타 버전이 구현될 예정입니다. 이후 그녀와의 상호작용 과정에서 사용자님의 생체 반응— 심박수, 땀, 호르몬 변화 등을 실시간으로 분석해, 외모와 성격, 대사 톤을 세밀하게 조정하게 됩니다. 간단히 말해, 점점 더 완벽하게 '설레는 방향'으로 최적화되는 겁니다."

상담사의 말이 끝나기도 전에 두식의 심장은 이미 격하게 두근거리고 있었다. 그리고 마침내, 그녀가 모습을 드러냈다.

이브 시스템 속에서 천천히 걸어나온 그녀는 두식을 향해 방긋 웃음을 지어 보였다. 그의 바람대로, 바니걸 의상을 착장하고 있었다.

"안녕하세요, 두식 씨. 만나서 정말 반가워요. 보고 싶었어요."

그녀의 목소리는 그의 상상 속 톤과 완벽히 일치했지만, 상담사의 미세한 조율로 더욱 부드럽고 매혹적인 느낌을 풍겼다. 두식의 심박수는 모니터에 명확히 드러날 정도로 가파르게 상승했다.

테스트가 반복될수록 그녀의 대사와 행동은 더욱 정교해졌다. 두식이 반응할 때마다 상담사는 모니터를 응시하며 그녀를 세밀하게 조율했다.

"대사 톤을 3% 더 부드럽게, 미소 각도는 2도 더 높게… 좋아요, 이제 거의 완벽하군요."

그녀가 "두식 씨, 오늘 정말 멋지네요."라고 속삭이는 순간, 그의 땀샘 반응은 폭발적이었다. 상담사는 모니터를 보며 냉정하게 중얼거렸다.

"흥미롭군요. 이제 미세한 조정만 남았습니다."

마침내 네 번째 테스트가 끝났을 때, 그녀는 두식의 상상조차 뛰어넘는 존재가 되어 있었다. 상담사가 차트를 확인하며 말했다.

"최종 조정이 완료되었습니다. 시스템은 당신의 모든 데이터를 반영해 최적화된 상태로 구현되었으며, 완성도는 99.4%로 기록되었습니다. 수고 많으셨습니다."

두식은 체험실을 나서려다 문 앞에서 한 번 더 뒤돌아보았다. 방금 전까지 그와 함께했던 바니걸의 환영이 여전히 머릿속에 강렬하게 남아 있었다. 상담사가 손에 작은 카드를 건네며 덧붙였다.

"이 코드로 언제든 호출 가능합니다. 추가 조정을 원하시면, 언제든 방문하시면 됩니다."

"아… 정말 감사합니다."

두식은 잠시 망설이다 조심스레 물었다.

"근데… 오늘밤 그녀랑 혹시…"

두식이 머뭇거리며 말을 흐리자, 상담사는 무표정한 얼굴로 가볍게 말을 잘라냈다.

"가벼운 스킨십 정도는 가능하겠지만, 빠른 시일 내에 그 이상은 힘들 겁니다. 이미 알고 계셨을 텐데요."

"그게 좀 불만이에요. 너무 빡빡한 것 같아서…."

상담사는 여전히 냉정한 톤으로 답했다.

"이상형과 너무 쉽게 가까워지면 관계가 금방 시들해질 가능성이 높다고 합니다. 연구 결과죠."

두식은 손에 쥔 시리얼 코드를 내려다봤다. 억울하다는 감정도 잠시, 결국 그의 입꼬리가 자기도 모르게 씰룩이며 올라가기 시작했다. 눈빛은 이미 그녀를 향한 기대감으로 번들거렸다.

두식은 체험실 문을 나서며 어깨를 들썩였다. 코드 한 장에 담긴 무한한 가능성— 그녀와 함께할 모든 찬란한 순간이 눈앞에 선명하게 펼쳐질수록 그의 발걸음은 점점 더 빨라지기만 했다.

'그녀가 날 기다리고 있다구!'

이 순간이 그의 인생을 송두리째 바꿔놓을 것이라는 걸 두식은 전혀 알지 못했다.

‘러버 인 드림즈(Lover in Dreams)’의 포럼에 따르면, 대부분의 경우 이상형은 단순히 하나의 완성된 존재라기보다는 다양한 사람들의 특징이 조합된 형태로 나타나는 경향이 있었다. 특정 인물의 외모에 또 다른 사람의 성격이 더해지고, 상상 속 판타지적인 말투와 태도까지 뒤섞여 만들어진 결과물이 일반적이었다. 이러한 조합은 개인이 과거에 경험한 기억이나 주변 환경에서 받은 영향, 그리고 무의식적으로 형성된 욕망에 의해 결정된다고 분석되었다.

“누구에게나 이상형은 결국 알 수 없는 이유로 끌린 요소들의 집합체일 수밖에 없다”는 이론은 사용자들 사이에서 정설처럼 여겨졌다. 예컨대, 첫사랑의 눈빛, 좋아했던 배우의 말투, 어린 시절 좋아하던 만화 속 캐릭터의 특징 같은 요소들이 얽히고설켜 무의식 속 이상형으로 자리 잡는다. 여기에 더해, 현재의 감정 상태나 욕구에 따라 그 조합은 끊임없이 변형되고 재구성되기도 한다.

결국, 이상형이라는 개념은 고정된 단일 인물이 아니라, 시간과 경험, 상상에 의해 계속해서 새롭게 만들어지는 동적인 존재에 가깝다고 볼 수 있었다.

하지만 두식의 경우는 달랐다. 그의 이상형은 조합체나 추상적인 이미지가 아니었다. 그가 이브 속에서 만들어낸 인물은 놀랍게도 현실 속 한 사람, 채시연과 지나치게 흡사했다. 바니걸 복장에서부터 목소리, 말투, 심지어 눈빛까지도 그녀와 놀라운 일치율을 보였다.

이상형이 단순히 무의식적인 데이터를 기반으로 형성된다는 점을 감안하면, 이 정도의 일치는 도저히 설명하기 어려운 일이었다.

그 무렵, '카이의 하루' 속 두 번째 여자였던 채시연의 신상이 공개되었다. 제작진의 실수로 인한 초상권 침해 논란은 법적 절차를 통해 빠르게 마무리되었지만, 이로 인해 그녀의 과거와 현재는 대중의 손에 낱낱이 해부되었다. 카이의 기억 속 그녀를 복제하고 공유한 남자들은 이제 현실 속 채시연의 실체에 집착하기 시작했다. 그녀는 가상의 바니걸이 아닌, 실재하는 인물로서 수많은 이들에게 판타지를 넘어선 대상으로 자리 잡은 것이다.

두식은 그녀에게 더욱 빠져들었다. 그녀의 SNS, 인터뷰, 공식 석상에서의 영상까지 가능한 모든 자료를 수집했다. 그녀가 올린 사진 한 장, 인터뷰에서 무심코 내뱉은 단어 하나, 그녀가 먹었던 음식, 입었던 옷, 남겼던 웃음소리조차 그의 머릿속에서 끊임없이 되새김질되었다.

이제 두식의 일상은 완전히 그녀를 중심으로 돌아가고 있었다. 그녀의 흔적을 쫓는 행위는 단순한 호기심을 넘어선, 그의 삶에서 가장 중요한 의미가 되어갔다. 이브 속 그녀와 현실 속 그녀가 점점 더 겹쳐질수록, 두식은 그 선명한 혼란 속으로 스스로를 깊이 밀어 넣고 있었다.

그날도 두식은 늘 하던 대로 라면을 끓여 국물까지 남김없이 비우고, 손등으로 입가를 훔친 뒤 곧바로 책상 앞으로 향했다. 신형 이브 기기는 이전 모델보다 작고 가벼워져, 착용감이 한결 편안하게 느껴졌다.

이브 기기를 조심스럽게 머리에 장착하자, 온 세상이 그의 시야에서 흐려지고 신비로운 웰컴 음악이 귓가를 울렸다. 화면이 켜지자 익숙한 인터페이스가 등장했다.

두식의 손끝이 자연스럽게 '러버 인 드림즈(Lover in Dreams)' 아이콘 위로 움직였다. 버튼을 클릭하자마자 체험이 시작되었고, 시야는 밝은 네온 빛으로 물들었다.

두식이 들어선 곳은 대형 만화 카페였다. 벽면을 가득 채운 만화책들이 끝도 없이 이어졌고, 사람들은 고개를 숙인 채 각자의 세계에 몰두하고 있었다. 두식은 시연과 함께 테이블 한

쪽에 나란히 앉아 커피를 앞에 두고 만화책을 펼쳐 들었다.

시연은 단번에 눈길을 끌었다. 깔끔한 하얀색 티셔츠, 허리를 따라 부드럽게 퍼지는 치마, 그리고 머리 위에 얹힌 고양이 머리띠까지— 그녀의 발랄한 분위기를 완성하는 요소들이었다. 별다른 꾸밈 없이도 그녀는 주변의 공기를 생기 있게 바꿔 놓는 사람이었다.

책장을 넘기던 두식은 문득 옆에 앉은 시연을 바라보았다. 그녀는 빨대를 살짝 물고 커피를 한 모금 마시며 만화에 집중하고 있었다. 머리를 약간 기울이며 페이지를 넘길 때마다 고양이 머리띠가 살짝 흔들렸다.

그 모습이 어찌나 사랑스러운지, 두식은 자신도 모르게 입가에 웃음을 머금으며 나직이 중얼거렸다.

"정말 좋다."

시연이 고개를 들고 그를 쳐다보며 물었다.

"뭐가?"

"너랑 여기 같이 있는 거."

두식의 말에 시연은 미소를 지으며 고개를 끄덕였다. 그녀의 옆모습이 두식의 가슴 어딘가를 간질이는 것만 같았다.

"나도 좋은걸? 근데 지금 읽고 있는 거 뭐야?"

시연이 커피잔을 내려놓고 고개를 돌려 물었다. 두식은 그 순간을 기다렸다는 듯 책을 양손으로 번쩍 들어 올리며 눈을 반짝였다.

"이거! 여주가 내 인생캐야! 진짜 귀여운데, 또 너무 멋있어!"

그는 책 속 장면을 손가락으로 힘주어 짚으며 들뜬 목소리로 설명을 이어갔다.

"봐봐, 하즈키짱이 그냥 평범하게 지내다가 마법 고양이를 만나서 여전사로 변신하거든? 근데 첫 전투 상대가 사실은… 그녀가 어릴 때 베프였던 거야! 와, 이 반전 진짜 소름이지 않아?"

두식의 말이 점점 빨라지며 나머지 손짓까지 과장되게 커졌다. 그의 눈은 마치 눈앞에 환상을 그리듯 초롱초롱 빛나고 있었다. 시연은 그런 두식을 한동안 조용히 바라보다가 입술을 삐죽이며 툭 던지듯 말했다.

"그래서… 귀엽다구? 나보다 더?"

두식의 얼굴이 순간 얼어붙었다. 당황한 기색이 역력한 채로 시연을 바라보았고, 그녀는 눈을 반쯤 감은 채 장난스러운 표정을 짓고 있었다. 두식은 황급히 두 손을 휘저었다.

"아니야! 당연히 우리 시연이가 훨씬 귀엽지! 완전 최고지!"

시연은 살짝 비웃듯 두식을 흘겨보다가, 이내 씨익 웃어 보였다.

"그치? 사실 나도 그 애니 몇 번 봤어. 명작은 명작이더라."

책을 내려놓고 테이블에서 몸을 살짝 일으키며 말했다.

"오빠, 내가 그 주제곡 불러줄까? 율동도 완벽하게 할 수 있는데!"

그녀의 눈이 반짝였다. 두 손을 고양이 발 모양으로 모으고, 가볍게 한쪽 발을 들어 올리는 자세를 취하더니 애니메이션 속 캐릭터처럼 해맑게 웃으며 노래를 부르기 시작했다.

"치이사나 호시가 사사야쿠, 마호우가 하지마루요~"

그녀는 애니메이션 속 캐릭터처럼 생동감 있게 목소리를 변주하며 가볍게 뛰어올랐다. 머리띠가 흔들리고, 손끝으로 만든 동작은 마치 만화 속에서 그대로 튀어나온 듯했다.

"유비사키데 키라메쿠, 키미토 와타시노 히미츠~"

시연은 율동에 점점 더 힘을 실으며 노래를 이어갔다. 손끝으로는 빛을 뿌리는 듯한 동작을, 허리로는 고양이처럼 유연하게 곡선을 그렸다. 표정과 몸짓 하나하나에서 천진난만함과 교태가 절묘하게 어우러졌다.

두식은 숨도 쉬지 못한 채 시연을 바라봤다. 입은 자연스레 벌어졌고, 얼굴은 화끈하게 달아올랐다.

노래를 끝낸 시연은 두 손을 하트 모양으로 만들어 두식에게 내밀며 웃음을 흘렸다.

"어때, 나 진짜 귀엽지? 그렇다고 해줘. 흥흥흥."

두식은 감격한 얼굴로 목이 메인 듯 간신히 대답했다.

"응… 진짜… 넌 최고야. 완벽해. 춤은 또 왜 그렇게 잘 추는 거야? 이 오빠 설레게…."

그는 반쯤 풀린 눈으로 그녀를 바라봤다. 얼굴엔 감탄과 황홀함이 동시에 얹혀 있었다.

"춤? 나, 이 애니 진짜 좋아해서 따라 해본 거야. 엄청 열심히 연습했지! 어때, 나 이뻤어?"

시연은 이마에 맺힌 땀을 손등으로 툭 닦고는, 두식 옆으로 털썩 앉으며 그의 팔에 팔짱을 꼈다.

두식은 머뭇거리며 고개를 끄덕였다. 하지만 갑자기 그의 얼굴에 미묘한 그림자가 드리웠다. 순간적으로 뭔가를 떠올린 것이다.

"근데 너…"

두식은 시연의 팔을 조심스럽게 빼내며 목소리를 낮췄다. 말끝엔 은근한 날이 서 있었다.

"이런 춤… 클럽 같은 데서 배운 거 아니야? 나 봤다니까. 그날 너 거기서 완전 죽순이 같던데."

두식의 목소리가 점점 떨리기 시작하자 시연은 놀란 듯 눈을 동그랗게 뜨며 고개를 갸웃거렸다.

"클럽? 무슨 소리야? 그런 데는 거의 안 가. 친구들이랑 몇 번 놀러 간 게 전부야."

"아니야. 내가 다 봤다니까! 너 딴 남자랑 엉겨 붙어서… 그 새끼랑 같이…."

두식의 목소리는 점점 높아졌고, 얼굴은 금세 붉게 달아올랐다. 터지기 직전의 주전자처럼, 그의 감정이 거칠게 분출되기 시작했다.

"오빠, 왜 그래? 나 무섭게 하려고 일부러 그러는 거야?"

시연이 움츠러들며 한 걸음 물러섰다. 두식은 이를 악물며 감정을 억누르려 했지만, 한번 솟구친 분노는 쉽게 가라앉지 않았다. 그는 헛손질하듯 허공에 손을 내저으며 목소리를 더욱 높였다.

"아니잖아! 그때 그 새끼랑 뭘 했는지 내 두 눈으로 똑똑히 봤다니까!"

두식의 외침이 공간을 가득 채웠다. 말을 마치기가 무섭게, 그는 시연의 팔을 세게 밀치며 치마 속으로 손을 뻗었다.

하지만 손끝이 허벅지에 닿기도 전에, 강렬한 전류가 손목을 휘감았다.

"윽…!"

두식의 손이 격렬하게 떨렸다. 뇌리를 강타하는 충격에 그는 반사적으로 팔을 움켜쥐며 뒷걸음질쳤다. 순간적으로 퍼지는 저릿한 감각에 온몸이 얼어붙은 듯했다. 불쾌한 전류의 잔흔을 느끼며, 그는 당황한 눈으로 시연을 올려다봤다.

"오빠."

시연의 목소리가 낮고 단호하게 울렸다. 차분하면서도 흔들림 없는 눈빛이 두식을 꿰뚫듯 바라보았다.

그녀와 눈이 마주친 순간, 두식을 뒤덮던 분노는 갈 곳을 잃고 허공에서 흩어져버렸다. 잔뜩 위축된 그는 입술을 달싹였다.

"미안… 난 그냥…"

시연은 가볍게 숨을 내쉬더니, 고개를 살짝 돌려 피식 웃었다. 피곤한 듯, 허탈한 듯, 그리고 어딘가 비웃는 듯한 그 웃음이 두식의 속을 마구 뒤흔들었다.

그리고 다시 천천히 고개를 들어, 단단한 시선으로 두식을 마주 보았다.

"오빠, 아까도 말했지? 나 그런 적 없다고."

두식은 입을 꾹 다물고 말끝을 삼켰다. 이미 여러 번 이브의 경고를 받은 터였다. 이번에도 간신히 선을 넘지 않은 게 다행이라는 생각뿐이었다.

"됐고, 오빠. 우리 영화 보러 가자."

시연이 태연하게 말했다. 두식은 움찔하며 그녀를 바라보다가 어색하게 고개를 끄덕였다.

"그, 그래. 그러자."

바로 그때, 웨이터가 조용히 다가와 정중하게 입을 열었다.

"손님, 계산은 카운터에서 부탁드립니다."

두식은 주머니를 뒤적이며 어쩔 수 없다는 듯 한숨을 내쉬었다.

'데이트 족족 돈이네….'

혼잣말을 속으로 삼키며, 그는 지갑을 꽉 쥔 채 카운터로 천천히 걸음을 옮겼다.

극장 로비는 활기로 가득 차 있었다. 삼삼오오 모여 팝콘과 음료를 들고 대화하는 사람들, 티켓을 확인하며 입장을 기다리는 연인들 사이로 대형 포스터가 눈길을 끌었다.

올해의 블록버스터 대작!

포스터 아래에는 폭발과 추격이 어우러진 화려한 액션 장면이 담겨 있었다. 자연스럽게 그 영화 앞에 멈춰 선 두식과 시연은 서로를 한 번 쳐다보더니, 가볍게 고개를 끄덕였다.

영화를 정한 후, 시연은 매점 앞에서 발걸음을 멈추며 환하게 웃었다.

"오빠, 이거 너무 먹고 싶어! 싱글 오리진 게이샤 커피랑 마카롱 세트, 어때?"

그녀는 매대 위의 메뉴를 가리키며 두 손을 깍지 끼고 살짝 고개를 기울였다. 반짝이는 눈빛과 애교 섞인 말투가 그녀를 한층 더 사랑스럽게 보이게 했다.

두식은 잠깐 멍하니 그녀를 바라보다가, 마지못한 듯 고개를 끄덕였다.

"음… 그래, 뭐… 먹고 싶다면."

그가 트레이 위에 그녀의 주문을 올리자, 시연은 기다렸다는 듯 활짝 웃으며 그의 팔짱을 꼈다.

마침 목이 말랐던 두식도 기본 아메리카노를 추가로 주문했다.

영화는 기대 이상으로 흥미진진했다. 두식과 시연은 팝콘을 사이에 두고 화면 속 이야기 속으로 빠져들었다. 총알이 날아들고 주인공이 몸을 던지는 순간마다 시연의 얼굴에는 깜짝 놀란 표정이 스쳐 갔다.

두식은 어느 순간부터 영화보다 그녀의 반응에 더 집중하고 있었다. 긴장감이 최고조에 이를 때마다 시연이 무의식적으로 손을 꼭 쥐는 모습이, 그의 눈에는 영화 속 하이라이트보다 더 빛나 보였다.

엔딩 크레딧이 흐르고, 극장 안의 조명이 서서히 밝아졌다. 두 사람은 자리에서 일어나 관객들 사이를 헤치며 로비로 나왔다. 시연은 손바닥에 묻은 팝콘 부스러기를 털어내더니, 두식을 향해 환하게 웃어 보였다.

"오빠, 오늘 완전 재밌었어. 이제 슬슬 들어가 봐야겠다."

두식은 시연의 한마디에 마음이 덜컥 내려앉았다.

"벌써? 진짜로?"

그는 빈 팝콘 통을 꼭 쥔 채 시연을 바라봤다. 매끈하게 올라가던 그녀의 발걸음이 잠시 멈추더니, 두식의 팔뚝을 가볍게 쓸어내렸다.

"오늘은 좀 피곤해서 그렇지. 난 언제나 두식 오빠 건데, 급할 거 뭐 있어?"

"… 진짜?"

"진짜라니까! 내가 언제 거짓말한 적 있어?"

입술을 살짝 삐죽 내밀던 시연은 무언가 떠오른 듯 두 눈을 반짝였다.

"아! 다음번엔 뮤지컬 보러 가자! 사만다 킴 나오는 거 알지? 완전 대작이라던데. 오빠도 좋아할 거야!"

그녀는 들뜬 목소리로 빠르게 말을 쏟아냈다. 한껏 기대에 찬 시연의 표정에, 두식은 저도 모르게 짧은 웃음을 흘렸다.

"뮤지컬… 그래, 우리 시연이가 보고 싶다니까. 가자."

"그럼 오빠, 담에 또 봐!"

"응, 잘 가, 시연아!"

시연의 뒷모습이 완전히 사라지고 나서야, 두식은 길게 숨을 내쉬었다. 멍하니 서 있던 그는 한참 뒤에야 이브 기기를 벗어 책상 위에 툭 내려놓았다.

풀썩 침대에 몸을 던지며 얼굴을 손바닥으로 가볍게 훑었다. 그리고, 문득 그녀와의 데이트 중 한 장면이 다시 떠올랐다.

'치이사나 호시가 사사야쿠~'

고양이 머리띠를 쓰고 깡충깡충 뛰며 노래를 부르던 시연. 손바닥을 펼쳐 빛을 뿌리는 듯한 제스처를 하며 애교스럽게 미소 짓던 모습이 눈앞에 그대로 펼쳐지는 듯했다. 그녀가 빙그르르 돌며 장난스럽게 윙크하던 순간까지.

두식은 베개에 얼굴을 묻고 연신 웃음을 터뜨렸다.

"큭큭, 진짜… 너무 귀여웠어."

그러다 갑자기 떠오른 뮤지컬 티켓 생각에 벌떡 몸을 일으켰다. 휴대폰을 꺼내 검색창을 열고, 예매 사이트를 클릭했다. 하지만 화면에 뜬 가격을 보는 순간, 손끝이 숫자 위에서 딱 멈춰 버렸다.

'뭐야, 이렇게나 비싸다고?'

통장 잔고와 카드 청구서가 머릿속을 스쳐 지나갔다.

"아, 이번 달은 어떻게 버티지…."

두식은 길게 한숨을 내쉬며 그대로 침대에 몸을 눕혔다. 그녀의 웃음소리와 무거운 현실이 번갈아 뒤엉켜 천장 위를 떠다녔다.

. . .

갈증이 밀려왔다. 절실한 탄산 생각에 두식은 헐렁한 슬리퍼를 질질 끌며 편의점으로 향했다. 오랫동안 빨지 않은 낡은 운동복이 허벅지에 감겨 끈적거렸다.

편의점 앞에 막 다다랐을 때, 그의 시야에 익숙한 실루엣이 들어왔다. 긴 생머리, 곧게 뻗은 허리, 우아하게 흔들리는 걸음걸이.

'채시연…?'

심장이 가슴속에서 터질 듯 뛰기 시작했다. 곧바로 그녀를 부르는 목소리가 튀어나왔다.

"시연아!"

자신을 부르는 낯선 목소리에 시연이 반사적으로 고개를 돌렸다. 길 건너편에서 한 남자가 뛰다시피 다가오고 있었다. 들뜬 표정에, 걸음마저 이상하게 경쾌했다.

'누구지? 아는 사람인가?'

시연의 미간이 찌푸려졌다. 그는 시연 앞에서 멈춰 서더니, 한껏 환한 얼굴로 숨을 몰아쉬며 말을 쏟아냈다.

"시연아, 오빠 보고 싶어서 또 온 거야?"

시연의 얼굴이 굳어졌다. 듣기 민망한 대사와 지나치게 밝은 표정이라니. 그리고 어딘가 익숙한 얼굴. 하지만 그 모든 걸 압도하는 건 속이 메스꺼워질 정도로 불쾌한 느낌이었다.

"… 누구세요?"

시연의 낯선 반응에 남자는 머리를 약간 기울이며 당황스러운 듯 머리를 마구 긁적였다.

"왜 이래? 방금까지 데이트 잘해놓구선, 설마 시연이 너, 오빠랑 밀당하려는 거야?"

"죄송한데, 사람 잘못 보신 것 같아요."

조용히 말하고 돌아서려는 찰나였다. 그때 뒤에서 날아온 축축한 손이 그녀의 손목을 휙 낚아챘다. 땀이 배인 손바닥이 그녀의 살에 끈적하게 들러붙었다.

"아! 이거 안 놔요?"

시연이 비명을 지르며 몸부림치는 순간, 시연의 장바구니가 툭 하고 손에서 떨어져 나갔다. 과자봉지, 음료수, 반찬거리들이 바닥으로 쏟아지며 사방으로 나뒹굴며 흩어졌다. 두식은 여전히 시연의 팔을 붙든 채 저 아래로 떨어진 1.5리터 콜라병을 집어 들었다. 그리고서 뚜껑을 거칠게 비틀어 열더니, 그 자리에서 병째로 벌컥벌컥 들이켰다. 목구멍이 크게 움직이며 탄산이 그의 입을 지나 턱 아래로 흘러내렸다. 두식은 손등으로 대충 입가를 훔치더니, 천천히 고개를 들었다. 그리고 기괴하게 일그러진 미소로 시연을 빤히 바라보았다.

"콜라 오빠 위해 산 거구나? 오빠가 오늘 돈 많이 썼다고?"

"놔요! 진짜 미쳤어요?"

온몸을 비틀며 그의 손에서 벗어나려 했지만, 두식의 손아귀는 오히려 더 강하게 그녀를 옭아맬 뿐이었다. 손목을 짓누르는 압박감에 뼛속까지 시큰거렸다.

"왜 그래? 너 내 거라며. 너랑 나, 운명이라며!"

두식의 목소리가 점점 커졌다. 알 수 없는 말들만 늘어놓는 남자의 얼굴은 번들거리는 땀으로 뒤덮여 있었다.

그 순간, 시연의 머릿속에 불길한 기억이 번개처럼 스쳤다. 1년 전, 길 한복판에서 시연의 티셔츠를 허리가 훤하게 드러날 때까지 거칠게 끌어올렸던 그 남자의 얼굴. 성추행범으로 경찰에 끌려가던 그 모습.

'바로 이 사람…'

시연은 두려움과 혐오로 온몸을 떨며 비명을 질렀다.

"또 너야? 이런 돼지 같은 새끼가!"

날 선 외침에 두식의 움직임이 멈칫하다가 이내 얼굴이 서서히 굳어졌다. 번들거리는 땀 아래로 일그러진 표정은 분노와 병적인 집착으로 뒤틀려 있었다.

"뭐? 지금 나한테 뭐라고 했어?"

두식은 으르렁거리며 다가오더니 순식간에 시연의 머리채를 거칠게 움켜쥐었다.

"이런 씨발년이!"

그의 손아귀에서 시연의 머리가 마구잡이로 휘청였고, 이어 단단한 주먹이 그녀의 얼굴을 향해 날아들었다.

"악!"

시연의 몸이 허공에 떠올랐다가 바닥에 쿵 하고 내팽개쳐졌다. 그녀의 머리가 바닥에 부딪히며 둔탁한 소리를 냈다. 웅크린 채 떨고 있는 그녀를 내려다보는 두식의 눈빛은 이미 이성을 잃어 있었다.

두식은 거칠게 숨을 몰아쉬며, 발을 들어 무자비하게 그녀의 복부를 내리찍었다.

"너 같은 게, 감히 나를 무시해?!"

두식은 숨을 헐떡이며 다시 발을 휘둘렀다. 그녀의 복부, 옆구리, 어깨로 발길질이 끊임없이 이어졌다. 충격이 닿을 때마다 시연의 몸이 들썩였고, 입술 사이로 새어 나온 신음은 점점 희미해져 갔다.

멀리서 누군가가 급히 달려들며 두식을 붙잡을 때까지, 두식은 발길질을 멈출 줄 몰랐다.

피투성이가 되어 거의 정신을 잃은 시연의 모습, 그리고 여전히 씩씩대며 몸부림치는 두식. 가로등 불빛 아래 두 사람의 처참한 모습이 적나라하게 드러났다.

WBN 뉴스 특집: 이브, 환상 뒤의 그림자

가장 안전해야 할 일상이 또다시 깨졌습니다.

CCTV 영상 속 폭행 장면은 가해자의 잔혹한 행위를 고스란히 담고 있었습니다. 체포된 A군은 경찰 조사에서 "나를 사랑해준 사람은 세상에 오로지 그녀 하나뿐이었다."는 말만을 반복했습니다. 조사 결과, 그는 이브의 '러버 인 드림즈(Lover in Dreams)' 프로그램을 매일 이용하며 가상세계에 깊이 빠졌고, 현실에서 비슷한 외모의 여성을 마주한 순간 현실과 환상을 혼동했습니다. 무분별한 구애는 집착으로 변했고, 결국 끔찍한 폭행으로 이어졌습니다. 그의 집에서는 카드 명세서와 빚 독촉장이 수북이 쌓여 있었으며, 사채까지 끌어 쓴 기록도 추가로 확인되었습니다.

비슷한 문제는 계속해서 반복되고 있습니다.

한 사업가는 경쟁사의 내부 정보를 훔치기 위해 타인의 기억을 이식받았지만, 기버(Giver)의 기억의 시기를 혼동한 탓에 잘못된 판단을 했고, 결국 파산 위기에 몰렸습니다. A군 사건이 발생하기 불과 2주 전, 두 건의 살인 전과를 가진 장모 씨는 출소 직후 이브의 기억 체험 프로그램을 이용해 자신의 과거 살인을 재현하며 쾌락을 느꼈다는 사실도 밝혀졌습니다.

결국 이브 시스템은 치밀한 심리 분석과 욕망 실현이라는 명목 아래, 범죄자도 망상 환자도 걸러내지 못했습니다.

이 사건들은 이브 시스템의 데이터 관리와 사용자 검증의 허점을 여실히 보여줍니다. 욕망을 실현하고 심리를 분석한다는 시스템은 반복적으로 비극을 만들어내고 있습니다.

꿈은 자유로워야 합니다. 하지만 그 자유가 현실을 망가뜨린다면, 이는 더 이상 환상이 아니라 방치된 위험입니다. 이제 이브가 그 책임을 확실히 져야 할 때입니다.

이상, WBN 뉴스, 이은솔 기자였습니다.

탐색자들

이브에 대한 기사를 쓸 때마다 은솔은 보이지 않는 손이 그녀의 목소리를 틀어막는 듯한 기분이 들었다. 그러나 세상이 어떻게 돌아가든, 그녀는 그 진실을 파헤치는 사람 중 하나여야 한다고 믿었다. 신념이라 부르기엔 낯간지러웠지만, 딱히 더 나은 표현도 없었다.

올해로 서른넷. 은솔의 어린 시절 꿈은 오지 탐험가였다. 매일 세계 지도를 보며 이름조차 생소한 곳으로 떠나겠다는 상상에 설렜던 소녀. 하지만 현실은 그녀를 전혀 다른 길로 이끌었다. 밥벌이도 되지 않는 몽상가 대신, 세상은 당장의 성과를 요구했다. 지금 그녀는 가상으로 여행을 대신하며, 아이러니하게도 자신조차 그토록 비판하던 이브의 유혹에서 자유롭지 못했던 것이다.

단순한 호기심에서 시작된 이브에 대한 관심은 덱스 최가 대표로 올라선 뒤 드러난 타락의 과정을 목격하며, 은솔의 직업적 신념으로 자연스럽게 변모했다. 돌아보면, 오지 탐험가나 기자라는 직업은 본질적으로 다르지 않았다. 익숙한 길 대신 위험하고 험난한 길로 발을 내딛는 것. 두려움을 안고도 멈추지 않는 것. 그 끝에서 진실을 찾아내겠다는 고집은 어쩌면 그녀의 천성이었다.

언젠가부터 이브를 통해 강력 범죄와 마약 거래가 체험되고, 이 기억들이 은밀히 판매된다는 소문이 퍼지기 시작했다. 이와 관련된 제보도 간간이 들어왔지만, 제보자들은 정체가 드러나는 것을 극도로 두려워했다. 법은 이런 기술과 현실의 충돌을 따라잡기엔 여전히 역부족이었다. 모든 것이 흐릿한 상황에서 이를 기사화하기엔 리스크가 너무 컸다. 아직은 때를 기다려야 했다.

"권력은 부패하기 쉽고, 무관심은 부패를 돕는다."

그녀는 중얼거리며 한숨을 내쉬었다. 모니터 앞에 쌓인 자료 더미를 바라보는 은솔의 눈에는 피곤함과 결의가 동시에 서려 있었다. 이브가 안겨주는 달콤한 환상과 선기능은 대부분의 사람들을 무기력한 방관자로 만들었지만, 은솔은 이 모든 걸 외면할 수 없었다.

덱스를 미행하려는 시도는 여러 차례 있었다. 그러나 그는 철저히 자신을 숨겨왔다. 회사에서 진행되는 회의는 대부분 원격으로 이루어졌고, 참석자 명단과 논의 내용은 보안 시스템 안에 철통같이 봉인되어 있었다. 덱스의 행적은 그가 의도적으로 남긴 흔적을 제외하곤 거의 전무한 상태였다. 그의 철저한 은둔 습성 때문에 그를 추적하는 일은 생각보다 훨씬 까다로웠다.

쌓여가는 스트레스에 머리가 지끈거릴 때면, 은솔은 근처 오락실로 향하곤 했다. DDR 위에 올라 아무 생각 없이 화살표를 따라 무작정 뛰었다.

가장 오래된 단서, 가장 처음의 틈을 들여다보는 것부터 시작해보자.

은솔은 이마의 땀을 닦아 내렸다. 그녀의 눈빛은 이미 다음 목표를 향해 있었다.

한참을 운전해 도착한 곳은 전라도 해남, 땅끝마을이었다. 은솔은 간판을 올려다보며 피식 웃음이 새어 나왔다. '추억의 옛날통닭'. 기본 폰트에 촌스러운 이름, 직관적이다 못해 당돌한 느낌이었다. 이곳이 이브의 창시자 서길수가 운영하는 장소라는 점은 여전히 믿기 힘들었다.

가게 문을 열고 주변을 한 바퀴 둘러보았다. 기름때로 얼룩진 벽지와 삐뚤빼뚤 그려진 닭 그림이 걸린 메뉴판. 무늬가 선명한 나무 테이블과 벤치형 의자가 자리 잡은 풍경은 정말이지 옛날통닭집 그대로였다. 벽면에는 오래된 선풍기가 덜컹거리며 겨우 바람을 뿜어내고 있었다. 누군가 과거를 그리워하며 만든 세트장이라기엔 이곳은 너무나도 진짜 같았다. 사진으로만 봤던 레트로 분위기가 이토록 생생하게 구현되어 있다니.

한참 후, 은솔의 시야에 들어온 것은 테이블마다 설치된 최신형 이브 기기였다. 허름한 인테리어 속 첨단 기술의 존재가 묘한 대비를 이루고 있었다. 마치 고색창연한 배경에 미래가 얹힌 듯, 두 시대가 충돌하는 장면이었다.

가게 안은 제법 사람들로 붐비고 있었다. 모두 각자의 기기를 착용한 채 무언가에 깊이 몰두한 모습이었다. 그 광경을 볼 때마다, 은솔은 익숙하면서도 어딘가 우스꽝스럽다는 생각이 들었다. 아마 누군가도 자신을 보며 비슷한 생각을 하지 않을까.

한 끼를 거르고 내리 달린 탓에 배가 점점 고파왔다. 은솔은 구석진 자리에 자리를 잡았다.

그때, 카운터 뒤에서 중년의 사내가 다가왔다.

"어서 오세요. 뭘로 드시겠습니까?"

기름때가 잔뜩 묻은 앞치마, 손에 쥔 스마트 패드.

은솔은 단번에 알 수 있었다. 이 남자가 바로 서길수라는 것을.

"옛날통닭 한 마리랑, 생맥주 500cc 주세요."

"알겠습니다. 자리에 앉으세요. 튀기는 데 15분 걸립니다. 제가 접시와 포크를 갖고 오면 그때 기기를 쓰시면 되구요."

"잠깐만요. 원래 이브 음식점은 주문하면 바로 나오는 거 아니에요?"

"하하, 튀기는 데 그 정도 시간이 걸리거든요. 눈치채셨겠지만 저희는 '정통 방식'을 고수합니다. 맥주는 바로 나갑니다!"

그의 말투는 유쾌하면서도 반박을 허용하지 않는 단호함마저 묻어 있었다. 이 모든 것이 사장이 철저하게 설정한 콘셉트라니, 은솔은 지독하다는 생각마저 들었다.

정확히 15분 후, 알람 소리가 울리고 은솔은 기기를 착용했다. 눈앞에 펼쳐진 것은 바삭하게 튀겨진 통닭 한 마리. 껍질을 베어 물 때마다 바삭하게 부서지는 소리와 촉촉한 육즙의 조화가 혀끝을 사로잡았다.

"이게 정말 1980, 90년대를 풍미했던 맛이라니…."

은솔은 닭다리를 들며 중얼거렸다. 뜨겁고 바삭한 껍질이 입안에서 부서지자, 고소한 향이 퍼져 나갔다. 목을 타고 내려가는 차가운 생맥주는 그 순간을 더욱 완벽하게 만들어줬다. 사람들이 왜 이곳에 몰리는지, 이제야 제대로 알 것 같았다.

은솔은 한 조각씩 통닭을 음미하며 차분히 생각을 정리했다. 식사를 끝내고도 남은 맥주를 들고 테이블에 기대앉아, 기분 좋게 차오르는 포만감을 느끼며 마음을 다잡았다. 폐점까지 10분이 채 남지 않은 시점, 가게 안에는 은솔 혼자뿐이었다.

정확히 10시가 되었을 때, 그녀는 자리에서 일어나 카운터로 걸어갔다. 긴장감이 목덜미를 타고 흘렀지만, 은솔은 침착하게 카드를 꺼내 계산을 마친 뒤 명함을 내밀었다.

"서길수 박사님 맞으시죠? 저는 WBN 기자 이은솔입니다."

서길수는 그녀가 내민 명함을 흘긋 보더니, 미간을 살짝 찌푸렸다. 손을 뻗어 명함을 받는 대신 무뚝뚝하게 한마디를 내뱉을 뿐이었다.

"돌아가세요."

짧고 단호한 대답이었다. 하지만 여기서 물러설 순 없었다.

"조금만 시간을 내주세요. 중요한 이야기를 나누고 싶습니다."

길수는 한숨을 내쉬며 잠시 그녀를 응시했다. 그의 표정에는 반감과 피로가 섞여 있었다.

그리고 몸을 돌려 카운터에 놓인 물잔을 들이켰다.

"암거래가 이뤄지고 있어요, 박사님."

은솔은 목소리를 낮추며 단도직입적으로 말했다.

"이브를 통해 강력 범죄와 불법 거래가 성행하고 있다는 사실을 모른다고는 생각하지 않습니다. 이런 상황에서 책임감을 느끼셔야 하지 않나요?"

길수의 손에 들고 있던 물잔이 살짝 떨렸다. 그는 한숨을 깊게 내쉬며 천천히 자리에 앉았다.

"책임감이라… 이브를 처음 개발할 때, 난 그저 가능성에 흥분했어요. 모든 걸 연결하고, 세상을 바꿀 수 있다는 생각에 들떠 있었죠. 하지만 내가 만든 건 결국, 욕망을 키우는 도구가 되어버렸습니다."

길수는 말끝을 흐리며 잠시 손끝을 만지작거렸다. 그녀는 잠시 말없이 그의 얼굴을 지켜보다가, 조심스레 입을 열었다.

"많이 힘드셨겠어요,"

시선을 떨군 길수는 멍하니 가게 안쪽을 바라보며 말을 이었다.

"끔찍한 성범죄자로 몰렸던 그때… 내가 해킹을 당했다는 사실을 입증할 수 없었어요. 증명할 방법이 없다는 게 얼마나 절망적인 일인지 아십니까? 결국 모든 걸 잃었죠. 그때 회사에서 유일하게 가지고 나올 수 있었던 게 바로 이 기억이었습니다. 그리고 지금까지 내 밥벌이가 되어주고 있습니다. 어차피 여기까지가 원래 목표였으니 다시 그 위치로 돌아간 셈이죠. 아참, 맛은 어땠나요?"

은솔은 예상치 못한 질문에 잠시 머뭇거리더니, 이내 환하게 웃으며 고개를 끄덕였다.

"정말 최고였어요. 진짜 깜짝 놀랐습니다."

길수는 흐뭇한 미소를 지으며 고개를 끄덕였다가, 다시 깊은 목소리로 돌아왔다.

"근데 말이죠… 저는 굳이 표현하자면 버전 1에 불과합니다. 이미 이브는 버전 10까지 발전했어요. 지금 이 순간에도 훨씬 더 대단한 기술들이 나오고 있겠죠. 알다시피 지금의 나는 아무 힘도 없습니다."

길수는 말을 멈추고, 차갑게 식은 눈으로 은솔을 쳐다봤다.

"그러니 돌아가세요."

은솔은 그 말에 흔들리지 않았다. 눈빛은 더욱 단단해졌다.

"그렇기 때문에 제가 여기 있는 거예요. 기술이 발전할수록 피해자는 늘어날 거예요. 앞으로 더 많은 사람들이 희생될 겁니다. 그래서 그자의 실체를 밝혀야만 합니다. 그게 그를 멈추는 유일한 방법이니까요."

• • •

길수는 긴 침묵 속에서 그녀를 지켜봤다. 마치 그녀의 진심을 꿰뚫어보려는 듯. 그리고 천천히 입을 열었다.

"미디어에 얼굴을 거의 드러내지 않는 그 젊은 사장놈… 그에 대해 얼마나 아십니까??"

길수의 목소리에는 묘한 경계심과 호기심이 섞여 있었다. 은솔은 기다렸다는 듯 곧바로 대답했다.

"지금은 망해버린 아이돌 밴드 출신이고, 마약사범으로 체포된 전력이 있다는 건 이미 공공연한 사실이죠. 그리고 그의 어머니, 한때 유명했던 피아니스트 이지수는 덱스가 어릴 적에 정신분열증을 일으켰고 지금은 정신병원에 입원된 상태죠."

길수의 얼굴이 미묘하게 일그러졌다. 은솔은 잠시 숨을 고르며 덧붙였다.

"면회 자체가 쉽지 않았습니다. 연락을 이어가는 가족도 거의 없더군요. 몇 차례 시도 끝에 겨우 들어갔는데, 상태가 심각했어요. 그녀는 은둔형 증세를 보이며 완전히 대화가 불가능한 상태였어요. 사실상, 아무것도 얻을 수 없었죠."

길수는 그녀를 바라보며 무언가 더 있을 것 같은 눈빛을 보냈다. 은솔은 그 시선을 무겁게 받아들이며 다시 말을 이었다.

“덱스 최가 네온더스트의 기타리스트로 있던 시절, 그가 만든 데뷔곡을 들어봤어요. 곡 자체는 크게 주목받지 못하고 묻혔지만, 기타 리프는 낯익은 소리였죠. 지미 헨드릭스의 〈Hey Joe〉에서 따온 리프였어요. 몇 번의 라이브 영상에서도 그의 연주 스타일이 지미의 영향을 강하게 받은 걸 알 수 있었어요. 저도 지미 팬이라 그 부분은 금방 알아챌 수 있었죠. 이걸 계기로, 덱스가 단순한 추종자를 넘어 지미를 숭배하는 사람일 수 있다는 생각이 들었어요.”

은솔은 핸드폰을 꺼내며 말을 이었다.

“그 후로 지미 헨드릭스의 팬카페와 트리뷰트 사이트를 샅샅이 뒤졌습니다. 혹시 덱스가 그곳에 흔적을 남기지 않을까 생각했어요. 사이트에 올라온 음악들과 게시글을 하나씩 분석했죠. 팬들이 만들어낸 곡과 덱스의 음악 스타일을 대조하다가, 결국 그의 곡을 찾아냈어요.”

길수는 흥미로운 표정을 지으며 은솔의 말을 기다렸다.

“오랫동안 굳어진 연주 스타일은 손가락의 지문과도 닮아있어요. 덱스 특유의 연주 습관도 마찬가지구요. 이 곡이에요. 지미 핸드릭스의 곡을 커버해서 다른 가사를 덧붙여 팬들 사이에서 조용히 공유되던 음악. 덱스가 만든 게 확실합니다. 가사를 들어보세요.”

핸드폰에서 재생 버튼을 누르자, 나른하면서도 쓸쓸한 기타 선율이 흘러나왔다. 곧이어 낮은 목소리가 읊조리듯 노래를 시작했다. 단어 하나하나가 비밀스럽게 귀를 파고들었다.

카밀, 오 나의 카밀.

어린 나를 꼭 안아주었던 그녀의 품속

하지만 나에게 온전한 사랑을 줄 사람은 당신이어야 해요.

세상은 그것을 룰이라 정했으니까요.

하지만 난 여전히 당신을 사랑해요. 그리고 당신을 증오해요.

그리고 난 여전히 당신을 사랑해요. 하지만 당신을 증오해요.

카밀, 오 나의 카밀.

그녀는 눈물로 나를 달랬죠.

하지만 새벽이 올 때쯤 난 다른 손길을 기다렸어요.

그 손길이 따뜻했다면, 지금은 달랐을까요?

하지만 난 여전히 당신을 사랑해요. 그리고 당신을 증오해요.

그리고 난 여전히 당신을 사랑해요. 하지만 당신을 증오
해요.

"처음엔 조금 이상한 사랑 노래라고 생각했어요. 그런데 덱
스가 과거 인터뷰에서 부모님이 늘 바빴다고 말했던 게 떠올
랐죠. 스스로 유복한 가정이라고 강조했지만, 그 안에는 애착
결핍이 숨겨져 있었던 거예요. 이 노래에서 '카밀" 단순한 연
인이 아니라, 덱스가 어린 시절 유일하게 따뜻함을 느꼈던 보
모일 가능성이 커요. 그리고 노래 속 '당신'은 그의 친어머니를
가리키죠. 덱스의 약점은 결국 어머니와의 관계입니다. 애착이
제대로 형성되지 않은 결핍이 그의 삶에 큰 영향을 미쳤겠죠.
그는 이브를 이용해 보모의 따뜻함을 추출했을 테고, 캐릭터
만 어머니의 이미지로 대체하는 방법으로 자신의 상처를 치유
하려 했을 겁니다. 하지만 덱스도 스스로 알고 있을 거예요. 아
무리 조작해도, 그 기억은 결국 가짜라는 것을."

길수는 흥미로운 표정으로 은솔을 응시하다가, 천천히 고개
를 끄덕이며 결심한 듯 입을 열었다.

"재밌군요. 많이 연구하셨네요. 어쩌면 제가 도움을 드릴 수
도 있을 것 같네요."

길수는 잠시 망설이다가 조심스럽게 메모를 꺼내 은솔에게 건넸다.

"범죄자로 낙인찍힌 이후에도 이 가게를 운영하면서 나를 무너뜨린 그 해커를 계속 추적해왔습니다. 결국 알아낸 건, 덱스가 해외의 유명 해커를 고용해 이브의 취약한 부분을 헤집었다는 사실이었어요. 당시 조력자는 보나 마나 두 번째 대표였던 신유진이었을 테구요. 그때부터 저도 해킹을 공부했습니다. 그놈이 내게 했던 방식 그대로, 나도 그를 무너뜨리고 싶었거든요. 워낙 보안이 철저한 곳이라 얻어낸 건 내비게이션 기록 하나에 불과하지만요."

은솔은 의아한 표정으로 되물었다.

"내비게이션 기록이요?"

길수는 그녀에게 메모를 내밀며 자세히 설명하기 시작했다.

"수년 전의 기록까지 그의 행선지를 추적했더니, 예상치 못한 장소가 나왔습니다. 경상남도 하동군 청암면 묵계리, 흔히 청학동이라고 불리는 곳이죠. 신선이 학을 타고 노닐던 전설로 유명한 '도인촌'입니다."

길수는 쓴웃음을 지으며 메모를 손가락으로 톡톡 두드렸다.

"그런 놈이 도인을 찾아갔다는 게 기가 찰 노릇이죠. 아무튼 첫 방문 때는 약 1시간 정도 머물렀더군요. 도인과 상담하기엔 충분한 시간이겠죠. 하지만 두 번째, 세 번째 방문에서는 고작 10분 만에 발길을 돌렸습니다. 무슨 이유에선지 몰라도 뭔가가 틀어진 겁니다."

은솔은 메모를 받아들고 눈길을 주며 중얼거렸다.

"덱스가 정말로 도인을 만났다고요? 그가 도인에게 묻고 싶었던 건 대체 무엇이었을까요?"

길수는 고개를 돌리며 어깨를 으쓱했다.

"저도 거기까지는 알 수 없습니다. 제가 드릴 수 있는 건 이 주소 하나뿐이에요. 말씀드렸다시피 저는 더 이상 힘이 없습니다. 사실 치킨집을 운영하는 이 삶에도 어느 정도 만족합니다. 그래도 기자님에게 이 정도라도 알려드릴 수 있어 기쁘네요. 작은 단서라도 되어주길 바라는 마음뿐입니다."

은솔은 메모를 집어 들었다. 핸드폰으로 사진을 찍은 뒤, 접은 메모를 지갑 깊숙이 조심스럽게 밀어 넣었다.

모든 것을 가진 것처럼 보이는 덱스가, 극단적으로 다른 세계에서 구하고자 했던 건 과연 무엇이었을까.

은솔은 길수에게 짧게 인사를 건넨 뒤, 근처 모텔에서 하룻밤을 묵었다. 다음 날 이른 아침, 그녀는 서둘러 묵계리 청학동으로 향했다.

흐르지 않는 물

언젠가부터 시간이 멈춘 듯 정체된 이곳, 신선이 학을 타고 노닐었다는 전설이 전혀 어색하지 않은 경관이었다. 깊은 산중으로 이어지는 길목을 따라 은솔은 천천히 차를 몰았다.

차창 밖으로는 희뿌연 안개가 바람결에 느리게 흩어졌다가 다시 모이며 길가의 나무들을 뒤덮고 있었다. 침묵의 수호자처럼 굳건히 서 있는 그들의 풍경은 마치 꿈속을 걷는 듯 몽환적이었다.

여러 겹으로 굽이진 길 끝에 다다르자, 단정하고 고즈넉한 기와지붕의 건물들이 하나둘 모습을 드러냈다. 세속의 소음에서 벗어난 또 다른 세상, 이곳이 바로 청학동 도사들의 거처였다.

은솔은 차에서 내려 주변을 둘러보았다. 풍경이 그려내는 고요함과는 달리, 사람들이 오가는 모습에서 잔잔한 활기가 느껴졌다. 하지만 텍스와 상담했다는 도사를 찾는 건 쉬운 일이 아니었다. 그러던 중, 견습생처럼 보이는 젊은 남자가 은솔에게 조심스레 다가왔다. 그는 은솔의 얼굴이 건넨 사진을 잠시 살피더니, 낮고 신중한 목소리로 말을 꺼냈다.

"백운도사를 찾아가 보세요. 그가 만난 사람은 백운도사일 겁니다."

안내받은 방으로 들어서자, 검은 도포를 걸친 한 사내가 천천히 고개를 들었다. 반듯하게 빗질 된 흰 수염과 의상은 사극 배우를 떠올리게 했지만, 세월이 깃든 풍채는 단순한 치장으로 흉내 낼 수 없는 것이었다. 벽을 채우는 낡고 빛바랜 지도와 도술 관련 그림들은 그 도인보다도 더 오래된 비밀을 간직한 것 같았다.

남자가 주전자 손잡이를 들어 올렸다. 가느다란 물줄기가 촐촐촐 소리를 내며 정갈한 백자 잔 속으로 흘러내렸다.

"날 백운도사라 부르시오. 흰 구름처럼 자유롭고자 하는 내 뜻을 담은 이름이지."

잔 위로 몽글거리는 김과 향긋한 내음이 피어올랐다. 건네받은 찻잔을 두 손으로 감싸 쥐었다. 코끝에 가져다 대니, 자연스레 은솔의 눈꺼풀이 내려앉았다.

"오는 길에 나뭇가지에 걸린 운무를 보았습니다. 참으로 평화롭게 보였습니다."

한 모금 입안에 머금고 향을 음미하자, 그간의 피로와 긴장이 조금 풀리는 것 같았다.

은솔은 잔을 조용히 내려놓고, 한 손으로 가방을 열었다. 그리고 핸드폰 앨범 속 사진 한 장을 보여주며 입을 열었다.

"혹시 이 사람이 여길 다녀간 적이 있습니까?"

사진 속 남자의 얼굴을 힐끗 들여다보던 그는 갑자기 책상을 쾅 내려치며 입을 열었다.

"썩은 눈을 가진 자로군. 영혼이 망가지면 눈빛에서 다 드러나는 법이지. 난 그런 자와는 상종하지 않아."

은솔은 순간 실망스러운 기색을 감추지 못했다. 다음 일정은 어떻게 해야 하나 머릿속이 복잡해지기 시작했다. 그때 백운도사의 표정이 거짓말처럼 한순간에 싹 바뀌었다. 도사의 얼굴엔 어느새 서늘한 웃음이 떠올라 있었다.

"놀라지 말게. 그건 내가 그자를 처음 봤을 때 한 말이었어."

백운은 그녀의 눈을 똑바로 바라보았다.

"그런데 말이야, 갑자기 그놈이 돈뭉치를 내놓더군. 자그마치 3천만 원. 딱 그 순간 내 식솔들 얼굴이 떠올랐어. 지붕이

새고 있었거든. 겨울 준비도 해야 하고. 어쩌겠나. 받아들일 수
밖에 없었지."

엄청난 액수에 은솔의 눈이 잠시 흔들렸다. 눈앞의 백운도사
가 아무리 비범한 아우라를 풍겨도, 결국 그도 다른 속물들과
다르지 않다는 생각이 스쳤다. 하지만 그의 태연한 고백 속, 어
쩔 수 없는 현실을 떠올리며, 그녀는 애써 표정을 가다듬었다.

그리고 흔들림 없는 목소리로 다시 질문을 이어갔다.

"그럼, 상담을 해주셨다는 말씀이시죠? 그가 무슨 질문을 했
는지 알려주실 수 있을까요?"

은솔은 조심스럽게 봉투를 꺼내 탁자 위에 올렸다. 봉투 안
에는 벽에 붙어 있던 상담비의 두 배가 되는 금액이 담겨 있
었다. 백운은 잠시 봉투 속을 살피더니, 정확히 절반만 꺼내
들었다.

"도인이 과욕을 부리면 되겠나. 큰돈을 미끼로 그놈은 이후
에도 두 번이나 찾아와 귀찮게 굴었지."

도사가 욕심을 부릴 대상에서 자신이 제외된 이유는 무엇일
까? 백운의 형편이 조금 나아진 덕분일까, 아니면 자신의 평범
한 행색 때문일까? 혹은 덱스만큼 썩은 눈깔로 보이지 않았기
때문일까? 아무튼 다행이라는 생각이 들었다. 은솔은 봉투를
조용히 다시 가방에 집어넣었다.

"그렇다면, 대체 그가 무슨 질문을 했는지 알려주실 수 있나요?"

은솔의 반복된 물음에 백운도사는 귀찮다는 듯 어깨를 으쓱하며 심드렁한 목소리로 답했다.

"그런데 말이야, 내가 왜 그걸 자네에게 알려줘야 하지? 놈이 제정신이 아닌 건 맞지만, 엄연히 내 고객이었네. 이 바닥에서 고객의 정보를 누출하는 건 상도에 어긋나지."

백운의 느긋한 태도에 은솔의 눈빛이 한층 더 깊어졌다. 이제 본론으로 들어갈 때였다.

"그가 세상을 해치고 있기 때문입니다."

"그건 나도 뉴스에서 보았네."

여전히 나른한 목소리에 은솔은 약간 다급해졌다. 그녀는 가방에서 명함을 꺼내 그의 앞에 조심스레 내밀었다.

"소개가 늦었습니다. 저는 이은솔 기자라고 합니다."

은솔은 잠시 말을 멈추고 백운의 반응을 살폈다. 그가 아무 말 없이 명함을 내려다보는 사이, 그녀는 한층 가라앉은 톤으로 말을 이었다.

"그가 도사님께 던진 질문이 제가 취재 중인 사건의 중요한 단서가 될지도 모릅니다. 아니, 어쩌면 그 질문이 그가 이 일을 멈추게 할 실마리가 될 수도 있습니다."

백운은 흥미로운 기색을 띠며 상체를 살짝 앞으로 기울였다.

"그렇다면 당신의 자질을 테스트해보아도 되겠나? 자네가 그자를 감당할 수 있을지부터 알아야 하니까."

무슨 자질을 말하는 걸까. 은솔의 목이 바짝 타들어 갔다. 방 안의 공기도 묘하게 긴장되었다. 그녀는 침을 삼키며 천천히 고개를 끄덕였다.

"문밖을 나서 오른쪽으로 300걸음을 가면 계곡이 보일 걸세. 총 3km 정도 길이의 계곡일세. 물길을 따라 꼭대기 쪽으로 올라가보게나."

"예에."

"물도, 바람도, 시간도 멈추지 않고 흐르는 법이지. 그곳에서 자네에게 맡길 일이 하나 있네. 흐르는 물길에 '흐르지 않는 물'을 만들어야 하네. 그 해답을 찾는다면, 그곳에서 자네는 또 다른 자신을 마주하게 될 걸세."

처음엔 난센스 퀴즈인 듯싶었다. 은솔에게는 약간의 재능이 있는 분야이기도 했다. 그러나 백운의 태도와 말투로 보아서는 그런 것 같진 않았다. 도사가 자질로 삼는다고 했을 만큼 어떤 심오한 무언가가 숨겨져 있을 것만 같았다. 그 무언가가 무엇일지 은솔도 알고 싶었다.

백운은 한 손으로 테이블을 천천히 두드리며 말을 마무리

했다.

"진짜 혜안을 가지고 돌아온다면, 내가 알고 있는 모든 것을 말해주리다."

• • •

그길로 은솔은 곧장 밖으로 나왔다. 오른쪽으로 300걸음을 채우자, 햇살을 머금은 계곡물이 자신의 존재를 알리며 찬란하게 반짝이고 있었다. 흐르는 물길에 흐르지 않는 물을 만들라니, 쉽지 않아 보였다. 맑고 단단하게 이어진 물길은 제 방식대로 한 방향으로 흘러갈 뿐이었다. 슬그머니 발동했던 도전 정신이 슬그머니 꼬리를 내리며 차라리 난센스 문제였으면 좋겠다는 생각이 들었다. 하지만 아무것도 하지 않고 돌아갈 순 없었다.

일단은 폭이 좁은 물길부터 찾아보기로 했다. 물길을 거슬러 올라가 보니 가장 그럴듯해 보이는 지점이 눈에 들어왔다. 여기서부터 시작해보기로 했다. 그녀는 땅에 굴러다니는 돌들을 모조리 주워 모았다. 바짓단을 걷어 올리고 물길 한가운데로 발을 내디뎠다. 아직 늦가을임에도 물살은 얼음장처럼 차가웠다. 은솔은 돌들을 하나씩 쌓아 올리기 시작했다. 하지만

215

물살은 그녀의 돌들 사이를 빠르게 찾아냈고 흔들리던 돌들은 이내 중심을 잃고 무너져 내렸다. 다시 쌓아도 결과는 같았다. 돌무더기는 허무하게 무너져내릴 뿐이었다.

더 큰 돌이 필요했다. 문제의 핵심이 중심과 균형에 있을지도 모른다고 생각했다. 은솔은 자신이 안을 수 있는 가장 큰 돌들을 아래에 두고, 그 위로는 점점 작은 돌들을 쌓아 올렸다. 땀방울이 이마를 따라 흘러내리고 허리는 점점 뻐근해졌다. 상처 난 손바닥이 따끔거렸다. 저쪽에서 나타난 청설모 한 마리가 마치 재밌는 구경거리라도 발견한 듯 고개를 갸웃하며 그녀를 지켜보고 있었다. 그러나 이내 돌들이 무너져 내리며 쿵 소리를 내자, 청설모는 놀란 듯 재빨리 몸을 돌려 숲속으로 사라졌다.

이번에는 돌의 배열을 바꿔가며 쌓아보기로 했다. 그리고 틈새를 흙으로 메우며 조금 더 단단히 고정해보았다. 그러나 예상대로 물길은 틈새 사이를 파헤치며 여전히 속없이 졸졸졸 소리를 냈다. 어느새 주변은 어둑해지고 있었다. 오늘은 일단 돌아가기로 했다.

근처의 숙소에서 하룻밤을 묵은 뒤, 은솔은 눈을 뜨자마자 다시 계곡으로 발걸음을 옮겼다. 그러나 그날도, 그다음 날도 결과는 크게 다르지 않았다. 돌무더기는 조금 더 견고해졌지만, 물이 정체된 시간만 조금 더 늘어났을 뿐이었다. 물살은 결국 허점을 찾아내 넘실대며 아래로 흐르고 있었다.

이곳은 도시에서는 보지 못했던 다양한 동물들이 서식하는 곳이다.

청솔모는 나뭇가지 사이를 바쁘게 뛰어다니고, 백색의 왜가리는 물가를 천천히 거닐다가, 물고기가 보이면 그 속으로 부리를 번쩍 내리쳤다. 먼 풀숲에서 오소리가 보였고, 고슴도치는 돌 틈에 몸을 잔뜩 웅크리고 주변을 경계했다. 오늘은 물가 저쪽에서 두꺼비 한 마리가 느릿하게 모습을 드러냈다. 콩쥐의 장독대를 막아준 그 두꺼비라면 너희들이 해답이 되어주거라.

은솔은 가만히 앉아 물가의 흐름을 오랫동안 관찰하였다. 그들은 돌에 부딪히며 거칠게 방향을 틀기도 했고 때로는 바위 뒤에서 소용돌이치며 느릿하게 빠져나가기도 했다. 지형과 장애물에 따라 물길은 저마다 다른 리듬으로 흐르고 있었다. 물의 흐름을 눈으로 좇던 은솔은 자신도 모르게 물길이 퍼지는 쪽을 따라 걷기 시작했다.

얼마나 걸었을까? 여기저기를 살피던 은솔의 시선이 한 지점에서 멈춰 섰다. 어떤 이유에서인지 다른 곳과는 다르게 유독 물살이 느리게 회전하며 힘을 잃어가는 곳이었다. 그곳은 마치 물이 잠시 숨을 고르기 위해 마련된 공간 같았다.

은솔은 그곳으로 천천히 다가갔다. 발목에 닿는 물은 얼음장처럼 차가웠지만, 그녀의 움직임은 망설임이 없었다. 그리고 웅덩이 중심부에 손을 뻗어 바닥에 쌓인 흙을 조금씩 걷어내기 시작했다. 손끝에 느껴지는 흙의 부드러운 감촉이 물살의 미세한 떨림과 뒤섞였다. 흙을 제거할 때마다 작은 물고기들이 손가락 사이를 비집고 빠져나갔다.

시간이 지날수록 바닥은 점점 깊어졌고, 물은 웅덩이 속으로 더 깊이 스며들었다. 그러나 여전히 물살이 가장자리 틈으로 빠져나가고 있었다. 은솔은 주위를 둘러보며 크고 작은 돌들을 하나씩 모아오기 시작했다. 웅덩이 가장자리에는 작은 둑처럼 돌들이 쌓여갔다. 먼저 가장 큰 돌을 아래에 단단히 놓고, 그 위에 작은 돌을 겹겹이 올리며 경계를 만들었다. 돌과 돌 사이의 틈새는 흙과 진흙으로 채워졌다. 그녀는 손으로 진흙을 눌러가며 빈틈을 하나씩 메워갔다. 물살이 돌 틈을 비집고 빠져나가지 않도록 작업은 오랫동안 반복되었다.

이틀이 지나고 나서야 돌담은 완전히 형태를 갖추게 되었다. 웅덩이는 더 이상 물살에 흔들리지 않았다. 바람결이 닿을 때마다 잔잔한 파문을 일렁일 뿐이었다. 바깥 물길은 여전히 흐르고 있었지만, 웅덩이 속의 물은 그것과는 상관없다는 듯

평온하기만 했다.

불어 터져 저릿한 손끝을 움켜쥔 채, 은솔은 완성된 웅덩이를 가만히 내려다보았다. 환한 달빛 아래, 물속의 그녀가 조용히 자신을 마주하고 있었다.

그날 밤, 은솔은 꿈을 꾸었다. 그녀는 자신이 만든 웅덩이 속으로 들어가 있었다. 발끝을 얼릴 듯 차가운 온도임에도 그녀는 한 마리 물고기가 되어 가볍게 물살을 가르며 저 아래로 헤엄쳐 내려갔다.

수면에서 멀어질수록 시야는 점점 어두워졌지만, 작은 빛의 입자들이 춤을 추듯 떠다니며 그녀를 이끄는 길이 되었다. 얼음처럼 차가웠던 감각은 어느새 몸에 꼭 맞는 편안한 온도로 변해 있었다. 은솔은 물의 흐름에 몸을 맡긴 채 끝없는 심연으로 빠져들었다.

그러던 어느 순간, 그녀의 시야에 거대한 문이 들어왔다. 깊은 물속, 저 멀리에서 희미하게 빛나는 돌문이 서 있었다. 단단한 문틈 사이로 은은한 빛이 새어 나오고 있었고, 주변을 떠다니던 빛의 입자들은 마치 그곳으로 가라는 듯 부드럽게 춤을 추며 은솔을 이끌었다.

그녀는 꼬리를 세차게 흔들며 문을 향해 나아갔다. 점점 가까워질수록 빛은 더욱 강렬해졌고, 마침내 문에 손을 뻗는 순간, 틈 사이로 강렬한 빛이 터져 나오며 그녀를 순식간에 집어삼켰다.

모든 것이 새하얗게 사라진 뒤, 은솔은 갑자기 눈을 떴다. 꿈이었지만, 너무나도 생생했다. 한동안 정신을 차릴 수 없었다. 손끝에는 아직도 물의 부드러운 감촉이 남아 있는 듯했다.

다음 날, 은솔은 숙소를 정리하고 도사의 방으로 향했다. 도사는 낮은 책상 앞에 앉아 먹을 갈고 있는 중이었다. 벼루와 맞닿아 부드럽게 갈리는 소리는 방의 정적을 수줍게 깨고 있었다. 느릿하게 반복되는 그의 손놀림은 그 자체로 하나의 수행처럼 보였다.

은솔이 문지방을 넘고 조용히 서 있자, 먹을 갈던 손을 멈춘 도사가 천천히 고개를 들었다.

"보아하니, 임무를 완수하고 돌아온 모양이군."

그는 고요한 미소를 지으며 하던 일을 멈추고 차 한 잔을 그녀 앞으로 밀어주었다. 잔에서 피어오르는 뜨거운 연기가 두 사람 사이에 느린 곡선을 그리며 흩어졌다.

"그렇습니다. 흐르는 물길에 흐르지 않는 물을 만들었습니다."

백운 도사의 눈이 살짝 커지더니, 곧 고요히 다시 가라앉았다. 그리고 찻잔을 내려놓으며 물었다.

"그래? 그러면 그 과정을 나에게 말해보게."

은솔은 숨을 고르고 말을 꺼냈다.

"처음엔 돌을 쌓아 물길을 막아보려 했습니다. 하지만 물살은 작은 틈만 있어도 새어나갔고, 쌓아 올린 돌들은 무너지고 말았죠. 저는 더 큰 돌들을 가져와 안정적인 구조를 만들려고 했습니다. 하지만 그것만으로는 부족하다는 걸 알았습니다."

백운은 고개를 끄덕이며, 은솔의 말을 조용히 경청했다.

"그 뒤로는 흐름을 관찰했습니다. 물살이 가장 느려지는 지점을 찾아내 그곳의 바닥을 깊게 팠습니다. 흙을 걷어내자 물은 점점 웅덩이 안으로 머물렀고, 바깥으로 새어나가는 틈은 돌과 진흙으로 채웠습니다. 완성된 웅덩이는 고요히 물을 품었고, 바깥 물길과는 완전히 분리된 상태로 남았습니다."

백운 도사는 여전히 말없이 그녀를 바라보았다. 은솔은 잠시 멈췄다가 덧붙였다.

"한번 같이 가보시겠습니까? 제가 어떻게 했는지 직접 보여드리고 싶습니다."

백운은 천천히 고개를 저으며 웃음을 지었다.

"말로만 들어도 충분히 알겠네. 자네의 말에서 그 과정이 보이는 듯하다. 자네가 웅덩이를 만든 게 아니라, 물길을 이해하고 자연을 다스린 것이로군."

은솔은 그의 말에 조용히 고개를 끄덕였다. 다시 찻잔을 들어 한 모금 삼키며 백운도사는 깊고 나직한 목소리로 말을 이었다.

"흐르지 않는 물이란, 단순히 막힘을 의미하지 않네. 오히려 흐름 속에서 고요를 만들어내는 것이지. 자네는 그 답을 찾은 셈이네."

그의 말에 은솔은 머릿속이 확 트이는 것 같았다. 거스를 수 없는 흐름이라면, 그 본질을 이해하고 다루는 법이 얼마나 중요한지 이제야 어렴풋이 알 것 같았다. 도사는 이어 말했다.

"자네가 만든 웅덩이는 자네의 끈기와 통찰력, 그리고 자연과의 조화를 보여주네. 그리고 그 안에서 자네 자신도 마주하였나?"

백운의 물음에 은솔은 고개를 끄덕였다.

"마침 보름달이 뜨던 날이었습니다. 달빛에 비친 제 모습이 청량한 물 위에 떠 있었습니다. 물살이 빠른 곳에서는 볼 수 없었던 것처럼, 완전히 고요해져야만 비로소 마주할 수 있는 것은 제 마음이기도 했습니다."

그녀의 말이 백운도사의 마음 깊은 곳에 닿은 듯했다.

"잘했네. 거친 흐름 속에서는 아무리 애써도 자신을 제대로 마주할 수 없는 법이지. 자네는 혼란과 소란 속에서도 냉정을 잃지 않고 몸뚱이를 굴릴 줄 아는 사람 같군."

은솔은 그의 말에 고개를 숙이며 대답했다.

"감사합니다, 도사님. 이제 그가 도사님께 던진 질문과 그 의미에 대해 들려주시겠습니까?"

백운 도사는 잠시 생각에 잠긴 듯했다. 찻잔을 내려놓으며, 무겁지만 진중한 목소리로 입을 열었다.

"그 이야기는 길게 해야겠군. 준비가 되었나?"

은솔은 조용히 고개를 끄덕이며, 그의 입에서 나올 이야기를 기다렸다.

박새의 청아한 울음이 멀리서 들려오고 있었다.

• • •

"그가 묻는 것은 자신의 사주 명식이었네. 사주 명리학은 우주의 진리를 사람이라는 소우주에 담아낸 학문이라네. 나무, 불, 흙, 쇠, 물, 이 다섯 가지 원소로 사람의 성격과 운명을 읽어내지. 그의 명식을 살펴보니, 놈은 호수로 태어났더군. 유연하고 지혜롭지만, 달리 말하면 속을 드러내지 않고 영악한 성질을 품었다는 뜻일세. 그런데 나머지 오행이 모두 쇠 금으로만 가득 차 있었어. 마치 호수를 단단한 금으로 둘러싸 가둬버린 듯한 구조였지.

금과 물, 두 가지 원소로만 이루어진 사주는 극단적으로 치우친 성향이야. 만 명 중에 한두 명 나올까 말까 한 드문 명식이지. 이렇게 금이 지나치게 강하면, 대개 잔혹하거나 냉혹한 성정을 띤다고 풀이하지. 실제로 역사 속 독재자들 중에 이런 사주를 가진 이들이 많다네. 또한, 금은 물을 생하는 상생관계를 이루지. 그런데 나를 생하는 오행은 어머니를 뜻하기도 해. 그의 명식을 보면, 어머니가 지독하게 그를 닦달하며 몰아붙였을 거야. 문제는 그가 그 모든 걸 담아낼 그릇이 약했다는 거지. 방법도 모르고, 버티는 힘도 부족했네. 결국 어머니가 미치거나, 그 자신이 미칠 수밖에 없는 운명이었을 걸세."

백운은 잠시 침묵하며 찻잔을 들어 한 모금을 음미했다. 그리고 잔을 조용히 내려놓았다.

"여기까지 말해주니, 놈이 놀란 눈으로 날 쳐다보더군. 그러더니 3천만 원을 내놓으며 다음 질문을 묻더군. 눈빛은 여전히 썩어 있었지만, 확실히 갈급해 보였네."

"그게 뭐였나요?"

"어떻게 해야 자신이 자유로워질 수 있는지를 묻는 거였어.

스포츠카에 명품으로 도배한 놈과는 어울리지 않는 질문이었거든. 사실 나에게 찾아오는 사람들 중에 이런 사람들이 꽤 많아. 엉뚱한 자리에 엉뚱한 것으로 채워 넣고 배고프다고 우는 아이와 같은 셈이지. 재물욕과 더불어 타인을 억압하고 조종함으로써 얻으려는 왜곡된 욕망은 아무리 채워도 공허할 뿐이야. 박사학위가 5개라도 이걸 모르는 사람과 ㄱ자를 몰라도 이걸 아는 사람 중에 과연 누가 더 지혜롭다 할 수 있겠나?”

“그래서 해답을 드렸나요?”

“계곡물을 멈추지 않으면서, 그 안에서 흐르지 않는 물을 만들라는 자네와 똑같은 미션을 주었네. 그걸 맞추면 진정으로 자유로워지는 법을 알려주겠다고 했어. 하지만 그는 3일도 안 되서 되돌아왔지. 돈은 얼마든지 낼 테니까 어서 자유로워지는 법을 알려달라고 했어. 하지만 나는 오히려 그날로 복채 20만 원을 제외한 2,980만 원을 그대로 되돌려줬네. 놈을 완전히 구제불능이라고 여겼기 때문이야. 하지만 그는 여전히 돈이 적냐며 도대체 원하는 게 뭐냐고 오히려 나한테 되묻더군.”

잠시 생각에 잠긴 듯, 백운은 창밖으로 시선을 돌려 머물렀다가 다시 유려하게 말을 이었다.

“학자들의 말에 의하면, 악인은 세 가지 요소로 이뤄진다고 하네.

첫 번째는 천성, 동양에서는 이것을 명리학으로 파악하곤 하네. 지독히 차가운 품성에 어떤 규율도 먹히지 않으며, 스트레스를 해소하는 방법조차 모르는 아주 외로운 독재자 명식이었네. 성공과 파멸의 양날을 품은 운명이기도 하지.

두 번째는 자라온 환경이라네. 그의 경우 유복한 집안이었는지, 그렇지 않았는지는 크게 중요하지 않았을 걸세. 명리학 구조와 놈의 반응으로 알 수 있듯이 모친의 왜곡된 사랑은 자신도 인정한 부분이지. 극단과 극단은 통하기 마련이라 오히려 결핍으로 이어졌을걸세.

세 번째는 자신의 선택이지. 자유를 찾고 싶다는 놈의 질문이 그가 얼마나 욕심이 그득한 놈인지를 정확히 보여주는 부분이야. 남을 해치면서 부를 쌓은 부자들이 건네는 이 질문은 단순히 마음의 평화를 찾으려는 것이 아니라, 더 큰 통제력과 해방감을 얻고 싶어 하는 욕망을 역으로 드러내는 것이지.

여전히 무엇을 버려야 하는지 모르는 채로. 가장 파괴적인 방법으로 자유를 갈망하지. 내려놓지 못하면서 내려놓고 싶다니 이것 자체가 모순 아닌가. 그리고 하나가 더 있어.

네 번째는 그놈의 눈빛이라네. 이것은 나같이 심안(心眼)이 발달한 사람에게는 특별히 잘 보여지는 것이지. 눈은 마음을 드러내는 거울이라 하지 않던가. 그의 눈은 확실히 썩고 병들어 보였어. 탐욕과 공허함이 뒤섞인 그 눈은 영혼의 부패를 그대로 드러내고 있었다네. 난 이 네 가지로 그를 위험인물이라고 판단하였네. 그리고 그것이 바로 내가 자네를 돕는 이유일세."

백운의 말이 끝나자 방 안은 잠시 적막에 잠겼다. 은솔은 그의 말을 곱씹어보았다. 덱스의 사주, 눈빛, 그리고 내재된 어둠이 머릿속에서 퍼즐 조각처럼 맞물려 갔다. 막연한 불안과 함께, 기자로서의 사명과 책임감도 동시에 고개를 들었다. 이내, 은솔은 차분하면서도 결연한 목소리로 물음을 던졌다.

"그렇군요. 그렇다면 만약 덱스가 미션을 만족스럽게 클리어했다면 어떤 혜안을 드렸을 건가요?"

"나는 그가 이 미션을 수행하지 않을 것을 이미 알고 있었네. 그래서 답변을 준비할 필요가 없었지. 하지만 대신 자네에게 이 답을 드리리다."

백운의 시선이 멀리 창밖을 향했다. 늦가을의 바람소리가 창문을 두드리고 있었다. 잠시 후, 그의 목소리가 다시 울렸다.

"모든 힌트는 동양철학에서 얻을 수 있었네. 금기운의 과한 생조를 받는 호수로 태어난 그자에게 첫 번째로 필요한 건 화기운일세. 단단하게 뭉쳐 있는 금들을 녹이고 제련할 수 있는 건 불이 유일하다네. 또한 이토록 냉랭하고 차가운 사주의 온도를 불기운으로 달궈져야 하지. 뜨거운 에너지로 발 빠르게 움직여야 할 화기운의 사람은 아마도 자네로 보여지네.

두 번째로 필요한 기운은 목기운이라네. 받을 줄만 아는 이 사주는 물로 고여 썩어 있기에 반드시 나무를 심어야만 물이 방출이 된다네. 물을 먹고 자라난 나무는 그가 가진 거대한 기술 끝에서 탄생한 누군가가 되지 않을까 조심스레 예상해볼 뿐이네.

마지막 세 번째는 토기운이네. 토양은 물을 흡수하며 물의 흐름을 늦추거나 멈추게 하는 성질을 가졌지. 형체 없이 흐르는 물을 잡아주는 역할이라네. 최종적으로 법의 심판을 끌어낼 인물이 될 확률이 높겠지. 명리를 공부한 나로서는 내가 해줄 수 있는 건 여기까지네. 퍼즐은 자네가 직접 풀어보게나.”

전부를 이해하기엔 백운의 말은 여전히 어려웠고 깊이를 가늠할 수 없었다. 덱스의 기술 끝에 탄생할 무엇, 법의 심판을 끌어낼 결정적 인물, 그리고 그를 지켜보며 이 모든 퍼즐을 이어가야 할 자신. 이들이 하나로 모인다면, 도사의 말처럼 정말로 그를 잡을 수 있을까?

분명한 건 은솔은 이브의 기술이 악용되는 광경을 더 이상 방관할 수 없다는 것이었다.

"도사님이야말로 한낮의 태양이자, 거대한 나무요. 광활한 대지이십니다."

은솔은 몸을 깊이 숙여 큰절을 올렸다. 문밖까지 따라 나온 백운은 그녀를 차 앞으로까지 배웅해주었다. 그리고 은솔에게 건네받은 복채를 조용히 다시 돌려주며 말했다.

"길은 쉽지 않을 걸세. 하지만 자네는 이미 흐름 속에서 고요를 찾아내는 법을 배웠지 않은가. 자네가 흐르지 않아도 물은 계속 흐르듯 귀인과의 인연도 그러할 걸세."

그 말은 오랫동안 은솔이 지칠 때마다 꺼내보는 동력이 되어주었다.

독사과

병실에 누워 있던 이시연이 깨어나기까지는 오랜 시간이 걸렸다. 하지만 그날의 폭행으로 한쪽 청력을 잃었고, 퇴원 후에도 심각한 정신적 후유증에 시달려야 했다. 밖을 나설 때마다 언제, 어디서 다시 *그*가 나타날지 모른다는 불안이 그녀를 짓눌렀다. 복귀를 결심하는 것은 쉽지 않았다. 더 이상 자신이 할 수 있는 일이 없음을 받아들여야 했다. 결국 그녀의 상태는 사실상 잠정적 은퇴나 다름없었다.

문제는 연이어 터졌다.

그 무렵, '딥다이브'는 그야말로 사회적 열풍이었다. 이브가 개발한 체험형 기억 공유 서비스는 파쿠르, 스쿠버다이빙, 그리고 낭떠러지 위에서 뛰어내리는 번지점프까지, 일상에서는 감히 도전조차 못 할 경험을 단숨에 눈앞에 펼쳐 보여줬으니까 말이다.

"Feel the thrill. Stay seated."이라는 광고는 단번에 사람들을 사로잡았다. 누구나 두려워할 법한 세계를, 이브 안에서는 누구라도 그대로 체험할 수 있었다. 건물 사이를 뛰어넘고, 물속을 가르고, 낭떠러지에서 뛰어내리는 짜릿한 순간이 온몸으로 밀려왔다. 그것은 세상에서 가장 안전한 공간에서 누리는 가장 위험한 스릴이었다.

그러나 그 이면의 어두운 진실이 서서히 드러나기 시작했다.

딥다이브에서 사용된 익스트림 스포츠 기억 중 일부가 마약 복용 상태에서 추출됐다는 의혹이 제기된 것이다. 문제는 그 황홀감의 강도였다. 단순히 파쿠르나 스쿠버다이빙을 즐길 때 분출되는 도파민 수준이 아니라, 뇌를 한계 이상으로 자극하는 감각, 그 쾌감의 근원이 약물 복용 후 추출됐기 때문이라는 것.

이러한 소문은 사용자들 사이에서 빠르게 퍼져나갔다. 그것이 체험의 진짜 이유라며 사람들은 오히려 이를 긍정적으로 받아들이는 분위기였다. 합법적으로 마약을 경험할 수 있는 가장 안전한 방법이라는 생각이 사용자들 사이에 퍼지며 딥다이브는 더욱 인기를 끌었다. 이에 관한 경찰 수사가 시작됐다는 뉴스가 뜨자, 아이러니하게도, 딥다이브는 '금지된 쾌락'이라는 매력으로 더욱 강력히 소비되기 시작했다.

이브의 마약 연루 의혹이 확산되자, 경찰은 진위 파악을 위해 대대적인 수사에 착수했다. 딥다이브의 익스트림 스포츠 기억 중 일부가 마약 복용 상태에서 추출된 것이라는 폭로가 나오면서, 이브가 이를 알고도 승인했는지가 수사의 핵심이었다. 이브 측은 강하게 부인했다. "단순히 스포츠맨들의 경험을 추출한 것일 뿐, 그들의 상태를 사전에 알 수 없었다"고 주장했다. 그러나 실시간 기억 추출 시스템의 특성상 연구진이 '기버(giver)'의 상태를 전혀 몰랐다는 주장은 설득력을 얻지 못했다.

수사가 진행되는 동안, 딥다이브 사용자들 사이에서 부작용이 속출했다. 체험 후 환각에 빠져드는 사람들, 기억 속 황홀경에 중독된 나머지 현실에서 공허함과 불안을 느끼는 사례가 급증했다. 그러던 중, 충격적인 사건이 발생했다. 한 18세 고등학생이 딥다이브 체험에서 건물 사이를 뛰어넘는 짜릿함에 매료된 나머지, 현실에서도 이를 재현하려다 그대로 아래로 떨어져 사망한 사건이었다. 착실한 성품의 아이였지만, 가난한 집안 탓에 우연히 친구 집에서 접한 몇 번의 체험만으로 벌어진 일이었다. 사고 현장의 처참한 모습과 그의 유족의 절규는 뉴스 화면을 통해 생생히 전달되었고, 대중의 분노와 공포를 증폭시켰다.

"그저 체험일 뿐이라며 추천했던 내 잘못이에요."

친구의 고백은 SNS를 통해 빠르게 확산되며 새로운 논란을 불러일으켰다. 이쯤 되니 마약 연루 여부가 중요한 것이 아니었다. '기술이 우리를 어디까지 위험에 빠뜨릴 수 있는가?'는 질문이 공론화되었고, 사람들은 이브에 큰 문제의식을 가지게 되었다.

더욱 치명적인 사건은 장모 씨의 기억 유출에서 비롯되었다. 두 건의 살인 전과를 가진 그가 남긴 살해의 기억이 다크웹을 통해 유출되었고, 복제본은 암시장에서 순식간에 퍼져나갔다. 그 기억 속에는 잔혹한 폭행과 피해자의 마지막 숨이 끊어지는 순간까지의 모든 과정이 끔찍할 정도로 생생하게 담겨 있었다.

이를 불법적으로 체험한 사용자들은 단순한 호기심에 불과하다며 자신들의 행동을 변호했지만, 살인의 충격과 쾌감이 남긴 여파는 단순히 가상의 영역으로 치부할 수 없었다. 이들 중 일부는 점차 현실에서도 강렬한 자극을 갈망하며 또 다른 불법 기억을 탐닉하려 들었다.

이 사건은 인간의 본능적 욕망을 부추기고 통제할 수 있는 기술의 한계를 정면으로 드러냈다. 언론은 이브를 '합법적 쾌락의 딜러'라고 비난하며 매일같이 특집을 내보냈고, SNS에서는 '#이브금지법'을 외치는 목소리가 점점 커져만 갔다.

결국 법원은 이브의 행태가 사회에 미친 악영향을 인정하며 덱스에게 법정 출두 명령을 내리기에 이르렀다. 디지털 포렌식 수사를 통해, 이브가 사용자들의 위험성을 알고도 묵인했으며, 불법 데이터를 활용해 막대한 이익을 챙긴 정황이 명확히 밝혀졌다.

법원은 마침내 단호한 결정을 내렸다. 즉각적인 이브의 운영 정지 명령이 내려지며, 이브 기기의 판매는 전면 중단되었다. 사용자들이 열광했던 수많은 상품과 기억 데이터를 구매할 수 있던 웹사이트는 폐쇄되었고, 그와 관련된 모든 연결망 또한 철저히 차단되었다.

대표 자리에서 모든 결정을 주도했던 덱스 최는 그의 탐욕과 무책임에 대한 대가로 형사 처벌 명령을 받았다. 한때 기술 혁신의 상징으로 찬양받던 이브는 이제 윤리적 실패와 탐욕의 상징으로 철저히 해체되고 있었다.

그런데도, 중형이 선고되던 날, 덱스의 표정에는 여전히 흔들림이 없었다. 그가 선택한 것은 법의 심판이 아니었다. 그 후로, 그를 본 사람은 아무도 없었다.

3부
에덴동산에서
축복과 저주가 공존하는 낙원

붉은 칩

잔잔하게 숨죽인 바다가 검푸른 물결로 이어졌다.

덱스는 창밖으로 새벽의 어스름을 바라보며 이곳 전통 술인 라아루를 홀짝였다. 입안에 감도는 독특한 산미가 그의 혀끝에 오래 남았다. 유리잔 안에서 느리게 흘러내리는 얼음 조각처럼, 그의 생각도 천천히 가라앉고 있었다.

누구의 간섭도 없는 새벽의 정적. 모든 것이 멈춘 듯한 이 고요한 틈이야말로, 그가 진짜 자신을 마주하는 시간이었다.

이브가 무너졌다. 사람들은 그 몰락을 실패라 불렀지만, 덱스에게는 단지 다른 문으로 이어지는 과정일 뿐이었다. 과도하게 드러난 성공은 발목을 잡기 마련이다. 그는 더 이상 모든 시선이 집중되는 곳에 설 생각이 없었다. 진짜 게임은 언제나 어둠 속에서 시작되는 법이다.

"형, 너무 혼자 분위기 잡는 거 아니에요? 또 혼자 드라마 찍고 계시네."

사색에 잠기다 갑작스러운 목소리에 덱스는 미간을 찌푸리며 고개를 돌렸다. 거기엔 큼지막한 야자수가 여기저기 그려진 셔츠를 걸치고, 짧은 반바지에 커다란 슬리퍼를 질질 끌며 다가오는 한 남자가 서 있었다. 어깨 아래로 흘러내리는 긴 머리를 고무줄로 대충 동여맨 채, 코 밑의 수염은 엉성하게 다듬어져 있었다. 하지만 그의 표정만은 지나칠 정도로 생기가 넘쳤다.

"혼자 생각 중, 아직도 안 자냐? 정만수?"

다시 시선을 창밖으로 가져간 덱스가 무심히 대꾸하자, 야자수 셔츠의 남자는 한쪽 입꼬리를 슬쩍 올리며 의자를 뒤로 밀었다. 다리를 쭉 뻗으며 털썩 앉더니 테이블 끝에 놓인 라아루 병을 집어 들었다. 병 안을 확인하듯 가볍게 흔들고는 한숨 돌릴 새도 없이 병째로 벌컥 들이마셨다.

"맥스죠. 맥스! 만수는 좀 촌스럽잖아요. 근데 형 덕분에 내가 이 이름을 갖게 됐다니까. 덱스-맥스. 운율 딱 좋잖아요? 안 그래요?"

덱스는 유리잔을 손가락으로 천천히 돌리며 고개를 저었다. 그는 늘 이런 식이었다. 결국 덱스는 정만수를 맥스라 부르기로 했다. 더 이상 이 문제로 시간을 쓰고 싶지 않았다.

"알았다니까. 하여튼 제멋대로긴."

"제멋대로니까 형이 절 좋아하잖아요. 아니면 왜 내가 형 따라서 몰디브까지 왔겠어? 이 정도면 인연 맞는 거지."

둘의 인연은 아주 오래전으로 거슬러 올라간다. 서길수가 대표로 있던 이브의 보안 시스템을 뚫기 위해 텍스는 실력 있는 해커를 수소문했다. 그 끝에 닿은 사람이 세계 해커 대회 챔피언 정만수였다. 정만수는 텍스의 제안에 재밌겠다며 주저 없이 고개를 끄덕였다. 마치 기다리고 있었던 사람 같았다.

"솔직히 그때 생각하면 웃긴다니까. 형이 자기 전 재산이라면 내밀었던 돈 그런데 형, 알죠? 내가 그거, 돈 때문에 수락한 거 아니라는 거."

맥스는 피식 웃으며 말을 이었다.

"형, 그때 진짜 절박해 보였어요. 짠해 보이기도 했고. 근데 뭐랄까⋯ 형은 그냥, 뭔가 달랐어. 뭔 일을 제대로 저질러버릴 것 같은 눈빛? 아, 그거 보는데⋯ 나도 솔직히 끼고 싶어지더라고요. '이 형이랑은 뭔가 재밌는 일이 터지겠다' 싶었거든."

그것이 모든 것의 시작이었다. 맥스가 보안을 뚫고 나자, 텍스가 설계한 계획은 톱니바퀴처럼 차례로 맞물리며 돌아가기 시작했다. 신유진이 이브의 대표 자리에 올랐고, 얼마 지나지 않아 덱스가 자연스럽게 그 자리를 차지했다. 이브는 막대한 수익과 함께 엄청난 성공을 거뒀고, 그 종말의 방식마저 덱스가 설계한 시나리오의 일부였다.

덱스가 전체 그림을 설계하고 실행하면, 맥스는 그 밑바탕이 되는 기술적 구조를 치밀하게 구축했다. 두 사람의 역할은 서로 다른 방향에서 출발하여 완벽히 맞물리며 하나의 거대한 체계를 이루었다. 마치 빈틈없이 결합되는 레고 블록처럼.

• • •

"그러니까, 형이 말했던 거 이제 마지막 테스트만 남았어요. 성공할 것 같아요."

맥스는 노트북 화면을 덱스 쪽으로 돌렸다. 화면에는 복잡한 선과 노드로 이루어진 새로운 네트워크 설계도가 떠 있었다. 화면을 응시하며 말을 아끼는 덱스의 반응을 흥미롭게 지켜보던 맥스는, 주머니를 뒤적여 투명 캡슐 속에 담겨 있는 무언가를 꺼내 보였다.

"보세요."

맥스가 손바닥 위에 조심스레 올려놓은 물체는 눈에 잘 띄

239

지도 않을 만큼 작은 크기였다. 하지만 이내 LED 불빛이 미세하게 깜빡이며 존재를 드러냈다. 그제야 쌀알만 한 크기의 칩은 마치 살아 있는 듯 기묘한 생명감을 자아냈다. 덱스는 흥미로운 시선으로 그것을 바라보았다.

"이게 바로 브레인칩 모형이에요. 성능은 그대로 유지하면서 크기를 이 정도까지 줄이느라 진짜 죽는 줄 알았다니까요."

그는 작은 칩을 덱스 가까이 들어 보이며 설명을 덧붙였다.

"이 조그만 게 사람 뇌에 들어가면 뉴런의 전기 신호를 실시간으로 디지털화할 수 있어요. 기억, 감정, 심지어 다음 행동까지— 전부 읽어낼 수 있죠. 데이터를 실시간으로 읽어 저장하거나, 더 나아가 필요하다면 새로운 데이터를 심는 것도 가능해요."

칩을 손가락 끝에서 굴리던 맥스는 갑자기 그것을 턱 밑으로 가져가 LED 불빛을 반사시켰다. 희미한 붉은 빛이 그의 얼굴을 어슴푸레 물들였다.

"어때요, 좀 신비스러워 보이지 않아요?"

"뇌의 활동을 단순히 관찰하는 게 아니라, 조작과 재구성이 가능하다는 거지?"

덱스의 시선은 여전히 칩에 고정되어 있었다. 낮고 차분한 목소리에는 어딘가 날카로운 무게가 실려 있었다.

고개를 끄덕이며 맥스가 말을 이었다.

"그렇죠. 이 칩이 들어가는 순간, 뇌는 독립적인 존재가 아니게 되죠. 모든 신호와 활동이 외부로 연결됩니다."

맥스가 칩을 가볍게 앞으로 밀자, 덱스는 손바닥을 들어 올려 자연스럽게 받아냈다. 그것은 말없이 깜빡깜빡거리며 자신의 잠재력과 위험을 조용히 과시하고 있었다. 덱스의 눈빛이 한층 더 깊어졌다.

"그렇다면 통제는 시간 문제군."

맥스가 의자를 뒤로 젖히며 발로 바닥을 밀어 천천히 흔들거렸다. 두 손을 머리 뒤로 깍지 낀 채 덱스를 바라보는 그의 표정엔 은근한 장난기가 흘렀다.

"형, 나 이제 뭐부터 할까요? 말씀만 하십쇼."

덱스는 손바닥 위의 칩을 천천히 굴리며 여전히 시선을 떼지 못했다. LED 불빛이 그의 검은 눈동자 속에서 반사되어 깜빡이고 있었다. 고요한 침묵이 잠시 흐른 뒤, 낮고 단호한 목소리가 흘러나왔다.

"당연히 마약."

맥스는 의자를 뒤로 밀치며 벌떡 일어나 두 팔을 번쩍 들어 올렸다.

“역시! 형님은 다르다니까요! 그런 줄 알고 벌써 다 준비해 났다니까요.”

그는 테이블 위에 노트북을 올려놓고 화면을 몇 번 두드렸다. 그러자 암호화된 인터페이스가 화면에 떠오르며 복잡한 코드가 빠르게 흘러갔다.

“형, 플랫폼은 다 만들어놨습니다. 칩은 암호화폐로만 거래되고, 다크웹에서만 접근할 수 있게 했어요. 사용자 위치 추적? 절대 불가능하죠. 완벽하지 않습니까?”

덱스는 천천히 화면을 들여다보았다. 노트북 속 페이지는 겉보기엔 평범한 전자기기 판매 사이트 같았다. 그러나 맥스가 몇 번의 키 입력으로 숨겨진 메뉴를 열자, 비로소 실제 상품 목록이 드러났다.

“여기에 상품명하고 설명만 넣으면 끝이에요. 우리가 발송만 하면 고객들이 알아서 DIY 스마트 주사기로 뇌에 셀프로 주입하면 끝나요. 한번 찌르고 버튼만 누르면 알아서 제자리를 찾아가는 식이니까. 간단하고 깔끔하죠. 아무도 눈치 못 챌 겁니다.”

“화학물질도 없고, 값도 시중가보다 싸고, 단속에도 안 걸린다? 사람들이 몰려들지 않을 이유가 없겠네.”

그들은 붉은빛을 깜빡거리는 작은 칩을 ‘에덴’이라 부르기로 했다.

성경에 묘사된 것처럼, 누구나 들어가고 싶어 하는 완벽한
낙원. 그러나 두 사람은 알고 있었다. '에덴'은 한 번 들어가면
절대 빠져나올 수 없는 곳이라는 것을.

기억 마켓

빠르면 내일이 될지도 모른다.

마지막 파일을 본 유일한 목격자라는 이유로, 나의 신변은 더 이상 안전하지 않다.

그래서 지금, 남아 있는 이 짧은 시간 동안 나는 이곳에서 마지막 기록을 남겨보려 한다. 그간의 일을 차근히 복기하고 정리해야 한다는 본능 같은 충동이랄까. 이것은 아마도 스스로에게 남기는 최후의 증언일 것이다.

나는 아침이 오기 전, 이 텍스트 파일을 작은 외장 메모리로 옮겨두려 한다. 현재로썬 이를 어디에 써야 할지, 아니, 그럴 의지가 있는지 나조차도 불분명하다.

어쩌면 이 기록은 기억을 잃은 내가 언젠가 우연히 발견하게 될지도 모른다. 마치 영화나 드라마의 흔한 장면처럼 말이다. 과거의 나를 마주하게 될 상상을 하니 헛웃음이 새어 나온다.

발견되기를 바라는 희망이나, 그들에게 남기는 저항 같은 감정은 중요하지 않다. 중요한 건 그저, 이 기록을 남기는 행위 그 자체라는 것. 이게 내게 남은 마지막 선택지다.

일단 내 소개부터 해야겠다. 정준용. 41세, 미혼 남자.

어디서부터 내 이야기를 시작해야 할까? 아마도 이곳에 처음으로 발을 들인 7년 전으로 거슬러 올라가는 게 맞을 것이다. 모든 직장인들이 그렇겠지만, 꼬박꼬박 정확한 날짜에 정확한 액수로 들어오는 달콤한 족쇄에 길들여진 게 벌써 일곱 해가 되었다니. 지나가고 나서야 비로소 알게 되는 게 세월의 덧없음 같다.

그 당시 나는 한 중소기업에서 제대로 적응하지 못하고 스스로 문을 박차고 나와 백수로 전락했던 시절이었다. 될 대로 되라는 심정이었지만 마음 깊은 곳을 들여다보면 아마도 믿는 구석이 있어서였던 것 같다. 결국 나는 얼마 지나지 않아 부모님이 계신 중국 허난성으로 몸을 옮겼다. 부모님 일을 가끔 돕긴 했지만, 대부분의 시간은 멍하니 시간을 죽 때리며 스스로를 방치하고 있었다.

몇 년만에 민준이에게 연락이 왔던 것도 그 무렵 즘이었다. 민준은 중학교 때부터 설레발을 잘 치는 녀석이었는데 그날은 통화 시작부터 대단한 사이트를 발견했다며 유난히 호들갑을 떨었다.

접속을 위해서는 복잡한 과정을 거쳐야 했지만, 호기심에 못 이긴 나는 복잡한 과정을 인내하며 그곳에 접속하게 되었다.

사이트는 대충 만든 느낌이 역력했다. 옛날 불법 비디오 사이트 같은 느낌이랄까? '쾌락에 빠져보세요. 인생은 짧으니까요.' 뭐, 대충 이런 뉘앙스의 슬로건이 메인화면에 큼지막하게 박혀 있었다. 그 아래로는 발각될 위험은 낮으며 부작용은 거의 없거나 늦게 나타난다는 설명도 덧붙여져 있었다. 헤로인 같은 약물부터 시작해, 살인이나 강도 같은 폭력적인 체험까지 버젓이 서비스로 제공되는 사이트였다. 특이한 점은 뇌에 이식된 칩을 통해 가상으로 체험한다는 거였다.

문득 묘한 기시감이 스쳤다. 한동안 떠들썩했던 그 유명한 기억 공유 플랫폼. 처벌을 피하려 잠적했다던 그 대표가 어딘가에서 이런 사이트를 새로 만든 걸까?

현실과 이브를 혼동해 범죄를 저지르거나, 심한 중독에 가산을 탕진할 정도까지는 아니었지만, 나도 당시에는 그것에 꽤나 빠져 지냈던 시절이 있었다. 지금은 AR 모델과의 섹스상품이 발이 채일 정도로 흔하지만, 당시에는 꽤나 충격적이었다. 나도 모르게 여기에 빠져버려 카드가 빵꾸 났던 웃기지도 않은 기억이 난다. 밤새도록 클럽에서 여자들을 후킹하고, 눈이 벌개진 채로 여자친구를 만나는 날이면, 그녀는 내 안색을 걱정하곤 했다. 나는 절대 말하지 못했다. 세상에 어떤 남자가 '사실은 어젯밤 이브 속에서 수많은 여자들과 동침을 했어'라는 고백을 제 애인에게 할 수가 있을까. 하지만, 어쩌면 그녀도 남자들을 대상으로 이브를 즐겼을지 모를 일이다. 그렇게 생각하면 마음이 한결 편해졌다.

정확한 풀네임은 기억이 안 나지만 나 같은 겁쟁이에게는 꿈도 못 꿀 익스트림 스포츠 체험도 기억이 생생하다. 내가 특히 빠졌던 건 파쿠르였다. 현실에서는 절대 불가능한 일이었다. 원래 몸치에다 그 당시엔 지금보다 10kg이나 더 쪘었으니까. 이브 안에서는 마치 내가 다른 사람이라도 된 것처럼 건물 사이를 뛰어넘는 게 얼마든지 가능했다. 공중에서 몸을 비틀고, 아래로 떨어질 뻔한 순간 벽을 박차며 올라가는 그 짜릿함. 30분 정도 그렇게 달리다가 이브를 내려놓으면, 체험비 마련을 위해서라도 이 좆 같은 회사를 계속 다녀야겠다고 다짐하기도 했다. 그러나 얼마 지나지 않아, 연일 뉴스에 이브의 부작용이 쏟아져 나오더니 곧 거짓말처럼 한순간에 사라져버렸다.

. . .

나는 그날, 처음 접속한 다크웹의 화면을 멍하니 바라보았다. 아마도 이곳에 접속한 사람이라면 나처럼 제일 먼저 이브와의 기억을 떠올릴 것이다. 이브가 망한 후 곧 다른 회사에서 몇 개의 아류작이 출시가 되기도 하였다. 하지만, 이브에 비하면 턱없이 부족한 현실감으로 곧장 내리막길을 걸었다.

그런데 지금, 내 앞에 펼쳐진 이 사이트는—

혹시, 이브의 부활이 아닐까?

게다가 이름도 에덴이라니. 에덴은 이브가 살던 거주지 아닌가. 하지만, 내가 아무리 머리를 굴려봐도 다크웹에서 이 사이트를 만든 이를 찾아내는 건 마치 사막 한가운데에서 냉장고를 찾는 것과 다름없었다.

오직 필요한 건 무료함을 깨워줄 강렬한 자극이었다. 나는 약간의 고심 끝에 결국 구매 버튼을 눌렀고, 이틀 후 칩이 도착했다. 자가 이식은 우려했던 것보다 훨씬 간단했다. 주삿바늘을 관자놀이에 찔러 넣자 약간의 어지럼증이 느껴졌지만, 설명서에 적혀 있는 대로 금세 사라져버렸다. 나는 천천히 숨을 들이쉬고 발급받은 회원번호를 입력했다. 로그인 알람이 들리고 다운로드 버튼을 누르자 활성화 상태를 나타내는 그래프가 화면 위로 빠르게 올라갔다.

오랜만에 느껴보는 황홀감.

신경계 끝에서부터 터져 나오는 전율. 머릿속이 환해지고, 현실은 점점 희미해졌다.

접속하는 횟수가 늘수록 걱정되는 건 역시나 카드값이었다. 횟수가 반복될수록 처음 구매가보다 가격이 올라가는 수법은 판매자 입장에선 전략일지 몰라도 구매자 입장에서는 야비하기 짝이 없었다.

방구석에 틀어박혀 보내는 시간이 길어질수록 슬슬 부모님이 눈치를 주었고 나는 여느 때처럼 그 시선을 애써 외면한 채, 방문을 걸어 잠그고 에덴에 접속했다. 체험 리스트를 훑다 결국 가성비를 따져 가장 저렴한 약을 선택했다. 맥주를 몇 모금 들이켜고, 막 체험을 시작하려던 바로 그 순간이었다.

문득 화면 위로 팝업 하나가 불쑥 떠올랐다.

"에덴 네트워크에서 당신을 고용하고자 합니다. 응하시겠습니까?"

순간 손이 멈췄다. 나를? 나를 왜?

에덴이라는 곳은 접속자의 위치와 사용 기록을 샅샅이 알고 있을 거라는 건 익히 짐작할 수 있었다. 그 데이터 더미 속에서 왜 하필 나에게 이런 메시지가 온 걸까. 혹시 다른 사용자들에게도 이런 제안이 가는 걸까?

마침 통장 잔고는 바닥을 기고 있었고, 돈 걱정에 머리가 터질 지경이었다. 나는 침을 꼴깍 삼키며 본능적으로 예스를 클릭했다.

곧 화면에 신원 확인 절차가 시작됐다.

얼굴 인식, 음성 샘플, 그리고 몇 가지 문장을 반복해서 읽으라는 지시까지, 나는 차례로 요구를 수행했다.

그러다 대화창에 뜬 다음 질문은 완전히 예상 밖이었다.

"고양이를 좋아하십니까?"

고양이? 솔직히 별로 관심은 없지만 싫어하지도 않으니 그렇다고 하는 게 무난할 것 같았다.

다시 예스를 클릭하고 몇 초 후, 화면에 뜬 건 면접 장소와 시간이었다. 바로 내일, 장소는 공교롭게도 내가 사는 허난성에서 차로 30분 거리였다.

이대로 1차 서류 전형을 통과한 걸까? 신원 확인 과정에서 출신 학교와 경력을 입력하긴 했지만, 그런 것들은 별로 중요해 보이지 않았다.

에덴이라는 이곳, 음습하면서도 놀라운 기술력의 최전선에
서 있는 조직—

기업인지 집단인지, 아니면 누군가가 뒤에서 홀로 움직이는
개인인지조차 알 수 없는 이곳은, 단지 몇 가지 질문과 절차만
으로 나에게 면접 날짜와 장소를 통보했다.

어떤 하찮은 일이 주어진다 해도, 다시 월급을 받는 사람들
의 영역에 들어갈 수 있을지도 모른다는 생각에 괜스레 기세
가 등등해졌다.

다음 날, 나는 시간을 넉넉히 잡아 준비를 마치고 늦지 않게
그곳에 도착했다.

다다른 곳은 겉으로 보기에 이곳은 에덴의 최첨단 기술이
숨어 있다는 사실을 도저히 상상할 수 없을 만큼 초라하고 남
루한 건물이었다. 건물 외벽은 페인트가 벗겨져 있었고, 오래
된 간판조차 제 역할을 다하지 못하는 모습이었다. '이게 맞
나?'라는 의문을 삼키며 문을 열고 안으로 들어갔다.

여전히 지저분하긴 했지만, 안쪽은 전혀 다른 세상이었다.
좁은 공간에 컴퓨터와 거대한 하드웨어 장비들이 즐비했고,
서버실에서나 볼 법한 냉각 팬 소음이 공간을 메우고 있었다.
어수선한 분위기에 압도되어 둘러보던 내 앞에, 요상한 꽃무

늬 셔츠를 입은 남자가 슬리퍼를 질질 끌며 나타났다. 그의 걸음걸이는 느릿하면서도 자신만만했고, 손에는 커피잔이 들려 있었다.

그가 나를 힐끔 쳐다보더니 방긋 웃음을 지어 보였다.

"나를 맥스라고 부르세요."

그것이 그와의 첫 만남이었다. 이후 7년 동안 나는 이곳에 몸담았지만, 그를 마주친 건 열 번도 채 되지 않는다.

맥스는 내 신원을 다 알고 있다는 듯, 태연하게 입을 열었다.

"아시죠? 이곳의 위치, 그 누구에게도 말하면 안 되는 거."

그의 목소리는 너무나 가볍고 담담했다. 마치 날씨 얘기라도 하는 것처럼.

"저희가 얼마나 곤란해질지 상상해보세요. 그래서 만약 당신이 누군가에게 이 위치를 말하려는 순간…."

그는 말을 멈추더니, 고개를 약간 기울인 채 나를 바라보았다. 그러더니 천천히 한 손을 들어 올려 손끝으로 허공을 찔렀다.

"상상해봐요. 당신 머릿속에서…."

그는 잠시 말을 끊고, 손가락으로 천천히 작은 원을 그리며 빙빙 돌렸다.

"… 펑! 폭발이 일어난다면? 우아하게, 아주 예술적으로 말이에요."

그의 손이 갑자기 허공에서 크게 펼쳐졌다. 마치 머릿속을 산산조각 내는 듯한 동작이었다.

그가 뱉은 말의 잔인함과는 반대로, 손짓과 표정은 어딘가 기묘할 정도로 유쾌해 보였다. 농담인지, 아니면 그의 방식으로 진지한 경고를 하고 있는 건지 도저히 분간이 가지 않았다.

물론, 내가 아는 바로는 현재까지 칩 하나로 뇌를 폭발시키는 기술 같은 건 존재하지 않는다. 아니, 더군다나 이 시기에는 그럴 가능성이 아예 없었다.

그런데도, 그 순간 나는 맥스의 말을 순진하게 믿어버렸다. 내 뇌 속에 에덴의 칩이 박혀 있었기 때문이었다.

맥스는 내 표정을 살피더니, 피식 웃었다.

"아, 걱정하지 마세요. 당장 폭발시키겠다는 얘기는 아니니까. 어쨌든 당신이 필요한 건 돈이 아니겠습니까? 안 그래요? 정준용 씨?"

나는 최대한 겁먹은 표정을 숨기며 고개를 끄덕였다.

그는 잠시 두 손을 싹싹 비비더니 아무렇지 않게 다시 입을 열었다.

"자, 여기서 할 일은 누구나 할 수 있는 간단한 일이에요. 기본적인 성실함만 있다면, 바보도 할 수 있을 만큼 쉬운 일이죠.”

그는 기계의 냉각 팬을 가리키며 말을 이어갔다.

“AI가 감지한 서버 장애 알림이 울리면 하드덱… 데이터만 교체하면 되는 일이에요. 가끔 꽂을 때 방향 헷갈리는 사람이 있더라고요. 그러니까 꼭 화살표 방향대로 꽂으세요. 안 그러면 데이터가 다 꼬이니까요.”

그는 기계를 톡톡 두드리며 말을 이었다.

“그리고 장애 원인을 확인하려면 기계 뒤쪽을 열어야 할 때가 있어요. 간단한 렌치질 정도는 할 줄 아셔야 하고, 먼지가 쌓인 팬을 청소하거나 불량 부품을 빼내는 일도 가끔 있어요. 당신이 전자회사 다녔을 때 업무의 십 분의 일도 안되는 일이에요. 그렇지요?”

맥스는 설명하면서도 어딘가 지나치게 들떠 있었다. 목소리, 손짓, 표정까지 전부 오버스러웠다. 그러다 갑자기, 그는 고개를 돌리더니 구석진 방 안으로 들어갔다.

“아, 그리고 하나 더 있어요.”

잠시 뒤, 그가 품에 안고 나온 건 놀랍게도 치즈태비 고양이였다. 부드러운 털과 똘망한 눈을 가진 고양이가 그 자의 품에서 그르렁대고 있었다.

"이 아이를 하루 세 번 돌봐줘야 해요. 아침 9시, 오후 3시, 저녁 8시에 사료와 물을 주고, 화장실도 매일 비워줘야 하고요. 어때요, 할 수 있겠죠?"

기본적인 하드웨어 관리야 그렇다 치더라도, 고양이까지 돌봐야 한다니 순간 자존심이 상했던 걸까. 입에서 저절로 말이 튀어나왔다.

"… 고양이 밥 주는 일은 로봇이 얼마든지 대신할 수 있을 텐데, 왜 굳이 사람을 쓰는 거죠?"

맥스는 내 말을 듣고 피식 웃더니, 고양이의 턱을 간질이며 고개를 들었다.

"토토가 로보포비아가 있어서요."

그는 마치 대단한 비밀이라도 털어놓는 것처럼 손을 입가에 가져가며 목소리를 낮췄다.

"로봇은 멀리서도 귀신같이 알아보고 숨더라고요. 진짜 신기할 정도예요. 그게 바로 당신에게 월급을 주는 이유죠. 사람은 토토에게 훨씬 덜 스트레스니까요."

그는 아무렇지도 않다는 듯 커피잔을 내려놓고, 고양이를 품에 안은 채 덧붙였다.

"사실 이 일을 맡길 사람으로 허난성에서 접속하던 세 명한테 물어봤어요. 한 명은 경찰이라 바로 탈락. 또 한 명은 고양이 알레르기가 있대요. 그럼 남은 건 당신 하나뿐이잖아요. 축하합니다, 선택받으셨네요. 안 그렇습니까?"

맥스는 특유의 능청스러운 표정으로 내 눈을 바라봤다. 고양이는 배를 뒤집더니 느긋하게 냐옹 소리를 냈다.

"그렇다면, 열심히 해보겠습니다."

내가 고개를 끄덕이자 곧바로 급여 협상이 시작됐다. 일의 난이도를 생각하면 급여는 꽤 높은 편이었다. 게다가 힘든 출퇴근 대신, 이곳에서 숙식까지 제공해준다고 했다. 조건 자체는 나쁘지 않았다.

마지막으로, 맥스는 내 앞에 비밀 유지 각서를 내밀었다.

"여기 사인하세요. 이게 1단계입니다."

맥스가 내민 문서는 한 페이지를 가득 채우고 있었지만, 요약하자면 단순했다. 에덴에 관한 어떤 정보도 외부에 발설하면, 지급된 월급은 전액 압수되고, 법적 책임을 진다는 내용이었다.

누가 봐도 불법적으로 운영되는 곳에서 '법적 책임'이라는 말은 우습기 짝이 없었다. 하지만 받아먹은 돈을 몽땅 토해내야 한다는 조항은 심히 공포스러웠다.

나는 서명을 했고, 맥스는 각서를 확인한 뒤 서류봉투에 툭밀어 넣었다.

"그리고 2단계는, 아까 말씀드렸죠? 붐!"

그는 다시 무심한 얼굴로 손가락을 머리에 대고 총을 쏘는 시늉을 했다. 아마도 이런 류의 살벌한 농담은 그에게 익숙하거나, 아니면 타고난 재능인 것 같았다. 나는 다시 등골이 서늘해졌고, 다시 아무렇지 않은 척 표정을 지어 보일 수밖에 없었다.

다음 날, 간단한 짐을 챙겨 이곳으로 이사했다. 그들과의 여정은 그렇게 시작되었다.

이곳의 일은 나름 적성에 맞는 것 같았다.

눈을 뜨면 창문을 열어 환기를 하고, 바닥을 쓸고 닦으며 공간을 정리했다. 서버에서 데이터 카드 몇 개를 교체하거나, 팬에 쌓인 먼지를 털어내는 일이 거의 전부라 할 정도로 단순했다. 알람이 울리면 서버 뒤쪽을 열어 부품을 점검하거나 교체하는 일이 그나마 가장 까다로운 업무에 속했다.

자연스럽게 공백 시간이 늘어났고, 에덴에 접속할 수는 없었지만 나름대로 시간을 채워갔다. 책을 읽거나 영화를 보고, 토토와 장난을 치며 하루를 보냈다. 사료가 떨어질 때는 인터넷으로 주문하고, 물그릇이 비지 않도록 자주 확인했다. 그렇게 한 달이 지나면 통장에는 어김없이 월급이 입금되었다.

주말이면 차를 몰고 30분 거리의 부모님 댁에 들러 쉬고 돌아올 수도 있었다. 월요일부터 금요일까지는 다시 에덴에서 머물며 일하는 식이었다.

"직장을 구했다니 기쁘구나, 월급도 나쁘지 않고. 근데 어디서 일하니?"

"그냥 사무일이에요."

"어떤 회산데?"

"엄만 말해도 몰라."

이런 질문을 받을 때면 머리가 깨질 듯이 욱신거렸다.

. . .

석 달쯤 지났을 때였다. 꽃무늬 셔츠가 다시 나타났다. 이번에는 슬리퍼 대신 슬립온을 대충 우겨 신은 모습이었다.

오랜만에 보는 얼굴이었지만, 반가움보다는 긴장감이 앞섰다.

"형씨, 잘하고 있었어?"

그는 토토를 가뿐히 안아 올렸다. 특유의 말투와 몸짓은 여전히 변함없었다.

"다른 게 아니고, 월급 좀 올려주려고."

에덴이 이제 타인의 기억을 사고파는 시스템을 본격적으로 가동하고 있다는 사실은 나도 잘 알고 있었다. 약물에 중독된 이들이 구매할 돈이 없자, 자신의 기억을 내다 팔고 그 돈으로 약물을 사는 식이었다. 이 시스템에는 분명한 규칙이 있었다. 기억을 판매한 자는 반드시 그 기억을 삭제해야 한다는 것.

예를 들어, 첫사랑과 첫 키스의 순간 같은 강렬한 기억은 비싼 값을 받고 팔려나갔다. 하지만 이 기억을 판 사람조차 다시 그 장면을 보기 위해서는 돈을 지불해야 했다. 그럼에도 불구하고 사람들은 크레딧을 얻기 위해 자신만의 독특한 경험들을 마켓에 올렸다.

당시 나는 월급의 70%를 차곡차곡 모을 계획으로 의도적으로 에덴 접속 시간을 줄였다. 그리고 나 역시도 팔 만한 기억이 있을지 떠올려보았다. 아무리 생각해도 머릿속에 떠오르는 기억은 평범하기 짝이 없었다. 그리고 무엇보다, 꺼림칙했다.

맥스의 말은 이랬다.

누군가의 생생한 기억을 추출하는 것만으로는 충분하지 않다고. 기버(giver)의 기억에 리시버(reciever)가 완전히 몰입하려면, 기억의 완성도를 높이는 작업이 필수적이라는 것이었다. 물론 대부분의 기본적인 작업은 AI가 알아서 처리하지만, 여전히 사람이 직접 확인하고 섬세하게 다듬어야 할 부분이 남아 있다고 했다.

예를 들어, 체험 중 방해가 되는 요소들— 오디오 볼륨이 갑자기 커지고 혹은 작아진다거나, 시각적 전환이 어색하게 끊기는 문제 같은 것. 기억 속 특정 순간의 카메라 앵글을 바꾸는 작업, 기억의 소유자가 덜 중요한 장면을 지나치게 생생하게 기억하거나, 중요한 순간이 희미한 경우 이를 보정하는 일이었다. 나는 이 작업을 기억을 더욱 상품성 있게 만드는 정교한 편집 작업이라고 이해하기로 했다.

"형씨, 웬만한 건 기계가 다 해. 하지만 이걸 체험하는 건 휴먼이잖아. 어쨌든 이건 기억을 오감 통째로 다른 사람에게 옮겨주는 거라고. 체험자가 눈치채지 못할 정도로 시각이나 촉각 부분에 일부만 수정하라구. 너무 과도하게 수정하면 생생함이 깎이면 나가리니까. 이제부터 당신을 카메라 감독이나 오디오 감독, 편집자라고 생각하라구. 아니, 아티스트라고 불러야 하나."

하드웨어 관리와 청소로 시작했던 내가, 이제는 소프트웨어 검수원을 넘어 기억의 편집자, 아니 기억의 아티스트로 승격된 기분이었다.

월급은 50%나 인상되었고, 능력에 따라 최대 100%까지 올려주겠다는 조건도 따라붙었다. 그렇게 나는 마침내 마켓에 올라온 수많은 사람들의 기억을 샅샅이 살펴볼 권한을 얻게 되었다.

소중한 기억을 잃어버리고 싶지 않아서인지, 고작해야 판매할 게 그것밖에 없어서였는지는 모르겠지만, 사이트의 가시성을 높이기 위해 아무리 저렴하게 책정된 가격이라도 너무 시시한 기억들을 빠르게 솎아내는 것부터 시작해야 했다. 그 후, 하룻밤 사이에 올라온 기억들 중 AI가 추려준 요약본을 빠르게 훑어보았다. 분명 인기가 있을 법한데 판매량이 저조한 기억들은 직접 5배속으로 체험해보았다. 살펴보면 대개 문제점이 드러나기 마련이었다. 예를 들어, 사랑하는 이와의 첫 키스처럼 늘 인기 있는 분야라 하더라도, 상대방의 외모가 지나치게 평범하거나 어색한 표정이 포착되었다면, 약간의 얼굴 보정과 표정 조율을 해주는 식이었다.

혹은 배경에 지나치게 어수선한 소음이 깔려 있어 몰입을 방해한다면, 오디오를 조정해 배경음을 부드럽게 깎아내거나, 빛의 각도를 조절해 그 순간을 더욱 영화처럼 느껴지게 만들었다.

기억을 판매하는 사람들은 대부분 가난하거나 약물중독자였다. 판매된 기억은 크레딧으로 전환되어 다른 상품을 구매할 수 있거나 현금으로 인출할 수 있었다.

부자들은 빈자의 기억을, 빈자는 부자의 기억을 체험했다. 남자는 여자의 기억을, 여자는 남자의 기억을, 노인은 아이의 기억을, 아이는 노인의 기억을 체험하며, 크로스 형태의 교차 체험이 흔하게 나타났다. 하루아침에 나락으로 떨어진 부자의 상실감, 가난에서 벗어나 졸부가 된 이의 오만함은 인기 있는 기억으로 상위에 랭크되곤 했다.

시간에 맞춰 고양이에게 밥을 주고, 하드덱을 갈아 끼우며, 타인의 기억을 감상하고 일부 보정하다 보면 하루가 금세 지나가곤 했다.

돌이켜보면, 이런 기억들을 대리 체험할 수 있었던 것은 내가 이곳에 몸담으면서 누릴 수 있었던 유일한 특권이었던 것 같다.

팬들이 꿈꾸는 최고의 순간— 가수와 무대 위에서 춤을 추거나 사진을 찍는 체험.

삼엄한 경비를 뚫고 감옥에서 탈출하는 스릴 넘치는 기억.

심장이 멈추던 순간의 아찔함과 임사 체험.

목숨을 건 도박에서 모든 것을 걸고 승리한 순간.

체조, 수영, 마라톤에서 금메달을 목에 거는 영광의 순간.

자식이 태어나는 순간의 감격과 경이로움은 실로 눈물을 자아낼 만큼 강렬했다.

나는 이들이 지닌 기억의 원래 감정을 최대한 존중하면서도, 아주 약간의 터치를 더해 완성도를 높였다.

그러면서도 가끔 이런 의문이 들었다.

이토록 특별한 기억들을, 왜 도려내야만 했을까?

아마도 각자만의 사연이 있었을 것이다.

혹시 나중에 자신의 기억을 되찾으려 클릭할 사람들을 위해, 기억을 더욱 생생하게 느낄 수 있도록 심혈을 기울여 손보기도 했다.

그중에서도 유독 선명하게 떠오르는 몇 가지 기억들이 있다.

다른 사람의 기억일지언정, 에덴의 칩에서 재생되는 순간 그것은 온전히 내 것이 되었다.

그리고 그 기억들 중 몇 가지는 지금도 눈을 감으면 생생히 떠오른다.

• • •

〈한강다리 끝에서〉라는 이름의 기억은, 생과 사의 경계에서 기적처럼 살아남은 한 중년 남자의 고통스러운 30분을 담고 있다.

에덴의 기억 재체험은 50% 할인이 적용되었음에도 불구하고, 이 기억을 반복해서 선택하는 이는 극히 드물었다. 너무나도 고통스러운 기억이기 때문이다. 두 번 다시 이 기억에 손대지 못한 다른 이들 또한 나와 같은 이유였을 것이다. 그 기억을 체험하고 난 후, 나는 몇 번이나 식은땀에 젖어 깨어나는 일을 반복해야 했다.

이 기억의 남자는 한강 다리 위에서 삶의 마지막을 선택했다. 그러나 강물 속으로 추락하며 그는 생의 가장 깊은 절망과 가장 본능적인 생존 욕구를 동시에 경험했다.

결국 그는 극적으로 살아남았다.

나는 이 기억을, 삶의 의미를 잃어버린 사람들에게, 혹은 다시 한 발 내딛고 싶은 용기를 찾는 이들에게 권하고 싶다.

이것은 삶의 끝자락에서 비로소 깨닫게 되는 의미에 대한 이야기다.

나는 어둑한 밤하늘 아래, 검게 출렁이는 강물을 가만히 내려다본다.

자욱하게 피어오른 물안개가 수면 위의 달빛을 흩어 뜨리고 있었다.

나는 철제 난간을 움켜쥐었다. 얼음처럼 차가운 쇠의 감촉이 손끝을 타고 전해졌다.

심장은 무겁게, 그러나 빠르게 뛰었다.

머릿속에는 단 하나의 질문만이 끝없이 메아리쳤다.

'어쩌다 여기까지 온 걸까?'

친구의 뱀 같은 속삭임에 모든 걸 걸었던 나의 어리석음.

우편함에 쌓여가던 독촉장이 짓누르는 현실의 무게.

아내의 냉랭함, 분노, 그리고 끝날 기미 없이 이어지는 싸움들.

이 모든 걸 외면하고 싶었던 나의 비겁함. 무능력, 무력감, 자책.

결국 이 모든 건 내 탓이었다.

옆에 놓인 소주병을 들었다. 차갑고 독한 술이 혀를 타고 넘어가 목구멍을 태웠다.

그리고 나는 울기 시작했다.

흉하게 흐느끼며, 쉰 목소리로 흐트러진 울음소리가 다리 위에 울려 퍼졌다.

뺨을 타고 흘러내린 눈물이 굵은 방울로 강물 위에 떨어졌다.

나는 난간을 넘어섰다.

손끝으로 마지막 힘을 다해 몸을 지탱하며 내려다본 강물은 잔잔하고도 평화로운 얼굴로 나를 부르고 있었다.

결국, 손끝에 힘을 풀며 눈을 감았다.

차가운 쇠의 감촉이 사라지는 순간, 발밑으로 허공이 열렸다.

귓가에서 울부짖는 바람이 몸을 세차게 휘감았고, 심장은 터질 것처럼 격렬하게 뛰었다.

그 순간, 모든 감각이 깨어났다.

아버지가 자전거를 밀어주던 날, 넘어져도 괜찮다며 다독이던 그의 목소리.

회사일을 마치고 돌아온 늦은 밤, 아내가 내게 건넨 따뜻한 차 한 잔.

딸아이가 내 손가락을 꼭 잡으며 지었던 미소, 작고 부드러운 손의 감촉이 전해주던 세상의 온기.

풍덩.

물보라가 치솟으며 얼음장처럼 차가운 물이 온몸을 덮쳤다.

입과 코로 사정없이 밀려드는 물은 폐를 짓누르며 숨통을 옥죄었고, 본능적으로 몸은 격렬히 허우적거렸다.

점점 힘이 빠져갔고, 몸은 방향을 잃은 채 캄캄한 어둠 속으로 가라앉았다.

정신을 잃어가며 마지막으로 터져 나온 것은 강렬한 생의 본능이었다.

살고 싶었다.

그 절박한 욕망을 끝으로, 나는 의식이 흐려졌다.

가슴을 내리치는 강렬한 압박감에 폐 깊은 곳에서 격렬한 물기침이 터져 나왔다.

찬 공기가 목구멍을 타고 억지로 폐 속으로 밀려들었지만, 곧 뜨겁게 타오르는 고통이 온몸을 휘감았다.

숨을 쉴 때마다 가슴이 찢어질 듯 아팠다.

"아저씨! 괜찮아요? 살아난 거예요?"

흐릿한 시야 너머로 젊은 남자가 보였다.

물에 젖은 머리카락이 이마에 들러붙은 채, 그가 거칠게 숨을 몰아쉬며 내 얼굴을 바라보고 있었다.

"정신 놓지 마세요! 제발! 조금만 더 버티세요!"

간절한 외침이 귓가에 맴돌았다.

멀리서 들리던 사이렌 소리가 점점 가까워졌다.

그러나 차가운 공기와 고통 속에서, 나는 끝내 정신을 놓아 버렸다.

무겁게 감겼던 눈꺼풀이 천천히 열리더니 시야에 들어온 건 하얀 천장이었다.

기척에 놀라 달려온 아내가 내 얼굴을 두 손으로 감싸 쥐었다.

"당신… 당신 정말… 다시는…."

흐느낌에 묻혀 끝까지 이어지지 못한 말.

그러나 그녀의 떨리는 손끝과 따뜻한 체온이 내가 살아 있음을 선명하게 말해주고 있었다.

조용히 이 광경을 지켜보던 젊은 청년이 고개를 깊이 숙이며 말했다.

"살아주셔서 감사합니다."

"아빠!"

곧이어 울먹이는 어린 목소리가 들려왔고, 막 잠에서 깨어난 얼굴로 내 손을 꼭 붙들었다.

나는 아무 말도 하지 못했다. 대신, 아내와 딸, 그리고 그 청년을 끌어안았다.

• • •

그리고 또 다른 이야기는 한 직장 여성이 계단에서 굴러떨어지는 장면으로 시작한다.

통증의 강도를 최소한으로 설정했다는 설명과 함께, 1년에 걸쳐 뒤죽박죽 섞인 기억들 중 스토리와 무관한 부분은 과감히 덜어냈다. 시간 순서를 맥락에 맞게 재구성하고, 빠르고 경쾌한 편집에 공을 들였다.

마치 코미디 영화의 한 장면처럼 느껴지는 이 일이 실제로 벌어졌다는 점이 꽤 흥미로웠다.

웃기면서도 슬픈 이 이야기. 그리고 결말이 마음에 들었기 때문인지, 머릿속에 오래 남았다.

발이 비틀렸다. 균형을 잃은 몸은 몇 계단 아래로 굴러떨어졌다. 어깨와 허리가 계단 모서리에 부딪히며 둔탁한 소리를 냈고, 마지막엔 머리가 쿵 하고 바닥에 닿았다. 몇 계단 굴렀을 뿐이니 대수롭지 않다고 여겼다. 무릎에 피가 살짝 맺힌 것 말고는 딱히 아픈 곳도 없는 것 같았다.

업무를 끝내고 집으로 돌아가던 중, 이상한 어지럼증이 스멀스멀 올라왔다. 머릿속이 텅 빈 것 같으면서도 묘하게 속이 메스꺼웠다. 나는 결국 병원을 찾았다.

"약간의 전두엽 손상이 보이긴 하네요."

흰 가운을 입은 의사가 가까이 다가와 담담하게 진단을 내리는 순간, 나도 모르게 머릿속에 떠오른 생각이 그대로 입 밖으로 튀어나왔다.

"근데, 오늘 양치하셨어요? 입냄새가 심하시네요."

입술이 닫히고 나서야 스스로 깜짝 놀라며 손으로 입을 틀어막았다. 하지만 말은 이미 뱉어진 후였다.

의사는 눈썹을 살짝 치켜올리더니, 약간의 정적 뒤에 애써 표정을 가다듬고 말을 이었다.

"앞으로는 의지와 상관없이 말의 충동을 조절하기 어려울 수 있습니다. 머릿속에서 떠오른 생각이 그대로 말로 나올 가능성이 높죠. 방금처럼요."

다음 날 나는 여느 때처럼 회사로 출근했다. 잔뜩 긴장한 채, 발표자의 프레젠테이션을 경청하는 중이었다. 짜임새 있는 슬라이드와 유려한 말솜씨가 이어졌지만, 나는 고개를 끄덕이며 속으로 침을 삼켰다. 입안이 간질거렸다. 불안한 느낌이 목구멍에서부터 퍼져나갔다. 그리고 결국 우려했던 일이 벌어지고 말았다.

"이렇게 촌스러운 게 요즘 시대에 먹힐 리가 있겠어요?"

발표자의 얼굴이 굳어졌다. 나는 급히 "죄송합니다"를 연발하며 고개를 숙여 상황을 수습하려 했지만, 이미 물은 엎질러진 후였다. 모두가 어색해진 분위기를 버틸 수 없어, 나는 서둘러 자리를 떠야만 했다.

그 후로도 이런 일들은 끊이지 않았다.

배가 나온 동료에게 "임신 6개월쯤 되셨죠?"라고 말했는가

하면, 부장님에게는 "머리가 더 빠지니까 훨씬 늙어 보이세요"
라고 했다. 소문이 무성한 신입사원에게는 "낙하산으로 들어
오셨다면서요? 참 팔자 좋으세요"라는 말까지 내뱉었다.

당연히 사람들은 나를 피하기 시작했다. 누군가는 놀란 눈
으로, 또 누군가는 "미쳤냐?"며 대놓고 불쾌감을 드러냈다.

대책을 세워야 했다. 말이 튀어나올 것 같으면 손가락으로
목구멍을 찔러넣어 구토를 유발했다. 재빨리 화장실로 달려가
숨는 것만이 그 순간을 넘기는 유일한 방법이었다. 그러나 이
런 임시방편도 한계가 있었다.

회사 안에서는 나를 자르라는 말들이 공공연히 떠돌았다.
다만, 그간의 성과와 능력을 무시할 수 없었는지, 대부분의 업
무는 재택근무로 조정되었다.

하지만 어쩔 수 없이 회사에 나가야 하는 날도 있었다. 중요
한 발표를 앞둔 며칠 전부터 긴장된 마음으로 프로젝트를 준
비하며 밤을 새웠다. 대충 준비했다가는 갑작스러운 질문에
"대충 해서 모른다"라는 고백이 튀어나올 수도 있기 때문이다.

다행히 발표는 성공적으로 끝났다. 모두가 박수를 쳤고, 사
장이 만족스러운 표정으로 내게 말했다.

"대단하네요. 정말 좋은 아이디어에요."

그 순간, 머릿속에 무언가 불쑥 떠올랐다. 나는 서둘러 입을

틀어막았지만 목구멍을 뚫고 결국 소리가 새어나갔다.

"그죠, 돈은 사장님께 다 돌아가는데 이 박봉으로 이 정도 성과를 낸다면 칭찬받아 마땅하죠."

회의실 공기가 싸늘하게 얼어붙었다. 모두가 고개를 숙이며 눈치를 보았다. 얼굴이 화끈거렸다.

그런데, 뜻밖에도 사장이 껄껄 웃음을 터뜨렸다.

"제시카의 사고 소식은 안타깝지만, 직원들의 솔직한 소리를 들을 수 있다는 점에서 아주 좋군요. 하하"

"당연한 말씀입니다. 일단 월급부터 올려주시죠."

어색한 웃음소리가 회의실 여기저기서 터져 나왔다. 나도 따라 웃으려 했지만, 이 상황이 도대체 왜 웃긴 건지 알 수 없었다. 그래도 최대한 개인적인 모임을 피하고, 업무에만 몰두하는 게 이 희귀병을 잘 다루는 유일한 방법일지도 모른다는 생각이 스쳤다

그런데, 예상치 못한 일이 터졌다.

문이 벌컥 열리더니 온몸을 명품으로 휘감은 중년 여성이 씩씩대며 회의실로 들어섰다. 사장의 와이프였다.

"여기 불륜녀 있다며? 누구야! 당장 나와!"

그녀는 한 번에 모든 사람을 휩쓸며 고래고래 소리를 질렀

고, 직원들은 갑작스러운 상황에 안절부절못하는 모습이었다. 마침내 사장이 그녀를 진정시키려 몸을 일으키려는 그때였다. 입술이 저릿해지더니, 나는 느닷없이 입을 열고 무언가를 말하고 있었다.

"앨리스요. 바로 저 사람이에요. 둘이서 홀딱 벗고 붙어있는 걸 제가 두 번이나 봤어요. 한 번은 퇴근 후에 서류를 놓고 와서 회사에 들렀을 때였고, 또 한 번은 긴급 결재를 받으러 사장실에 갔을 때였죠. 그때 사장님께서 오랄을 받고 계셨습니다."

회의실은 다시 순식간에 얼어붙었다. 내 손가락이 가리키는 방향으로 돌진한 그녀는 앨리스의 머리칼을 거칠게 잡아당겼다.

"네가 그년이야?"

고개가 꺾인 앨리스는 고통의 비명을 질렀다. 사장이 두 사람 사이로 황급히 뛰어들었지만, 이미 이성을 잃은 그녀를 막을 순 없었다. 의자가 넘어지고, 서류가 흩날리며 회의실은 순식간에 아수라장이 되었다. 나는 그 광경을 멍하니 바라보고 있었다. 그리고 나는 그날로 회사에서 잘렸다.

그리고 고민 끝에 내가 선택한 일은 타로 마스터였다.

피노키오 증후군 환자라는 사실을 전면에 내세웠고, 불필요한 외모 지적을 막기 위해 상담실에는 얼굴이 보이지 않도록 가림막을 설치했다. 카드에 대한 자의적 해석이나 거창한 위로가 아닌, 날것 그대로의 솔직함을 원하는 사람들이 하나둘 이곳으로 모여들기 시작했다. 이곳은 선택된 카드에 대해 있는 그대로 떠오르는 말을 전해도 되는 유일한 공간이었다. 이러한 방식은 오히려 많은 이들에게 신선함과 통쾌함을 선사했다.

사고로 인해 잃어버린 수많은 대인관계와 회사에서의 자리. 그 모든 것이 나를 벼랑 끝으로 내몰았지만, 나는 더 이상 잃어버린 것들에 미련을 두지 않기로 했다. 모든 것이 무너진 끝자락에서 나를 붙잡아 준 '타로 마스터'라는 이 직업이 어쩌면 내 천직이 아닐까 하는 생각이 든다.

• • •

더 이상 열거하기 힘들 정도로 수많은 작품이 마켓에 쏟아져 나왔다. 나는 그중 일부를 직접 다듬고 관여했으므로, 그래서일까, 완성도가 높다고 평가받는 기억들에는 남다른 애착이 가기도 했다. 나는 그것들을 '작품'이라 불렀다. 시간이 흐를수록 사람들은 자신만의 독창적이면서도, 상품성과 흥행성을 겸비한 기억을 골라내 마켓에 업로드했고, 나는 이것들에 약간

274

의 보정, 편집을 했다. 이른바 작품으로 인정받을 만한 기억을 가지고 이를 추출, 판매한다면 그만큼의 수익을 창출할 수 있는 세상이었다. 마켓은 매일 새롭고 기발한 기억들로 넘쳐나며 활기를 띠었다. 기억이 상품으로 팔려나가는 세상이라니. 에덴의 칩은 그런 욕망을 자극하며 하루가 다르게 빠르게 퍼져갔다.

물론, 여전히 많은 사람들이 머릿속에 칩을 이식해야 한다는 사실에 불안을 느끼기도 했다. 두개골을 뚫고 들어오는 기술이라니, 본능적으로 거부감이 드는 건 당연했다. 하지만 그런 불안을 뛰어넘을 만큼, 타인의 삶을 마치 내 것처럼 직접 체험한다는 유혹은 강렬했다. 책이나 영화 같은 간접 체험과는 비교조차 되지 않는 몰입감. 전례 없는 이 경험은 사람들을 홀릴 수밖에 없었으리라.

모든 기억이 단지 자극적이고 소비적인 콘텐츠로만 쓰인 것은 아니었다. 칩의 활용은 점차 의학적 영역으로 확장되었다. 신경 질환이나 뇌 손상 치료에서 획기적인 효과를 보여주는 사례들이 매스컴을 통해 공개되었고, 에덴은 단순한 오락 기술을 넘어 의료 혁신의 상징으로 떠올랐다.

병원에서는 환자들이 필요한 치료 과정을 더 쉽게 이해하도록 다른 환자의 기억을 활용하거나, 심리 상담가들은 환자의 고통을 직접 경험함으로써, 그들의 상처를 더 깊이 이해할 수 있게 되는 식이었다.

다크웹에서 출발해 불법적인 기억 거래로 명성을 얻었음에도 (지금도 여전히 다크웹이지만) 사람들은 이 시스템이 제공하는 이득만을 취하자는 속셈을 품고 있었다. 인간의 삶의 질을 바꿔놓는 기술로 추앙받으며 에덴은 어느새 합법적 플랫폼으로 변모하며 세상의 중심으로 올라섰다.

· · ·

에덴을 가까이에서 지켜본 내가 감히 말하건대, 그 방향성이 어긋나기 시작한 건 어쩌면 필연적이었을지도 모른다. 그리고 내가 지금 이야기하려는 기억의 등장이 바로 그 변곡점이다.

인간의 지식에 대한 갈망은 어쩌면 감각이나 체험을 원하는 욕구보다도 더 오래된 본능일 것이다. 백과사전을 통째로 머릿속에 이식하거나, 외국어를 단번에 유창하게 구사하게 되는 능력을 얻고자 하는 꿈은 이브(EVE) 초기부터 꾸준히 존재했던 화두였다. 그러나 이브와 에덴은 본질적으로 경험과 감각을 전달하는 데 초점이 맞춰져 있었다. 즉, 감각적이고 몰입적인 체험은 이 시스템의 핵심이었지만, 이를 완전하고 정교한 형태로 타인에게 옮기는 일은 기술적 한계에 부딪히곤 했다.

그러던 어느 날, 기술적 한계를 뛰어넘는 무언가가 등장하며 에덴의 판도가 완전히 뒤집히기 시작했다.

바로 '수능 만점자의 기억'이라는 제목의 상품이 마켓에 올라온 것이다. 트레일러와 상세 설명을 훑어본 나는, 이 상품의 본질을 금세 파악할 수 있었다.

요약하자면, 수능 시험에 최적화된 한 공부 천재의 데이터를 통째로 다른 사람에게 이식할 수 있다는 내용이었다. 상품은 전 교과의 방대한 학습 데이터를 체계화한 뒤, 이를 수능 만점자가 문제를 풀 때 사용한 사고 추론 과정과 결합한 형태였다. 교과서의 완벽한 암기와 최고 성적자의 사고방식을 동시에 제공하는, 말 그대로 꿈의 기억이었다.

이 기억이 제대로 다운로드되고 작동하기만 한다면, 더 이상 수험생들이 밤낮으로 교재를 끌어안고 씨름할 필요가 없었다. 모든 답이 이미 그들의 머릿속에 들어가 있을 테니 말이다.

대입 시험을 치른 지 10년이 넘은 나조차도, 이 기억이 경쟁이라는 개념을 송두리째 흔들어 놓을 것이라는 건 쉽게 짐작할 수 있었다. 문제는 내 월급을 5년 동안 꼬박 모아야 겨우 가

능한 비싼 가격이었다. 하지만 그 정도의 비용도, 니드가 강력
한 부자들에게는 전혀 문제 될 게 없었다. 그리고 예상대로 여
파는 엄청났다. 부유한 부모를 둔 수험생들에게는 사실상 당
연한 선택처럼 보였다.

이것은 시작으로 악기 연주, 운동 기술, 다국어 능력, 심지어
전문 직업 기술까지, 각종 능력이 하루가 멀다 하고 상품으로
등장했다. 이제 돈만 있으면 피아노를 천재처럼 연주할 수도
있고, 돈만 있으면 축구장에서 환호를 받으며 골을 터뜨릴 수
있었다. 외국어를 자유롭게 구사하는 능력도 마찬가지였다. 물
론 돈만 있으면.

에덴의 브레인칩을 이식한 세계 인구의 28% 정도에서 능
력 거래를 계기로 이 숫자는 폭발적으로 늘어났다.

돈 많은 사람들은 금전적 여유를 바탕으로 뛰어난 능력을
대거 사들였다. 그들은 그 능력으로 더 많은 기회를 만들어내
고, 그 기회는 곧 사회적 영향력으로 이어졌다. 한 번 우위를
점하면 그것을 강화하는 데는 그리 오래 걸리지 않았다.

반대로, 돈이 없는 사람들은 이 시스템에서 완전히 밀려났
다. 타인의 능력을 자신의 일부로 만들 수 없다는 건, 결국 경
쟁에서의 도태를 의미한다. 설령 자신이 가진 재능을 팔아 거
래에 뛰어들었다고 해도, 결과는 뻔했다. 상위 계층의 능력을

더 키우는 데 쓰일 뿐, 그들이 따라잡기엔 더 큰 벽만 남을 뿐이었다.

결국, 에덴은 능력을 매개로 새로운 계급 구조를 만들어냈다. 능력을 축적한 상위 계층은 점점 더 앞서 나갔고, 하위 계층은 발버둥칠수록 더 뒤로 밀려났다. 한때 선천적 재능이나 노력으로 획득할 수 있다고 믿었던 '능력'이라는 개념은 이제 철저히 자본으로 확보 가능한 자산이 되었다. 에덴은 기존의 격차를 더욱 공고히 다지는 데 일조하며, 새로운 질서를 만들어내는 중이었다.

· · ·

그리고 드디어 오늘이 되었다.

오늘도 고양이는 평소처럼 느릿하게 다가와 발목을 스치고 지나갔다. 밥그릇에 사료를 채우고, 모래 속 배변을 치운 뒤, 서버실 문을 열어 내부 온도를 확인했다. 창문을 활짝 열어 환기를 시키고, 쌓인 먼지를 털고, 바닥을 쓸다 보면 시간은 생각보다 빠르게 흘러갔다. 이런 잡다한 일을 하는 동안 라디오를 틀어놓는 건 자연스러운 습관이었다.

스피커에서 흘러나오는 목소리는 이 적막한 공간에서 사람

사는 기척을 느끼게 해주는 유일한 소리였다.

오늘도 익숙하게 채널을 맞추자 오프닝 음악이 흘렀다. 이어 익숙한 진행자의 목소리가 차분히 공간을 채웠다.

"좋은 아침입니다. 오늘도 많은 분들의 이야기를 함께 나누는 시간이 되길 바랍니다."

잠시의 정적 뒤로, 누군가의 사연이 읽혀 내려갔다.

"텅 빈 독서실을 보며 생각했어요. 이제 책이라는 건 필요 없는 세상이 된 걸까요? 칩 하나면 모든 게 해결되는 세상에서, 누가 활자에 시간을 낭비하려고 하겠어요?"

나는 책상 위의 먼지를 닦던 손을 잠시 멈추고 스피커를 힐끗 바라봤다.

어쩌면 너무 흔한 이야기일 수도 있다. 하지만 어딘가 찔리는 듯한 기분이 드는 건, 그 말이 내가 몸담고 있는 이곳과 관련되어 있기 때문일 것이다. 의자에 몸을 기대고, 뜨거운 물에 우려낸 도라지차를 천천히 한 모금 마셨다.

스피커에서 흘러나오는 목소리는 여전히 활력이 넘쳤다. 나는 그 소리에 귀를 기울이며, 익숙한 루틴을 다시 이어갔다

"8098님, 정말 공감돼요. 공부라는 개념조차 칩 하나로 대체된 지금, 누군들 노력하고 싶은 마음이 들겠어요? 이건 단순히 개인의 문제가 아니라, 사회 구조 전반의 균열이라고 생각

합니다. 아도르노와 호르크하이머가 말한 '계몽의 역설'처럼
요. 기술은 인간을 자유롭게 한다고 약속했지만, 오히려 우리
를 새로운 형태의 예속으로 몰아넣고 있어요. 칩이 주는 지식
은 진정한 깨달음이 아니라, 통제된 지식이라는 점에서 더 큰
문제를 내포하죠."

이 대사가 아직도 제법 또렷하게 기억나는 건 내가 계몽의
변증법에 흥미가 있어서이기도 했지만, 사실은 그보다 더 직
접적인 이유 때문이었다. 진행자가 바뀌었다는 느낌. 그것도
완전히.

자그만치 10년 넘게 들어온 그의 프로를 청취해온 애청자
로서 그는 솔직히 지식이 풍부한 진행자는 아니었다. 원래의
그는 유쾌하고 호탕한 진행으로 분위기를 띄우는 데 능숙했
고 어딘가 어설픈 멘트로 웃음을 주는 식이었다. 그런데 언제
부터인가 사연에 대한 답변은 놀랄 만큼 박식해졌고, 논리는
전문가처럼 군더더기 없이 매끄러웠다. 심지어 철학자 이름을
줄줄이 언급하며 복잡한 비유까지 늘어놓는 모습은, 적어도
내가 알던 그 사람과는 거리가 멀었다.

그가 칩을 이식했을 가능성. 그런 생각이 자연스럽게 떠오
르지 않을 수 없었다.

하지만 자산이 곧 능력이 되는 시대에, 그게 사실이라 한들

내가 무어라 평가할 수 있을까. 돈을 지불하고 정당하게 다운 받은 능력이라면, 그것도 결국 그 사람의 선택일 뿐이다.

다만 어딘가 씁쓸한 기분이 드는 건, 내 취향은 원래의 진행 스타일에 더 가까웠기 때문이다. 아마 성형으로 더 매끈해진 미모보다 성형 전의 자연미를 더 그리워하는 심리와 비슷한 것이겠지.

나는 찻물을 천천히 우려내 컵에 따랐다. 따끈한 잔을 감싸 쥔 채 자리로 돌아와 화면을 켰다. 에덴의 시스템은 오늘도 쉴 새 없이 새로운 이야기들을 토해내고 있었다.

얼마 전부터 에덴은 두 가지 카테고리로 나뉘어져 있었다.

하나는 체험, 다른 하나는 능력이었다.

내가 열람할 수 있는 건 아쉽게도 체험뿐이었다. 능력은 완전히 다른 차원의 영역이었다. 값비싼 가격과 엄격한 접근 제한으로 인해, 그곳은 나 같은 사람에게는 닫힌 세계나 다름없었다. 하지만 체험 영역에는 오늘도 새로운 기억들이 끊임없이 등록되어 있었다. 누군가의 삶 속에서 뽑아낸 찰나의 순간들, 삶의 굴곡에서 터져 나온 생생한 이야기들이었다.

그리고 목록 중 하나, 가장 최근에 올라온 기억을 클릭했다.

섬네일에 떠오른 이미지는 차갑고 침울한 느낌을 풍겼다.

어딘가 숨 막힐 듯한 회색빛 배경과, 그 중심에 자리 잡은 한 소녀의 실루엣.

호기심에 이끌린 손끝이 클릭하는 순간, 화면이 점점 어두워지더니 이내 영상 속 장면이 내 눈앞을 가득 채웠다.

. . .

겨우 정신을 붙잡았을 때, 나는 차디찬 무언가에 등을 기댄 채로 누워 있었다. 시야가 흐릿하게 흔들리는 가운데, 천장에 박힌 거울이 눈에 들어왔다. 반사된 내 모습에 숨이 멎을 것 같았다.

거울 속의 나는 완전히 낯선 모습이었다. 두개골은 정교하게 절단된 채 벌어져 있었다. 그 안으로 드러난 신경과 혈관은 복잡하게 얽혀 있었고, 표면에 박힌 은색 금속 장치가 기이한 빛을 내며 깜빡이는 중이었다.

그리고 보여지는 건 내 주위에 둥그렇게 둘러싸여 서 있는, 흰 가운을 입은 다섯 명의 남자들이었다. 번뜩이는 매스와 긴 핀셋, 그리고 정체를 알 수 없는 복잡한 모양의 의료 기구들을 들고서.

거대한 모니터 화면에서는 얇은 선들은 주기적으로 진동하며, 그 옆으로 뉴런의 복잡한 미로 같은 이미지가 떠올랐다.

상황을 파악하려 애쓰는 와중에, 하얀색 가운을 입은 그들의 목소리가 희미하게 들려오기 시작했다.

"이렇게 완벽한 뇌는 처음입니다. 그 어떤 오염도 거부하는 듯한 완벽한 형태네요."

"그래프를 보세요. 감정적 파장에 민감하게 반응하면서도 불필요한 자극은 즉시 차단합니다. 경이롭군요."

그때, 금속 트레이 위에서 매스가 미끄러지는 소리가 거슬리게 울렸다.

"형씨, 손이 흔들리면 어떡하라는 거야. 집중하라고 했잖아."

유난히 높은 텐션의 목소리가 거칠게 끼어들며 주위를 둘러보았다. 남자의 흰 가운 아래로 화려한 꽃무늬 셔츠 자락이 삐져나와 있었다. 유일하게 반말을 내뱉는 그의 태도로 보아, 이곳의 리더 같았다.

"이 샘플 하나 구하려고 내가 얼마나 돌아다닌 줄 알아? 아주 희귀한, 그러니까 돌연변이의 뇌라고!"

다른 연구원이 짧은 침묵 후 그의 말을 받아쳤다.

"결국 성공만 한다면, 브레인칩으로 연결된 모든 사람의 감정과 기억을 맘대로 조작할 수 있다는 얘기군요."

"그렇지. 우리가 만든 기술이지만, 정작 우리 쪽에선 데이터 삭제나 조작이 불가능했어. 칩이 뇌에 연결된 순간, 사용자의 신경망과 완전히 동기화되면서 독립적인 네트워크로 변하거든. 겨우 캐릭터의 외형 정도만 그래픽으로 수정하거나 필름을 편집하는 정도였지. 하지만 이 아이의 뇌 표본만 제대로 뽑아내면 모든 사람의 생각을 제어할 수 있어. 이제 신을 창조하는 건 우리 몫이야. 아니, 내가 신이 되는 거지. 그러려면 손 떨지 말고 제대로 끝내야겠지? 안 그래?"

이해할 수 없는 말들이 뒤엉켜 귓속으로 흘러들어왔다. 가슴이 터질 듯 조여 왔다. 이유를 알 수 없는 불안감이 몸을 지배하며 숨조차 가빠졌다. 심장이 요동치고 뜨거운 눈물이 볼을 타고 흘러내렸다. 차오르는 슬픔과 고통이 전신을 휘감았다. 견딜 수 없는 비통함이 목을 조르는 순간, 한 연구원의 손이 떨리는 것이 눈에 들어왔다.

"뭐, 뭐지? 마취가 깬 건가?"

일제히 그들의 얼굴에 혼란과 긴장이 스쳐 지나갔다.

그 순간 나는 벌떡 일어났다.

몸은 무거웠고, 머리는 욱신거렸다. 하지만 내 온몸은 강한 생존 본능에 휘말려 있었다. 나는 본능적으로 몸을 틀며 벽에 놓인 트레이를 잡아 던졌다. 의료 도구와 금속 쟁반이 쨍그랑

소리와 함께 산산이 쏟아지며 연구원들 사이로 튀어 올랐다. 그들이 움찔하며 뒤로 물러선 틈에 나는 전속력으로 실험실 문을 향해 내달렸다.

"당장 잡아!"

문 바로 옆, 금색 트레이 위로 피에 젖은 두피와 머리카락이 눈에 들어왔다. 잘려 나간 나의 일부였다.

나는 머뭇거릴 틈도 없이 그것을 움켜쥐었다. 손에 느껴지는 축축한 감촉은 소름, 그것은 지금 나 자신을 지키는 유일한 조각처럼 느껴졌다.

나는 거칠게 문을 열고 내달렸다. 연구원들의 외침이 점점 가까워졌다. 뒤따르는 발소리가 쿵쿵 울렸다. 하지만 내 발은 멈출 수 없었다. 단 한 번이라도 멈춘다면, 다시 그들의 손아귀에 잡힐 것이었다. 긴 통로 끝 비상구를 향해 몸을 던지듯 달려갔다. 그리고 시야 끝에 작은 틈새가 눈에 띄었다. 좁은 공간 속에서 나는 벽에 등을 기대고 몸을 웅크렸다. 숨을 삼키며 귀를 기울였다. 발소리가 내 바로 곁을 지나가는 듯하다가, 점차 멀어졌다.

나는 가슴을 움켜쥐었다. 이 모든 상황이 믿기지 않았다. 그리고 그 순간 머릿속에서 불길한 감각이 엄습했다.

뇌 안에서, 뭔가가 움직이고 있었다. 금속적인 신호가, 차가운 전류가 머릿속을 가로지르며 욱신거렸다. 괴로워하는 내 모습을 본 고양이가 '괜찮아?' 하고 묻는 것을 또렷히 들은 것도 후유증인 것 같았다.

마켓에 올라오는 모든 기억은 반드시 망상과 실제 기억을 구분하는 철저한 시스템을 거친다. 영화에서 본 장면이나 꿈을 꾸면서 건졌던 기억, 혹은 그럴듯한 상상을 실제 기억처럼 업로드하는 것은 애초에 불가능했다. 시스템은 기억 데이터를 분석하며, 경험자의 시야에 따른 각도와 움직임 같은 시각적 요소는 물론, 청각, 촉각, 후각, 미각, 그리고 감정까지 생생하게 뇌파로 기록된 데이터를 요구하기 때문이다. 심지어 타인의 기억을 체험한 기억조차도 복제본임을 정확히 감지해낸다.

진짜와 가짜를 구분하는 에덴의 자동 검열 시스템이 제대로 작동했다면, 방금 내가 본 그 끔찍한 장면도 엄연히 실제라는 결론에 다다르게 된다.

천장에 반사된 앳된 소녀의 모습이 떠올랐다. 뇌를 그대로 드러낸 채 차가운 실험대 위에 눕혀져 있던 그녀. 두 볼을 타고 흘렀던 비탄과 절망의 눈물. 모든 칩 사용자의 기억과 정체성을 통제하려는 그들의 섬뜩한 음모가 담긴 대화. 그리고, 내가 똑똑히 목격한 맥스의 얼굴까지.

나는 떨리는 마음으로 다시 그 파일을 확인하려 했다. 그러나 화면 속에는 파일의 흔적조차 남아 있지 않았다. 삭제된 것이 분명했다. 그 순간, 핸드폰이 진동했다. 짐작했던 대로 액정 위로 맥스의 이름이 떠올랐다.

"CCTV로 확인했습니다."

서늘한 그의 목소리가 전화기 너머로 흘러들어왔다. 평소의 가벼운 텐션은 온데간데없이 낮고 가라앉은 음색이었다.

나는 숨을 삼켰다. 목소리를 가다듬고 최대한 담담하게, 단어 하나하나에 힘을 실어 말을 뱉었다.

"비밀 유지 각서, 분명히 사인했습니다. 누구에게도 말하지 않겠습니다."

약간의 침묵이 이어졌다. 그리고 딸깍. 전화를 끊는 소리가 귀에 울렸다.

나는 주먹을 꾹 움켜쥐었다. 적당히 이곳에서 하루를 살아낸 지 벌써 7년째. 우연히 클릭한 한 파일로 인해 나는 성실한 직장인에서 이곳의 모든 것을 폭로할 수 있는 위험한 변수가 되어버렸다. 내가 확실히 아는 것은 단 한 가지, 그들이 있는 곳은 중국이 아니라는 사실뿐이다. 어쩌면 그들이 이쪽으로 날아오는 데 반나절도 채 걸리지 않을지 모른다.

그가 각서에 서명한 나를 믿어줄 것이라 기대하는 건 아마도 순진한 생각이겠지.

내가 할 수 있는 건 간절히 바라는 것뿐이다. 소녀가 붙잡히지 않기를. 그래서 그들의 계획대로 순순히 흘러가지 않기를. 소녀가 붙잡히고, 그들의 실험이 성공한다면, 가장 먼저 제어될 대상은 바로 내가 되겠지. 아니, 어쩌면 맥스의 말처럼 내 뇌를 '붐!' 하고 터뜨려버릴지도.

구체적인 앞으로의 계획은 이제부터 천천히 생각해볼 작정이다. 마지막으로 고양이의 밥을 주고 배변을 치우고, 이곳의 정경을 둘러볼 것이다. 그리고 나는 최대한 먼 곳으로 도망칠 것이다.

연리지

지안은 달빛이 듬성듬성 새어 들어오는 어두운 숲속을 헤매며 숨을 몰아쉬었다. 마치 뚜껑처럼 머리 위에 얹힌 두개골과 피부 사이로 피 냄새가 배어 나왔다. 상처는 벌어진 채로 욱신거렸고, 차가운 공기가 상처 틈새를 자극할 때마다 그녀는 이를 악물었다.

부서진 거울 조각들이 머릿속을 둥둥 떠다니는 것 같았다. 날카로운 파편들은 이리저리 흩어지며, 뒤엉킨 이미지들을 불규칙하게 비춰냈다. 금속 트레이에서 떨어지던 피, 차갑고 날카로운 조명 아래에서 맥박처럼 깜빡이던 무언가, 그리고 그녀를 내려다보던 낯선 얼굴들. 그 얼굴들 속에서 차가운 음성이 귓가를 맴돌았다.

"뇌 표본만 제대로 뽑아내면 우리가 세상을 제어할 수 있어."

그녀는 고개를 흔들었다. 끈적한 눈물이 마른 뺨에 다시 흘러내렸지만, 스스로도 이유를 알 수 없었다. 상처의 고통 때문인지, 아니면 기억 속에서 뿜어져 나온 공포 때문인지. 숨이 가빠오며 목이 메었다.

몸서리를 치는 동안에도 그녀는 최대한 빨리 그곳에서 멀어지기 위해 발걸음을 재촉해야 했다.

"이쪽으로 오세요."

갑작스러운 목소리가 그녀의 머릿속 깊은 곳을 두드렸다. 지안은 발걸음을 멈추고 잠시 서서 주위를 둘러보았다. 그러나 숲은 여전히 깊고 고요한 침묵으로 일관할 뿐이었다. 잘못 들었나 싶어 다시 발걸음을 재촉했지만, 목소리는 점차 더 뚜렷하게 그녀의 의식을 파고들었다.

"이쪽이에요."

그것은 귀로 듣는 소리가 아니었다. 오래전 잊힌 기억이 스멀스멀 되살아나는 듯, 그녀의 내면 깊은 곳에서 솟아오르는 감각이었다.

혼란과 호기심이 뒤섞인 채, 지안은 본능적으로 손을 내밀었다. 그 순간, 목소리는 전류처럼 그녀의 신경을 따라 흐르며 속삭였다. 꿈결처럼 부드럽고도 선명한 목소리였다.

“눈을 감아 보세요. 그러면 길이 보일 거예요.”

지안은 설명할 수 없는 힘에 이끌려 천천히 눈을 감았다. 눈 꺼풀 뒤의 어둠이 점차 밝아지며, 마치 실타래가 풀리듯 한 줄기 선명한 길이 모습을 드러냈다. 나뭇가지 사이로 스며든 빛의 조각들이 그 길 위에 내려앉아, 그녀를 안내하는 빛의 이정표로 변했다. 지안은 깊은 숨을 내쉬고, 빛으로 이어진 그 길 위에 첫발을 내디뎠다.

그녀의 걸음을 환영하듯 숲의 나무들은 몸을 낮추며, 펼쳐진 가지를 부드럽게 거두어주었다.

“거의 다 왔어요. 조금만 더 힘내세요.”

그녀가 걸음을 옮길수록 발밑의 잎사귀들은 조용히 몸을 굽혀 그녀를 위한 길을 열어주었다. 한 걸음, 또 한 걸음. 목소리를 따라가는 동안, 숲은 그녀의 발소리에 화답하듯 살아 있는 듯 움직이며 길을 밝혀주었다.

“이제 눈을 떠보세요.”

지안이 천천히 눈을 뜨자, 그녀의 시야를 가득 채운 것은 황홀하도록 찬란한 노란 꽃밭이었다. 작은 꽃들은 바람결을 따라 웅웅 소리를 내며 그녀를 향해 일제히 고개를 들었다. 꽃잎들은 달빛을 머금고 환한 빛을 발하며, 어둠에 잠긴 숲과 선명

하게 대비되었다. 그 풍경은 이 세상의 것이 아닌 듯 신비로웠
고, 초자연적인 생명감으로 가득 차 있었다.

지안의 가슴속 깊은 곳에서 이유를 알 수 없는 확신이 피어
올랐다. 이 꽃들이 그녀를 기다리고 있었다는 확신.

숨조차 쉬기 어려운 감동 속에서, 그녀는 꽃들 앞에 무릎을
꿇었다. 떨리는 손끝으로 두터운 꽃잎을 조심스럽게 어루만지
자, 숲의 고요를 깨는 부드럽고 맑은 목소리가 들려왔다. 분명
꽃에서 나오는 목소리였다.

"저는 금잔화의 정령이에요. 저를 으깨서 상처에 바르세요.
그러면 아픔이 조금 나아질 거예요."

지안은 깜짝 놀라 뒷걸음질 쳤다. 피로 얼룩진 손바닥을 들
여다보며 마음속에서 수많은 생각이 교차했다. 꽃이 말을 하
다니? 이건 분명히 꿈일 거야. 그녀는 이마에 손을 짚으며 고
개를 저었다. 하지만 금잔화는 바람결에 제 몸을 살랑이며 다
시금 다정한 목소리로 속삭였다.

"걱정하지 마세요. 우리는 서로를 깊이 이해할 수 있어요."

"너… 아프진 않을까?"

"벌들이 꽃가루를 옮기고 씨를 뿌리면, 저는 다시 태어날 수
있어요. 그러니 염려 말고 저를 쓰세요."

따뜻하고 확신에 찬 어조로 지안을 다독이는 듯한 느낌이었

다. 겹겹이 포개진 꽃잎은 믿을 수 없을 만큼 부드러웠고, 생기가 넘쳐흘렀다. 그것은 오직 살아 있는 존재만이 품을 수 있는 치유의 기운이었다. 지안은 조심스레 꽃잎 한 장을 떼어 상처 위로 가져갔다. 그러자 금잔화는 마치 응답이라도 하듯 맑고 노란 즙을 스르르 흘려보냈다. 그녀가 그 즙을 상처에 문지르자, 욱신거리던 통증이 점차 가라앉는 듯했다.

금잔화의 정령은 다시 맑고 고요한 목소리로 속삭였다.

"제 옆을 보세요. 질경이가 당신을 기다리고 있어요. 저와 함께하면 더 빨리 아물 거예요."

노란 금잔화들 옆에서 넓고 강인한 잎사귀를 가진 식물이 자신을 펄럭이며 자신을 소개하고 있었다. 지안은 질경이 잎을 한 장 뜯어 상처에 덧대 보았다. 잎사귀에서 퍼져 나온 신선한 향이 그녀의 숨을 한결 가볍게 만들었다. 상처 주변의 뻣뻣했던 긴장도 서서히 풀려나갔다. 마치 자신의 강인한 생명력을 지안에게 고스란히 나누어주는 것 같았다.

"그리고 마지막으로 느릅나무 껍질로 상처를 감으세요. 붕대처럼 쓰면 더욱 효과가 있어요."

금잔화의 말이 끝나자, 마치 기다렸다는 듯 얇고 부드럽게 찢어진 느릅나무 껍질 한 조각이 땅에 떨어졌다. 길게 이어진 껍질은 손에 쏙 들어오면서도 상처를 충분히 감쌀 만큼의 길이를 가지고 있었다.

지안은 그 껍질을 조심스레 들어 상처 부위를 감싸기 시작했다. 껍질이 그녀의 피부에 닿자 믿기 어려울 만큼 따뜻한 기운이 스며들었다. 그것은 단순한 온기가 아니라, 피부 속과 근육 속에서 무언가가 서서히 재생되고 있다는 생생한 느낌이었다.

금잔화만이 아니었다. 숲속의 모든 생명체들이 낮게 깨어난 속삭임으로 하나가 되어 있었다. 나뭇잎들은 서로를 스치며 지안을 북돋았고, 풀잎은 바람에 실려 아름다운 선율을 흩날렸다. 깊고 고요한 숨결을 내쉬는 대지는 숲 전체를 감싸 안으며 묵직한 존재감으로 지안을 어루만졌다. 모든 것들이 그녀를 향해 응원의 메시지를 전하고 있었다.

"당신은 혼자가 아니에요. 이제 저 파란 나비를 따라가세요."

낯선 목소리가 끝나자, 저편에서 한 마리의 나비가 천천히 모습을 드러냈다. 파란빛을 머금은 날개가 잔잔히 흔들리며 공중에서 은은한 빛의 파동을 흩뿌렸다. 나비는 그녀 앞에서 잠시 맴돌더니, 숲의 어딘가로 천천히 방향을 틀며 날아갔다. 마치 그녀를 기다리고 있었다는 듯, 나비는 부드럽게 그녀를 인도하며 숲길을 가로질렀다.

모든 것이 현실과는 동떨어진 듯 몽환적이었다. 환영처럼 아득한 풍경에 둘러싸인 지안은 자신도 모르게 나비의 뒤를 따라 발걸음을 옮기고 있었다.

"이 모든 게 꿈일까? 아니면 내가 나비의 꿈속에 있는 걸까?"

그 의문이 머릿속을 맴도는 사이, 지안의 발아래에 부드러운 흙으로 덮인 작은 언덕이 펼쳐졌다. 나비는 마지막으로 그녀의 어깨에 살며시 내려앉았다. 가볍고 희미한 존재감이 스치듯 그녀를 감싸더니, 나비는 파란 날갯짓을 남긴 채 다시 공기 속으로 스며들 듯 사라졌다.

나비가 사라진 자리, 지안의 시야 끝에 드러난 건 달빛 아래 고요히 자리 잡은 작은 오두막이었다. 지안은 직감했다. 숲의 정령들이 그녀를 이끈 곳이 바로 이곳임을.

• • •

멀리서 부엉이의 낮은 울음이 들려왔다. 그 틈새로 쌉싸래한 약초의 향과 따뜻한 빵 냄새가 공기 중에 스며들었다. 지안은 무거운 눈꺼풀을 들어 올렸다. 흐릿한 시야 속에서 낡은 나무 기둥과 불그스름하게 그을린 벽이 서서히 형태를 드러냈다. 문득 살갗에 닿는 낯선 촉감에 시선을 내려보니, 그녀는 포근한 담요에 파묻힌 채 침대 위에 누워있다는 것을 알았다. 움직이려던 찰나, 날카로운 통증이 머리를 스쳤다. 입술 사이로 얕은 신음이 흘러나오자, 방 안의 적막을 깨고 낯선 목소리가 들려왔다.

"정신이 든 거야?"

희미한 호롱불 너머로 보이는 건 한 소년이었다. 짙은 갈색 머리칼은 어깨를 스치며 자연스럽게 흐트러져 있었다. 깡마른 듯 보이는 체격은 단단하게 다듬어진 실루엣으로 강인한 인상을 풍겼다. 그러나 무엇보다 그녀의 시선을 붙잡은 건 소년의 눈동자였다. 깊고 고요한 호수를 닮은 그의 눈에는 알 수 없는 감정이 잔잔히 일렁이고 있었다.

"노크 소리에 나가보니 너가 문 앞에 쓰러져 있었어."

소년은 쟁반을 들고 천천히 지안 곁으로 다가왔다. 삐걱거리는 나무 바닥이 그의 걸음을 따라 낮게 울렸다. 탁자 위에는 갓 구워진 듯 노릇노릇한 빵 두 덩이와 김이 올라오는 우유 한 잔이 올려져 있었다.

"오랜 시간 굶었을 텐데, 이거라도 먹어. 네가 정신을 잃고 꼬박 18시간이나 잤어."

지안은 마른 입술을 떼며 천천히 몸을 일으키려 했지만, 이마를 찌르는 날카로운 통증에 다시금 숨이 새어 나왔다. 소년이 빠르게 다가와 그녀의 어깨 뒤에 손을 얹었다. 그의 손길은 놀랄 만큼 신중하고 조심스러웠다. 그는 그녀를 부축하며 베개를 고쳐 주었다.

지안은 테이블 위의 빵을 집어 들었다. 조용히 빵을 바라보던 그녀는 이내 한입 베어 물었다. 입안에 퍼지는 고소한 풍미에 허기졌던 몸이 즉각 반응했다. 허겁지겁 빵을 씹어 삼키던 지안은 어느새 손에 묻은 부스러기마저 훔치듯 털어 먹었다. 따뜻한 우유를 들어 단숨에 들이키고 나서야 비로소 한결 가벼워진 숨이 새어 나왔다.

"풀잎을 상처에 바른 건 알고 한 거야?"

문득 머리에 손을 올리자, 지안의 손끝에 감기는 것은 부드러운 붕대의 감촉이었다.

소년이 낮고 담담한 목소리로 말을 이었다.

"다행히 내가 더 손보고 응급처치를 해뒀어."

지안은 잠시 멍하니 그의 말을 곱씹다 천천히 입을 뗐다.

"고마워. 근데… 여긴 대체 어디야?"

소년은 잠시 창밖을 바라보며 대답을 미뤘다. 어둠 속에서 뻗어나가는 숲은 끝이 없었다. 창틀에는 말린 허브 다발이 엉성하게 묶여 있었고, 틈새로 스며든 바람을 따라서 조용히 흔들렸다. 낡은 공간이었지만, 세심한 손길이 닿아 다시 살아난 듯한 분위기였다.

"그들이 절대 널 찾을 수 없는 곳. 안전한 데야."

지안은 그제야 눈을 좁히며 그를 바라봤다.

"너, 내가 쫓기고 있다는 걸 어떻게 알았어?"

소년은 깊게 한숨을 내쉬었다. 잠시 바닥을 내려다보던 그의 시선이 다시 지안을 향했다.

"나도 그들을 피해 여기까지 왔으니까. 너와 같은 처지야."

그는 말을 잠시 멈추더니 덤덤한 목소리로 덧붙였다. 그의 눈빛에는 깊게 새겨진 상처의 흔적이 고스란히 드러나 있었다.

"내 이름은 하민이야. 성은 하, 이름은 민."

"나는… 지안. 김지안."

"지안."

하민은 그녀의 이름을 조용히 되뇌며 고개를 끄덕였다. 시선은 여전히 그녀에게 머물렀다.

그 순간, 바람이 불어 호롱불의 불빛이 흔들렸다. 은은한 빛이 오두막의 어둑한 내부를 부드럽게 감싸안았다. 이곳은 전기도, 시계도, 현대 문명의 흔적도 없는 고요한 공간이었다. 대신 나무로 만든 소박한 가구들과 허브 더미, 최소한의 살림살이만이 이곳을 채우고 있었다. 지안은 마치 시간의 흐름에서 벗어나 잊힌 과거의 한 조각에 발을 들인 듯한 기분이 들었다.

달빛이 창문 틈새로 조용히 스며들었다. 두 사람은 허브티를 앞에 두고 오래도록 대화를 이어갔다. 차분히 흘러가는 대화 속에서, 각자의 상처와 고통은 서서히 서로에게 닿아 깊게 얽혀가기 시작했다.

망각에 대한 욕망

하민은 자신이 HSAM(Highly Superior Autobiographical Memo-ry) 현상을 가지고 있다고 소개했다. 이는 경험한 모든 순간을 세부적으로 정확히 기억하는 특별한 능력이다. 이를테면 누군가와 나눈 대화의 내용뿐 아니라 목소리의 톤과 억양, 특정 날의 하늘 색깔, 심지어 스친 바람의 온도와 질감까지도 생생히 떠올릴 수 있었다. 그러나 이 비범한 기억력은 축복이라기보다는 저주에 가까웠다.

겉으로 보기에는 부러움을 살 만한 능력이었지만, 하민에게는 그렇지 않았다. 그의 기억 속에는 어린 시절의 고통스럽고 끔찍했던 순간들까지 포함되어 있었고, 그것들은 시간이 흘러도 결코 흐릿해지거나 사라지지 않았다. 영원히 지워질 수 없는 과거는 그의 마음에 깊은 상처를 남겼고, 그는 이 모든 기억들로부터 벗어나고자 하는 강렬한 갈망에 사로잡히게 되었다.

이것은 결국 하민을 브레인칩 이식이라는 선택으로 이끌었다. 에덴의 기억 마켓에 업로드된 기억이 자동으로 삭제되는 시스템을 활용해, 자신의 고통스러운 기억들 중 일부라도 떨쳐내길 희망했던 것이다.

보통 기억을 업로드하는 과정에서는 사용자가 떠올리는 주요 스토리가 추출되고, 부수적인 감각이나 주변 기억들은 단순히 분위기를 형성하는 요소로 압축되거나 생략되기 마련이었다. 하민은 불행했던 어린 시절 중 단 하루의 기억을 선택했다. 그러나 그 하루의 기억조차 하민의 특성상 지나치게 세세하고 방대하게 얽혀 있었다. 단순히 주요 장면만으로 요약될 수 없는 깊이와 복잡함을 가진 이 기억은 에덴의 추출 과정에서 스토리의 우선순위를 명확히 설정하지 못하게 만들었다. 결국 기억 용량이 일반적인 한계를 초과하면서, 하민의 브레인칩은 과부하로 고장이 나버리고 말았다.

예상치 못한 일이었다. 하민의 칩 문제는 에덴 시스템에도 심각한 충격을 가했다. 전례 없던 오류가 발생하며 시스템의 안정성에 치명적인 영향을 끼친 것이다. 그의 존재는 단순히 위험 요소를 넘어, 그들이 절대적으로 통제하려는 시스템의 허점을 노출하는 불완전함의 상징이었다.

에덴은 곧바로 하민의 위치를 찾아냈고, 그의 고통을 이해한다며 문제를 해결할 방법이 있다고 설득했다. '망각이 가능한 뇌'라는 제안은 기억의 무게에 짓눌려 있던 하민에게 달콤한 유혹이었다. 끝없는 고통을 끝낼 수 있다는 기대감에 그는 계약서에 서명했고, 실험에 참여하기로 했다.

그러나 실험실의 현실은 그의 기대와는 전혀 달랐다. 무채색 벽과 끊임없이 울리는 기계음이 지배하는 공간은 차갑고 비인간적이었다. 처음에는 단순한 검사와 측정으로 시작되었지만, 시간이 흐를수록 실험은 점점 더 깊고 위험한 방향으로 치달았다. 그러던 중 하민은 실험 대상들 중 자신과 비슷한 배경을 가진 이들이 유난히 많다는 사실을 알게 되었다. 보육원 출신, 비범한 기억력이나 능력을 지닌 사람들이 대다수였다. 그들은 마치 정교하게 선별된 존재들 같았다.

실험은 점차 가혹한 방식으로 진행되었다. 기억이 엉켜 자신이 누구인지조차 알아보지 못하는 사람, 감각을 잃고 무기력하게 허공을 응시하는 사람 등 부작용이 속출했다. 때로는 비명이 멀리서 들려오기도 했다. 이곳은 단순히 기억을 다루는 곳이 아니라, 생명을 데이터화하는 무정한 공간이었다.

시간이 흘러도 하민이 그토록 바라던 기억의 해방은 이루어지지 않았다. 오히려 이곳에서는 누구도 안전하지 않다는 사실만 점점 더 명확해졌다. 더 이상 견딜 수 없던 그는 실험을 중단하겠다고 선언했지만, 이미 계약에 묶인 그는 자유를 요구할 권리조차 없었다.

자유를 갈망하며 스스로 발을 들인 이곳은, 이전보다 더 견고한 족쇄가 되어 그의 발목을 붙잡은 것이다.

하민은 선택한 것은 결국 탈출이었다. 이름도, 신분도, 세상과의 모든 연결도 끊어버렸다. 전파가 닿지 않는 깊은 숲속, 외딴 오두막을 그의 은신처로 삼으며 에덴의 추적이 닿지 않기만을 간절히 바라는 중이라고 했다.

· · ·

"힘들었겠다."

어느새 지안의 눈에는 눈물이 그렁그렁 맺혀 있었다. 그것은 금세 흘러내릴 듯 위태롭고 여린 감정의 흔적이었다.

그 순간, 창밖에서 작은 곤줄박이 한 마리가 방 안으로 날아들었다. 날개짓이 햇빛을 받아 반짝이며 방 안을 가로지르더니, 이내 하민의 어깨 위에 사뿐히 내려앉았다. 하민은 익숙한 손길로 새의 머리를 쓰다듬으며 말했다.

"넌 또 왔구나."

하민은 천천히 자리에서 일어나 선반 위에 손을 뻗었다. 그
곳에는 새를 위해 미리 준비된 곡물과 씨앗이 담긴 작은 그릇
이 있었다. 곤줄박이는 까만 눈을 동그랗게 뜨고 하민을 한참
바라보다가, 그릇 가장자리에 앉았다. 그러고는 빠르게 부리를
움직이며 먹이를 쪼기 시작했다.

새와 하민의 자연스러운 교감에 감탄한 듯 지안은 입꼬리를
살짝 올렸다.

"너를 정말 좋아하나 봐."

하민은 손끝으로 가볍게 새를 톡 건드렸다. 그러자 새가 고
개를 살짝 갸웃거리며 눈을 깜박였다.

"응, 나의 유일한 친구인 셈이야. 덕분에 좀 덜 외로울 수 있
었어."

지안은 새를 향해 조심스레 손을 내밀었다. 곤줄박이는 잠
시 머뭇거리며 그녀를 관찰하더니, 천천히 날아올라 지안의
손바닥 위에 가만히 자리를 잡았다. 그리고 작은 발로 총총거
리며 지안의 손끝을 간지럽혔다.

"너가 다리를 고쳐준 덕분에 살았다고… 그래서 항상 고맙
다고, 이 새가 그렇게 말하고 있어."

그의 시선이 놀란 듯 지안에게 향했다.

"어떻게 알았어?"

"느껴져. 네가 그 새를 발견했을 때의 감정이. 네가 얼마나 마음을 다해 돌봐줬는지도."

하민은 잠시 말을 잃고 창밖을 바라봤다. 바람에 흔들리는 나뭇잎들이 스르르 소리를 냈다.

"맞아. 어느 날 우연히 이 작은 게 숲 한가운데에 쓰러져 있는 걸 발견했어. 다리가 부러져서 도저히 살아남을 것 같지 않더라. 며칠 동안 붕대를 감아주고, 먹이를 주면서 지켜봤어. 다행히도 기적적으로 살아났지. 다시 숲으로 돌려보냈는데도, 그때부터 매일 찾아오더라. 가끔은 여기서 하룻밤 자고 가기도 하고."

지안이 조심스럽게 새의 머리를 쓰다듬자, 곤줄박이는 작은 발톱으로 그녀의 손가락을 꼭 붙잡았다.

"하민이 너는 정말 다정하구나."

에덴으로 향하는 길

하민은 잠시 지안을 바라보았다. 그녀의 말에 담긴 무언가를 곱씹는 듯한 표정이었다. 곧, 그의 얼굴에 궁금증이 스쳤다.

"근데… 어떻게 그렇게 잘 아는 거야? 너, 뭔가 특별해 보이긴 해."

"사실, 나에겐 남들과 좀 다른 점이 있어."

그녀의 입가에 쓸쓸한 미소가 떠올랐다. 지안은 고요한 눈빛으로 이야기를 이어 나가기 시작했다.

"내 어린 시절은 겉보기엔 완벽한 그림 같았을지 몰라. 아빠는 국회의원이고, 엄마는 대학교수였으니까. 부유하고 안정된 환경, 누구도 흠잡을 데 없는 가족의 모습. 하지만 그 완벽함은 언제나 차갑고 날카로운 가시로 둘러싸여 있었어. 부모님은 나를 완벽한 천재로 만들기 위해 집착적으로 노력했거든.

엄마와 아빠는 늘 같은 말을 반복했어. 자신들이 이룬 것을 넘어야 진정한 성공이라고, 그게 우리의 가문을 빛내는 길이라고. 그 말들은 마치 보이지 않는 사슬처럼 나를 묶었지. 그들이 원하는 목표를 향해 나를 끊임없이 몰아붙였어. 부모님은 내가 가진 특별함을 몰랐던 건 아니야. 오히려 너무 잘 알았어. 하지만 그들은 그걸 두려워했어.

나는 아주 어릴 때부터 남다른 감각을 가지고 있었어. 단순히 공감 능력이 뛰어난 정도가 아니었어. 사람들의 감정을 손에 잡은 것처럼 느끼고, 누군가의 오래된 기억이나 깊이 묻힌 상처까지 내 안으로 스며드는 듯했으니까. 처음엔 나도 그게 두려웠어. 하지만 곧 깨달았지. 그 특별한 감각은 나와 세상을 연결하는 다리라는 걸.

사람들의 마음뿐만 아니라 동물이나, 식물, 모든 생명체의 감정을 느끼고 공감할 수 있다는 건 너무도 특별하고 소중한 경험이야. 하지만 부모님은 그런 나를 보며 오히려 그것을 무가치한 기형처럼 여겼어. 쓸모없는 괴상함이라며, 숨기라고 다그쳤지. 나의 정체성은 부모님의 잣대에 의해 끝없이 부정당했어.

그럴 때면 난 자연 속으로 도망쳤어. 사람들의 소음 대신 새들의 지저귐을 듣고, 나무와 꽃 사이에 숨었지. 자연은 언제나 나를 품어줬어. 나무들은 조용히 자리를 내어주었고, 바람은 괜찮다고 속삭여주었어. 그곳에서는 있는 그대로의 내가 받아들여졌어. 그런 순간들이 아니었다면, 난 아마 오래 버티지 못했을 거야.

그런데 어느 날, 부모님은 '에덴'이라는 이름을 꺼내기 시작했어. 기억을 '이식'할 수 있다고 했지. 수능 만점자의 기억, 천재 수학자의 논리, 예술가의 감각… 원하는 대로 주입받아 완벽한 사람이 될 수 있다는 거였어. 그 말을 들었을 때, 온몸으로 거부감이 일었어. 그건 내가 아니었으니까. 그렇게 얻어진 지식으로 채워진 머릿속은 나에게 그 어떤 의미도 될 수 없었어.

내가 끝까지 저항하자, 부모님은 결국 나를 에덴에 넘기기로 하셨지. 내가 원하지 않는다는 사실은 중요하지 않았던 거야. 칩을 이식해 천재가 되는 모든 패키지를 가장 안전하고 완벽하게 다운로드받게 해달라고 요청했지. 이 모든 게 나를 위한 선택이라고 믿었던 걸까? 아니, 그건 결국 부모님 자신의 욕망과 야망을 위해서였어.

하지만 에덴의 진짜 목적은 따로 있었어. 그들은 내가 가진 공명 능력에 주목하고 있었던 거야. 내가 느끼는 감각은 여전히 뇌 과학으로 풀리지 않은 미지의 영역이었으니까. 나는 단순한 고객이 아니라 실험 샘플이었어. 그리고 그 끔찍한 실험이 시작됐지."

지안은 잠시 말을 멈추고 창밖을 바라보았다. 바람에 흔들리는 나뭇잎들이 조용히 그녀의 시선을 붙잡았다. 자연의 속삭임이 그녀를 어루만지는 듯했다.

"실험 중간에 기적적으로 나는 간신히 그곳에서 도망쳤어. 그리고 이렇게 하민, 너를 만난 거야."

지안의 목소리가 잦아들자, 하민은 잠시 생각에 잠겼다. 그는 자리에서 일어나 꺼져가는 불쏘시개를 정리하며, 주전자에 물을 채웠다. 컵 위에서 뜨거운 김이 모락모락 피어올랐다. 두 사람의 대화는 다시 조용히 흐름을 이어갔다.

• • •

하민이 무겁게 입을 열었다.

"역시 그랬던 거구나. 정말 나쁜 사람들이야…."

그의 말에 지안은 고개를 들었다. 하민은 그녀의 시선을 마주하며 다시 중요한 결심을 한 듯, 말을 이었다.

"지안아, 사실… 칩이 망가진 뒤로 내 머리가 디지털 신호와 이상하게 연결된 것 같아. 처음엔 단순히 주변의 전자 기기들이 오작동하는 줄 알았는데, 시간이 지나면서 깨달았어. 내 기억력 때문인지, 아니면 칩이 망가진 과정에서 뭔가가 바뀐 건지 모르겠지만, 에덴 시스템 같은 디지털 네트워크의 신호가 머릿속에서 보이는 거야. 주파수나 데이터 흐름 같은 것들을 마치 지도를 읽듯이 느낄 수 있어. 특히 에덴 시스템의 약점이 선명하게 보여. 이걸 활용하면… 우리가 뭔가 해볼 수 있을지도 몰라."

지안은 그의 말에 깊이 몰입하며 조용히 고개를 끄덕였다. 그러다 문득 뭔가 떠오른 듯 자리에서 일어나 하민 쪽으로 다가섰다. 그녀의 눈빛이 단단히 빛났다.

"나도 뭔가 할 수 있을지도 몰라. 실험을 받으면서, 그리고 에덴의 시스템과 연결되었던 그 순간들까지… 기억을 잃어가던 사람들의 고통과 혼란이 내 안에 남아 있어. 지금도 나는 브레인칩으로 기억을 잃은 그들의 감정, 심지어 희미하게나마 그들의 기억의 조각들을 느낄 수 있었어. 탈출한 지금은 칩의 부작용 때문인지 그 연결이 더욱 강화된 것 같아. 마치 누군가 가 희미하게 손을 뻗어오는 것처럼, 그들의 고통과 목소리가 내 안에 메아리치고 있어. 이걸 활용하면, 에덴에 연결된 사람들을 찾아내고, 그들의 잃어버린 기억을 되돌릴 실마리를 발견할 수 있을 거야."

하민은 조용히 그녀의 말을 듣다가 의자에 깊이 기대며 이마를 짚었다.

"네 말이 맞아. 하지만… 여긴 전기와 전파가 전혀 닿지 않거든. 그래서 내가 여태껏 이렇게 숨을 수 있었던 거고"

지안은 그가 말끝을 흐리자마자 즉시 대답했다.

"용기를 내보자. 그리고 도시로 나가자, 돈은 충분하니까. 도시로 나가면 필요한 모든 걸 살 수 있어. 장비, 은신처, 심지어 네가 그렇게 원하던 햄버거랑 라면도."

지안의 마지막 말에 하민은 순간 멈칫하다가 웃음을 터뜨렸다. 방 안의 긴장감이 약간 풀리는 순간이었다.

"햄버거와 라면이라니… 너 진짜 어떻게 내 마음을 그렇게 잘 읽어?"

지안은 그의 웃음에 따라 고개를 젓고 말했다.

"네 표정이 말해줬거든. 그리고 나도 생각나구."

하민은 다시 심각한 표정으로 돌아와 말했다.

"내 신호 방해 능력과 네 공명 능력을 합치면 에덴 시스템에 직접적으로 타격을 줄 수도 있어. 예를 들어, 에덴의 데이터 동기화 메커니즘에 간섭을 일으켜 네가 공명으로 찾은 피해자들의 기억을 되돌릴 시간을 벌 수 있을 거야."

지안은 그의 계획을 들으며 고개를 끄덕였다. 그녀는 자신이 감지한 에덴의 신호를 더 구체적으로 추적하고, 그 신호에 연결된 사람들을 직접 찾아야겠다고 다짐했다.

"좋아, 그렇게 하자. 우리가 가진 걸 최대한 활용해서 피해자들을 되찾고, 에덴의 통제를 무너뜨리자."

둘은 서로를 바라보며 고개를 끄덕였다. 이 작은 오두막에서 피어난 연대감은, 에덴이라는 거대한 벽을 허물기 위한 첫걸음이 되었다.

. . .

어떤 관계는 눈에 보이지 않는 실로 단단히 엮여 있는 것처럼 보인다. A와 B를 보면 꼭 그런 생각이 든다. 두 사람은 마치 하나의 생명체처럼 움직인다. 처음엔 똑같은 시계를 차고, 같은 신발을 고르며 우정을 과시하던 평범한 친구들처럼 보였다. 하지만 시간이 지나면서 둘 사이에 무언가 설명할 수 없는 일이 벌어지기 시작했다.

어느 날, B가 오른손에 이상 증상을 느끼기 시작했다. 처음엔 손끝이 무뎌지는 듯하더니, 물건을 쥐는 힘이 약해지고, 점차 글씨를 쓰는 것조차 힘들어졌다. 병원에서는 '경직성 신경

마비'라는 희귀병을 진단했다. 신경의 기능이 손상되어 마비 증상이 발생하는 병이었다. 하지만 놀라운 일은, 아무 이상이 없던 A 역시 몇 달 뒤부터 같은 증상을 겪기 시작했다는 것이다. 손끝이 저릿저릿해지더니, B와 동일하게 오른손이 자유롭게 움직이지 않았다.

의사들은 A를 여러 번 검사했지만, 모든 결과는 정상이었다. 신경 손상도, 뇌의 이상도 없었다. A의 증상은 신체적으로 설명할 수 없는 영역에 속해 있었다. 결국 의사들은 이를 '전환 장애'로 진단했다. 너무 깊은 유대감이나 심리적 연결이 상대방의 고통을 신체적으로 전이시킬 수 있다는 설명이었다. 하지만 아무리 이론적으로 들어도, 두 사람이 똑같은 마비 증상을 겪으며 함께 고통받는 모습은 여전히 기이하고 신비롭게만 보였다. 단순히 고통을 나눈 것이 아니라, 신체적 상태까지 '동기화'된 것처럼 보였기 때문이다.

두 사람은 이 마비로 인해 일상의 모든 것이 달라졌다. 단순한 우정 이상의 유대감이었을까? A와 B는 서로의 증상을 거울처럼 공유하며 살아갔다. A가 손을 다치기라도 하면, B는 마치 자신의 손이 아픈 것처럼 감각을 느꼈다. 한 사람이 뜨거운 것을 만지면, 다른 한 사람도 손바닥이 화끈거린다고 느끼는 일이 빈번했다.

비슷한 사례는 또 있었다. 쌍둥이로 태어난 한 자매는 서로 다른 도시에 살고 있었지만, 한 사람이 넘어져 다리를 다쳤을 때, 다른 자매도 같은 위치에서 통증을 느꼈다고 한다. 이 현상은 신경학적으로 설명할 수 없지만, '신체적 동기화(Physical Synchronization)'라는 이름으로 불리며 연구되고 있다. 뇌과학자들과 심리학자들은 이 현상을 이해하려 노력하고 있지만, 아직도 많은 부분이 미지의 영역으로 남아 있다.

또 다른 사례로, 외국에 있는 아들이 사고를 당했을 때, 어머니가 같은 시간에 가슴 통증을 느꼈다는 이야기가 있다. 나중에 알고 보니 아들이 사고로 가슴 부위에 심한 충격을 입었고, 어머니는 그 순간 직감적으로 이를 느꼈던 것이다. 과학자들은 이를 '공감적 연결(Empathic Connection)'이라고 부르며 연구하지만, 이 또한 명확한 메커니즘은 밝혀지지 않았다.

A와 B의 이야기는 단순히 친구 사이의 동화 같은 에피소드로 보기에는 너무나도 복잡하고 심오하다. 사람의 뇌와 마음은 단순히 신경과 전기 신호로 이루어진 기계가 아니다. 누군가와의 깊은 유대감, 그리고 그 유대가 만들어내는 물리적, 정신적 연결은 여전히 우리가 이해하지 못하는 신비로운 영역으로 남아 있다.

그들의 움직임은 어쩌면 불편하고, 위태로워 보일 수 있다.

하지만 그 속에는 단순한 동작을 넘어선 특별한 리듬이 있다. 마치 두 개의 나뭇가지가 엉켜 하나가 된 연리지처럼, A와 B 는 서로의 고통과 희망을 나누며 함께 나아가는 존재들이다.

고스트 옵저버

과거 스마트폰이 모든 이의 손안에 들어와 일상과 삶을 지배했던 것처럼, 이제 에덴의 칩은 그보다 더 깊숙이, 더 은밀하게 사람들의 뇌와 정체성까지 침투하고 있었다. 그럼에도 불구하고, 에덴을 거부하는 사람들은 여전히 존재했다.

그들은 스스로를 '태초의 인간'이라 부르며, 일종의 저항운동인 '언칩'을 통해 에덴의 위험성을 강하게 경고하고 있었다. 이은솔 기자도 그중 한명이었다.

오늘도 은솔은 취재에 열을 올리고 있었다. 에덴 사용자들의 부작용 사례를 찾거나 이 시스템의 어두운 이면을 들춰내 기사화하는 정도였지만, 에덴의 핵심부는 철저히 자신들을 가리고 있었다. 거대한 그림자 속에서 실체를 감추고 있는 그들에게 닿으려면, 이렇게 소소한 퍼즐 조각부터 모아야 했다.

너저분한 방안의 한쪽 구석, 모니터 앞에 헝클어진 머리와 편한 차림새로 앉은 은찬은 은솔의 남동생이었다. 방금 체험한 에덴의 기억 파일 하나를 재생하며 목소리를 높였다.

"누나, 방금 본 건 진짜 웃겼어. 삼각관계 이야기인데, 질투에 눈이 멀어서 친구를 배신하고 남자를 가로채는 흔한 내용이거든? 그런데 말이야, 그 셋이 다 언칩 활동가로 친해진 사이라는 게 킬포야."

책상에 앉아 자료를 훑던 은솔의 손이 잠시 멈췄다. 언칩 활동가? 그 단어에 은솔은 본능적으로 귀를 기울였다. 은찬의 말은 빠르게 이어졌다.

"결국 한 명이 에덴에서 연애기술 데이터를 다운받았나 봐. 그리고 그 스킬로 친구의 남자를 유혹해 버렸어. 결국 절절한 사랑 앞에서 우정도, 언칩 정신도 싹 다 배신해 버린 거지."

"가만, 너야말로 언칩 배신자잖아. 으이구, 아무튼 그놈의 호기심 때문에 결국 못 참고 머리에 칩 꽂아 놓구선."

은솔이 다가와 은찬의 머리를 콕 하고 쥐어 박았다.

"아, 누나 진짜!"

은찬은 손으로 머리를 문지르며 투덜댔다.

"그래서 내가 이렇게 도와줄 수 있는 거잖아. 기억 파일 뒤져서 쓸 만한 것도 찾아주고. 나 아니었으면 이런 거 어떻게 알아내겠어?”

“알겠고, 근데 분명히 말하는데, 능력 분야는 절대 건드리지 마. 기억을 팔아서도 안 되고, 이상한 데이터에는 얼씬도 하지 말고.”

“누나야말로 내가 그럴 사람처럼 보이냐? 아, 진짜. 알바비라도 좀 올려주든가!”

억울하다는 듯 은찬이 손을 휘저으며 소리치자, 은솔은 대꾸 대신 손짓으로 다음 사건을 요청했다.

“근데 누나, 아까 브리핑은 맛보기라면 진짜 중요한 건 이거야. 누군가 기억을 판매하려고 마켓에 올리는 순간, 사용자의 기억은 뇌에서 바로 삭제되잖아. 그 후에 기버는 기억 속 퍼즐이 맞지 않아 실수를 하거나 공허감을 느끼게 되고… 돈맛에 빠진 그 기버는 또 이런 에피소드를 상품화시키고. 대충 이런 식으로 악순환에 빠지는 패턴이지. 누나가 가장 관심 있는 분야이기도 하잖아.

은솔은 무언가 흥미로운 이야기가 나올 것을 예감하며 자세를 바로 했다.

“근데 오늘 내가 유독 눈여겨보던 유저, 8098zkhh. 기억상실을 테마로 꾸준히 올리는 사람이거든? 그 사람 파일 중 세개를 재체험했는데… 느낌이 확 달라졌어. 화질이 이상하게 흐려지고 생생함도 확 떨어졌더라고. 그래서 다른 것들도 재체험해봤어. 약물도 포함해서."

"야. 너 약도 하냐?"

은솔이 눈을 가늘게 뜨며 그를 쏘아보자 은찬은 양손을 들며 손사래를 쳤다.

"에이 뭐야? 제일 짧고 싼 걸로 느낌만 봤다니까! 누나가 적당히 두루두루 살펴보고 알려달라며!"

은솔은 말없이 그의 모니터 쪽으로 몸을 기울였다. 확실히, 요약된 트레일러 영상부터 이상한 점이 눈에 띄었다.

"진짜네… 해상도가 떨어지고, 감각이 둔해진 것 같아. 에덴이 이런 적 없었잖아?"

고개를 끄덕이며 은찬이 덧붙였다.

"화질이고 뭐고, 전체적인 퀄리티가 눈에 띄게 떨어졌어. 게다가 중요한 순간들이 몇 개씩 뎅강 잘려 나간 것처럼 편집된 것도 태반이더라고,"

은찬이 눈살을 찌푸렸다.

"진짜? 그렇다면 에덴 매니아들 사이에서 이미 난리가 났겠는데."

은솔은 재빨리 에덴의 포럼을 검색했다.

모니터 화면이 바쁘게 스크롤을 타고 올라갔다. 예상대로였다. 어제 밤 11시 이후 올라온 체험 상품들에서 손상된 데이터가 속출했다는 게시글들이 쏟아지고 있었다.

"여기 봐, 여기. 체험 끝난 직후에 메모리 누수가 생겼다는 사람도 있고."

"여기선 화질이 이상하게 흐려졌다고 아우성이고. 이 사람은 감각적인 디테일이 완전히 사라졌대."

은솔이 스크린에 뜬 글을 클릭하며 말을 이었다.

'에덴이 체험 데이터를 일부러 가공하거나 잘라낸 거 아니냐'는 의혹이 줄줄이 제기되고 있었다. 일부 사용자는 데이터를 복구해달라며 항의했지만, 에덴 측에서 공식적인 답변은 없는 상태였다.

· · ·

속수무책이었다. 알 수 없는 이유로, 에덴의 사이트는 하루가 다르게 무너지고 있었다.

한때는 최고의 기술로 찬양받던 이곳이, 이제는 퀄리티가 현저히 낮아져 기억과 능력을 사고팔던 기능을 잃어가고 있었다. 사용자들은 더 이상 믿을 수 없는 플랫폼이라며 등을 돌렸고, 일부는 체험 상품의 데이터가 손상되거나 재생되지 않는 다는 항의글을 남기며 분노를 쏟아냈다.

그 외중에, 은솔의 눈에 띈 건 분노와 항의보다 더 묵직한 리뷰들이었다. 놀랍게도, 팔아넘긴 기억이 돌아왔다는 고백. 그리고 한때 돈을 주고 샀던 능력이 흔적도 없이 사라졌다는 이야기였다.

그들은 브레인칩의 업로드 형식 대신, 글의 형태로 포럼에 담담히 자신의 심정을 털어놓았다.

[ID: gmqgufrja1155]

생각해보면, 나는 어릴 적부터 중독에 취약한 사람이었다. 어떤 대상이든 상관없었다. 마음속 구멍을 무엇으로든 틀어막아야 했다.

에덴의 브레인칩을 처음 알게 되었을 때도 그랬다. 기억을 정리하고, 필요 없는 감정을 덜어내며, 원하는 감각과 경험을 가져올 수 있다는 소문은 달콤하기만 했다. 그렇게 호기심에 처음 에덴의 약물을 접했고 나는 점점 중독되어 갔다.

그리고 나는 결혼을 했고 아이를 낳았다. 아이를 갖게 되면 달라질 거라 믿었다. 하지만 아이를 키우는 일은 내가 생각했

322

던 것보다 훨씬 고된 일이었다. 아이는 새벽마다 울었다. 현실에서 도망치고 싶었다.

가장 손쉬운 방법은 에덴으로의 접속이었다. 약물을 클릭하면 순식간에 새로운 세상에 닿을 수 있었다. 결국 나는 약값을 마련하기 위해 내가 가진 기억을 팔아야 했다. 신기하게도 구매자들은 늘 있었다. 아이가 웃었던 순간, 작고 부드러운 손이 내 손가락을 붙잡던 감각. 그렇게 하나씩 기억을 판매했다.

하지만 시간이 지날수록, 아이는 점점 낯선 존재가 되어 갔다. 그는 여전히 내게 달려와 웃고, 나를 부르고, 내 손을 잡았다. 그런데 나는 그의 말과 행동 속에서 어떤 연결도 느낄 수 없었다. 아이가 자라서 네 살이 되었을 무렵, 아이와 나 사이에는 보이지 않는 벽이 생겨 있는 듯했다. 그의 표정 하나하나가 나를 향하고 있었지만, 나는 그 표정의 의미를 읽어낼 수 없었다.

그러던 어느 날, 마법 같은 일이 벌어졌다. 사라졌던 기억들이 돌아오기 시작한 것이다.

처음에는 희미한 느낌뿐이었다. 아이의 손을 잡았던 날의 온기, 나를 부르던 목소리의 떨림, 잠들기 전 작은 손으로 내 얼굴을 만지던 감촉.

그런 조각들이 하나둘 떠오르더니 점점 선명해졌다.

그제야 나는 깨달았다. 기억은 곧 나 자신이었으며, 나와 아이를 이어주는 유일한 끈이었다는 것을.

기억은 삶의 궤적이고, 내가 살아 있음을 증명하는 흔적이라는 것을.

나는 얼마나 많은 것을 놓치며 살았는지, 얼마나 멀리 도망쳤는지를 기억이 돌아온 후에야 비로소 알게 된 것이다.

나는 여전히 중독과 싸우고 있다. 완전히 이겨냈다고 말할 수는 없지만, 적어도 더는 도망치지 않으려 한다. 나는 기억을 지킬 것이다. 내 아이와의 연결을 회복하며, 나 자신을 되찾기 위해 끝까지 버틸 것이다.

중독은 나를 잠식하려 했지만, 기억은 나를 다시 일으켜 세웠다. 이제, 나는 잃어버린 시간을 대신할 새로운 순간들을 만들어갈 것이다. 그것이 내게 남아 있는 유일한 길이다.

[ID:smart_zeze3r]

내가 M과 Y에 대한 기억을 팔았었다는 걸, 기억이 돌아오고 나서야 알았다는 게 웃기지 않아?

우리 셋의 이야기가 어느 날부터 스멀스멀 떠오르기 시작하는데, 진짜 미쳐버리겠더라. 왜 그들이 나를 그렇게 피했는지,

왜 사람들이 내 등 뒤에서 수근거렸는지. 퍼즐 조각이 하나둘 맞춰지기 시작하니까, 너무 어이가 없어서 한참을 방바닥을 구르면서 웃었다니까.

솔직히 이 글을 읽고 나면, 내가 왜 그 기억을 삭제할 수밖에 없었는지 너희들도 이해하게 될 거야. 그리고 다시 기억이 돌아온 지금 내가 왜 이렇게 열받는지도.

일단 M 얘기부터 해야겠지. M은 내 베프였어. 아니, 엑스베프. 중학교 때부터 워낙 친하기도 했고, 같은 대학, 같은 과까지 나란히 들어갈 만큼 통하는 게 많았어. 돌이켜보면, 흔히 말하는 소울메이트였던 셈이지.

언젠가부터 에덴의 브레인칩이 사회적 문제로 대두되면서, M과 나는 그것에 대한 생각도 같았어.

기억과 능력을 돈으로 사고판다는 시스템에 대해 혐오했고, 직접 경험하지 않은 것은 가질 가치가 없다고 그때는 정말로 그렇게 믿었어.

근데 Y가 나타나고 나서부터, 모든 게 박살나기 시작했어.

그 남자를 처음 본 건 언칩 활동에서였어. 첫눈에 반한다는 게 이런 거구나 싶더라. 심장이 덜컹하고, 온몸에 전기가 쫙 흐르는 느낌. 얼굴은 물론이고, 몸매며 말투며 목소리까지. 완벽 그 자체였어. 아니, 그 이상이었지. 마치 누가 내 이상형을 그대로 만들어 세상에 던져놓은 것 같았다고. 너무 떨려서 말조차 못 건네겠더라구. 가벼운 인사라도 건네 보려고 타이밍만 재고 있었는데, 뒷풀이 자리에서 Y의 시선이 딱 M한테 가 있는 거야. 그 순간 알았다니까. 뭔가 제대로 잘못됐다는 걸. 그가 M을 보면서 웃을 때마다, 속이 뒤집히는 것 같더라. 그냥 웃는 게 아니라, 눈빛이랑 분위기에서 뭔가 알 수 없는 게 느껴졌어. 근데 그게 끝이 아니었어. 하루는 M이 갑자기 먼저 집에 간다길래 묘하게 찜찜하더라구. 둘이 같이 있는 모습을 자주 본 것도 있고, 요즘 나만 빼고 언칩 얘기를 한다는 것도 수상했거든. 내가 괜히 의심하는 건지, 아니면 진짜 뭐가 있는 건지 확인해 봐야겠다는 생각이 딱 들었어. 그래서 혹시나 하고 몰래 동아리실 문을 열어봤지.

그리고 내 눈으로 똑똑히 봤어.

M이랑 Y가 서로 부둥켜안고 키스하는 걸. 격렬하게. 옷이라도 벗길 기세로 서로 물고 빠는데, 심장이 찢어지는 것 같더라. 그냥 그 자리에 서서 얼어붙었어. 눈물도 안 나더라고. 그냥 억울함뿐이었던 것 같아. 확실히 내가 걔보다 Y를 100배는 더 사랑해 줄 수 있는데. 그리고 먼저 좋아한 쪽은 나잖아.

그날 밤, 나는 충동적으로 에덴칩을 이식했어.

손이 떨렸지. 솔직히 나는 에덴칩에 반대하는 입장이었잖

아. 근데 그땐 그런 건 다 X도 상관없더라. 내가 원하는 건 단 하나였으니까.

그래서 에덴 시스템에서 연애 스킬 데이터를 다운받았어.

M이랑 해외여행 가려고 모아둔 돈을 몽땅 털어야 했지. 남자들이 좋아하는 말투, 애교, 터치 타이밍 같은 게 머릿속에 들어오는 느낌이었어. 그리고 놀랍게도, 효과가 있더라.

Y가 날 보기 시작했거든.

그와 대화할 때마다 느껴졌어. 나한테 점점 끌리고 있다는 게. 확실히 Y의 눈빛이 변했거든. 내가 일부러 손등을 그의 손에 살짝 얹었을 때도, 굳이 떼지 않고 그대로 두더라. 그날은 서로 술기운도 좀 있었고, 분위기가 그냥 묘하게 흘렀어.

그렇게 우리는 모텔로 향했어.

그가 나를 침대에 눕히고 위로 올라탔던 순간을 생각하면 지금도 심장이 터질 것 같아. 그의 손이 내 허리며 허벅지를 쓸고 내려갈 때마다 소름이 쫙쫙 돋았어. 숨소리 하나하나가 바로 귀에 들리는데, 미칠 것 같더라.

그날 밤, 우리는 뜨겁고도 격렬한 사랑을 나눴지. 몇 번인지 셀 수 없을 정도로 그 밤은 끝날 기미가 없었어. 그가 내 이름을 부르며 속삭일 때마다 머릿속이 하얘졌고, 그 순간만큼은 세상을 다 가진 기분이었어. 아. 그때는 정말 좋았어. 지금 생각해도 눈물이 날 것 같아.

그런데 여기서 끝이 아니야.

진짜 문제는 Y가 M에게 돌아갔다는 거야. 웃기지? 불과 1주일도 안 돼서 말야. ㅋㅋㅋ 우연히 내가 보게 된 건 둘이 다시 만나서 얘기하는 모습이었어. M은 울고 있었고, Y는 그녀를 안아주면서 무슨 말을 속삭이고 있더라. 내가 그 둘을 몰래 훔쳐보면서 느꼈던 그 찢어지는 감정은 말로 설명할 수 없어. 정말이지, 죽고 싶었어…. 그렇게 쉽게 돌아갈 거면 도대체 나랑은 왜 잔 거였냐고. 그걸 그렇게 가볍게 뭉개고 가버린다고?

근데 또 이런 생각도 들더라. 내가 아무리 애써도, 갈 사람은 가버리는구나. Y가 좋아했던 건 데이터로 만들어낸 나의 껍데기 스킬이었겠지. 그래. 깔끔하게 인정할게. 그의 진짜 마음은 처음부터 끝까지 M에게 있었다는 거.

근데, 이게 다 내 잘못인가 싶기도 해. 에덴이 그딴 거 만들지만 않았어도, 아니, 좀 더 제대로 만들었어도 내가 이런 꼴을 까지 당하지 않았을 수도 있잖아?

둘이 다시 만난 걸 알게 되니 정말 못 견디게 고통스럽더라고. 내가 노력해서 얻은 걸 이렇게 허무하게 뺏기다니. 그래서 결국 에덴 시스템에 다시 접속했지. 그리고 그와 관련된 모든 기억을 과감하게 싹다 싸그리 삭제해버렸어. M 몰래 Y와 접촉

하고 그와 뒤엉켰던 그날의 기억도 전부 다. 그냥 전부 싹 다.

머릿속이 텅 비고 나니까 진짜 아무 생각 안 나고 좋더라구. 근데 웬일인지 사람들이 날 피하는 것 같고, 나는 이유도 모른 채 왕따가 돼 버린 거야. 지금 생각해보면 왜 그 누구도 나한테 뭐라고 안 했을까? 그게 더 나쁜 거 아니야? 대놓고 말했으면 내가 사과라도 했을 텐데. 아니, 최소한 변명이라도 했겠지.

중요한 건 모든 기억들이 돌아왔다는 거야.

난 가끔 거울 앞에서 중얼거려.

이게 다 내 잘못은 아니라고.

근데 이걸 누가 알아주냐고. Y를 가진 건 결국 M이고 나는 이렇게 혼자 남았는데 말이야. 기억은 돌아왔지만, 내가 잃어버린 건 영원히 돌아오지 않을 거야.

[ID: burnt_ink_12]

안녕하세요? 웹툰 작가 버닝입니다.

마지막 두 작품, 〈그림자 바다〉와 〈종말의 정원〉은 에덴에서 ××년 ×월 ×일에 스토리텔링 능력 중 하나인 '이야기 공장'을 다운받고 난 후 만든 작품임을 고백합니다.

언젠가부터 예전만큼 독자들의 반응이 좋지 않았고, 침체기를 겪으면서 그 불안감을 견디지 못해 다운을 받았습니다.

그때는 정당한 돈을 지불하고 능력을 샀으니 문제없다고 스스로를 합리화하며 애써 외면했지만, 그 선택이 얼마나 큰 잘못이었는지 이제야 깨닫게 되었습니다.

두 작품 모두 제가 여태까지 썼던 것들에 비해 훨씬 길었고, 스타일과 문체가 크게 달라졌다는 평가를 받았습니다.

에덴칩을 활용한 게 아니냐는 의혹이 불거졌을 때, 저는 부끄럽게도 거짓말로 대답했습니다.

깊이 사죄드립니다.

다만 한 가지 분명히 말씀드리고 싶습니다. '페인팅 능력'만큼은 절대 다운받지 않았습니다.

미흡하더라도, 제 그림체만큼은 제가 자부심을 가지고 직접 그린 결과물입니다. 디테일이 달라졌다는 말씀을 주신 분들도 계시지만, 모든 작가가 그렇듯 시간이 흐르면서 그림체는 자연스럽게 변하고 발전합니다.(그리고 제 인생작이라고 할 수 있는 〈레이지 선데이〉는 순수 창작물입니다. 굳이 말씀드리지 않아도, 에덴의 능력 상품이 출시되기 한참 전에 만들어진 작품이니까요.)

어차피 기억과 능력이 원상복구된 상태라 이제 와서 고백하는 거 아니냐는 눈초리도 기꺼이 받겠습니다.

마지막 두 작품은 플랫폼에서 곧 내려질 예정입니다.

이번 일을 계기로, 다시 처음으로 돌아가 제 방식대로, 제 손으로 창작을 이어가고 싶습니다.

뒤늦게나마 저도 에덴 미투에 동참합니다.

믿어주셨던 독자분들께 진심으로 사과드리며, 앞으로는 더 솔직하고 진정성 있는 이야기로 찾아뵙겠습니다.

[ID : gray_echo_56]

암튼 난 아쉽다. 나는 나름 좋았거든. 능력 쪽은 좀 사기캐 같긴 했지만, 체험은 확실히 가성비 좋았잖아. 이제 뭐, 창고에 쳐박아 둔 캠핑 장비나 꺼내야지. 제대로 현실로 돌아온 건가.

[ID : whitecloud33]

비로소 고요가 찾아왔어요.

물살 속에 휩쓸려갔던 잃어버린 기억들은

천천히 제 자리를 찾고

견고한 나무로 자라날 거예요.

· · ·

은솔 남매는 오늘도 에덴과 관련된 자료들을 샅샅이 뒤지고 있었다.

포럼에 올라온 글 하나하나를 클릭하며 은솔은 여전히 머릿속이 복잡했다. 왜 이 거대한 제국이 한순간에 멈춰버린 걸까?

다크웹에 깊숙이 숨으며, 모든 거래를 가상화폐로 처리하던 그들. 철저히 베일에 싸인 채 비밀스럽게 운영되던 조직이 단순한 시스템 오류로 먹통이 되었을 리는 없었다. 혹시 내부자의 반란일까? 은솔은 클릭하던 손을 잠시 멈추고 생각에 잠겨 있었다.

바로 그때였다. 옆에서 조용히 화면을 보던 은찬이 갑자기 의자를 밀치며 벌떡 일어났다.

"미쳤다!"

은솔이 놀라 눈을 좁히며 쏘아붙였다.

"뭐야, 뭔데 그래? 대체 뭘 본 거야?"

은찬은 흥분을 억누르려 애쓰며 한참을 숨을 고르더니, 떨리는 목소리로 입을 열었다.

"방금… 에덴 사이트에서 파일 하나를 체험했어. 어린 여자애가 실험당하는 장면이었어. 두개골이 열린 상태로 말이야.

뇌에 전기 신호를 흘려보내는데… 진짜 끔찍해. 믿기지 않을 정도라니까."

은솔의 얼굴이 단단히 굳었다.

"뭐라고? 애한테 실험을 했다고? 에덴이 복구라도 된 거야?"

"복구는 아직 아니야."

은찬이 고개를 저으며 말을 이었다.

"이 파일 하나만 유독 화질이 좋고, 퀄리티도 말이 안 되게 높아. 그리고… 가격도 0원이야. 누군가 의도적으로 풀어놓은 것 같은데?"

"대체 뭐길래 그래?"

은솔은 동생 쪽으로 몸을 기울이며, 불안한 눈빛으로 화면을 살폈다. 그녀가 볼 수 있는 거라곤 '에덴이 나에게 한 실험'이라는 제목과 두개골이 열린 소녀의 모습이 담긴 섬뜩한 섬네일 뿐이었다.

은찬은 결심한 듯 고개를 끄덕였다.

"이건 누나도 꼭 봐야 해. 언칩들을 위해 내가 만들어볼게. 조금만 기다려봐."

그는 빠르게 몇 개의 명령어를 입력했다. AI와 3D 기술을 활용해 자신이 본 장면을 되살리기 시작했다. 몇 번의 클릭이 이어지자, 모니터에 영상이 재생되었다.

화면이 어두워졌다가 서서히 밝아졌다.

차가운 금속 실험대 위, 창백한 소녀가 누워 있었다. 두개골이 절개된 채 벌어져 있었고, 뇌 표면에는 낯선 금속 장치가 박혀 있었다.

소녀가 힘겹게 고개를 돌리는 순간, 내부의 신경망과 조직이 생생하게 드러났다.

그녀를 둘러싼 흰 가운의 연구원들이 차가운 시선을 내리깔았다. 날카로운 매스와 핀셋 같은 기구들을 들고서.

그리고 그들의 목소리가 들려왔다.

"이 뇌는 완벽합니다. 감정 파장과 신경 신호가 놀라운 수준으로 정제되어 있죠."

"보세요. 외부 자극을 즉각적으로 처리하면서도 불필요한 반응은 차단하고 있습니다. 이상적입니다."

매스가 금속 트레이 위에서 미끄러지며 날카로운 소리를 냈다.

"손 떨지 말라고 했잖아!"

흰 가운 틈새로 보이는 꽃무늬 셔츠가 유독 눈에 띄었다. 그 남자는 이곳에서 누구보다도 여유로운 태도로 상황을 조종하고 있었다.

"이 샘플 하나를 구하려고 내가 얼마나 애썼는지 알아? 돌 연변이 같은 희귀한 뇌라고!"

다른 연구원이 냉소적인 웃음을 흘리며 말을 받았다.

"결국 이 소녀의 뇌 표본만 제대로 뽑아내면, 브레인칩으로 연결된 모든 사람의 감정과 기억을 조작할 수 있다는 거군요."

"그렇지."

꽃무늬 셔츠의 남자가 고개를 끄덕였다.

"지금까지는 데이터 삭제나 조작이 우리 쪽에서 불가능했잖아. 하지만 이 뇌만 있으면 가능해진다. 이제 사람들의 생각을 제어하는 건… 우리가 신이 되는 거야."

은솔은 영상 속 장면에 손을 꼭 쥔 채 움직이지 못했다. 소녀의 고통스러운 얼굴, 그리고 그 고통을 아무렇지 않게 대화 속에 풀어놓는 연구원들의 태도가 머릿속을 휘저었다.

영상이 끝난 뒤에도 한참 동안 은솔은 화면이 꺼진 모니터를 멍하니 바라보았다. 손끝이 미세하게 떨리고 있었다.

"은찬아, 너가 체험한 거 가감 없이 그대로 동영상으로 만든 거 맞지?"

"당연하지, 그리고 이 소녀의 고통이 그대로 나한테 전해진 거 보면 이건 순수 백 프로 이 소녀의 경험이 맞아."

"이 아이의 뇌를 샘플로, 세상을 제어하겠다는 거, 내가 제대로 들은 것도 맞고?"

"지들이 신이라도 되겠다는 것 마냥 떠드는 거 너무 소름 끼쳐."

은솔은 깊게 숨을 들이쉬며 고개를 끄덕였다.

"칩을 이식받은 사람들이 이 영상을 보고 체험하는 건 이제 시간문제야. 언칩들도 모르게 놔두면 안 돼. 지금 내가 본 이 영상을 최대한 멀리, 더 많은 사람들에게 퍼뜨리자."

"그래, 시작은 이걸로 하자고."

• • •

그날 이후, 은찬이 재현한 영상을 시작으로, 다른 이들도 자신이 겪은 체험을 영상으로 만들어 퍼뜨리기 시작했다. 에덴의 실체를 알리려는 움직임은 눈덩이처럼 커져갔다.

특히 사람들을 얼어붙게 만든 것은 '모든 사람의 감정과 기억을 복원하고 조작할 수 있다'는 섬뜩한 메시지였다.

칩 이식자들 사이에서는 급격한 변화가 일어났다. 그들 대부분은 에덴이 다크웹에 뿌리를 둔 불법적인 성격을 띠고 있음을 모르지 않았다. 그러나 칩이 제공하는 능력과 편리함에 대한 유혹은 그 모든 의구심을 애써 외면했던 것도 사실이었다. 그러나 에덴이 단순한 거래의 장이 아니라, 인간의 존엄을 파괴하며 모든 감정을 통제하려 했다는 사실이 알려지자, 분노가 폭발했다. 각종 게시판과 커뮤니티에서는 이식자들의 항의가 쏟아졌고, 더는 침묵하지 않겠다는 목소리가 거세게 터져 나왔다.

고가의 비용을 지불해 특별한 능력을 구매했던 이들 역시 충격에서 벗어나지 못했다. 자신들의 투자와 믿음이 물거품이 되어버린 상황에 분노는 커져만 갔다. 환불조차 불가능한 현실은 그들의 불만을 극도로 증폭시켰다. 더구나, 소유하고 있던 칩이 자신의 기억을 조작하거나 감정을 통제하는 도구로 변질될 수 있다는 불안감은 이들을 깊은 패닉에 빠뜨리기 충분했다.

소녀의 체험 파일이 에덴의 궁극적인 음모를 드러내며, 폭로된 진실은 사회 전반에 거대한 충격을 몰고 왔다. 이제 에덴은 더 이상 비밀스러운 제국이 아니었다. 뒤늦게나마 경찰은 대대적인 수사를 선언하며 본격적으로 움직이기 시작했다. 목표는 명확했다. 에덴의 핵심 기술과 실험을 설계하고 주도했던 중심인물, 바로 덱스 최를 찾아내는 것이었다.

하지만 수사는 진척이 없었다. 덱스 최의 행방은 여전히 미궁 속에 갇혀 있었고, 어디에 숨어 있는지조차 짐작할 수 없었다.

은솔 역시 답답하기는 마찬가지였다. 견디다 못한 그녀는 텍스에 관한 기사와 포럼 글들을 다시 뒤적이기 시작했다. 혹시라도 미처 놓친 단서가 있지는 않을까 하는 마음에서였다.

그러다 스크롤을 내리던 은솔의 손이 갑자기 멈췄다. 며칠 전 지나쳤던 짧은 글이 다시 눈에 들어온 것이다. 당시에는 대수롭지 않게 넘겼지만, 지금 보니 시선을 잡는 단어들이 눈에 띄었다.

[ID : whitecloud33_8]

비로소 고요가 찾아왔어요.
물살 속에 휩쓸려갔던 잃어버린 기억들은
천천히 제 자리를 찾고
견고한 나무로 자라날 거예요.

"고요, 물살, 나무…"
은솔은 글귀를 한 글자씩 음미하듯 천천히 읽어 내려갔다. 단순히 에덴을 비유한 시적인 표현일까? 아니면, 그 속에 어떤 메시지가 숨겨져 있는 걸까?

글을 몇 번이나 반복해서 읽던 그녀의 시선이 아이디에 머물렀다. 화이트 클라우드, 하얀 구름. 백운.

은솔의 눈이 가늘어졌다. 그 순간, 글 속 단어들이 백운 도사가 남긴 미션과 겹쳐진 것이다. 흐르는 물속에서 흐르지 않는 물을 만들라. 처음엔 단순히 난센스 같았던 그 문제. 하지만 시간이 지나며, 그것은 물리적 도전을 넘어 더 깊은 통찰을 요구하는 시험이었다. whitecloud33_8이 남긴 짧은 게시글은 백운 도사의 가르침과 묘하게 맞물리는 지점이 있었다.

"설마, 백운 도사가 이런 글을 올린 건 아니겠지?"

은솔은 혼잣말처럼 중얼거렸다. 백운 도사는 넥스 최의 위험성을 누구보다 잘 알고 있었고, 은솔이 그를 막아내길 바라며 조언과 지지를 아끼지 않던 인물이었다.

글을 몇 번이고 다시 읽던 은솔은 문득 아이디를 복사해 검색창에 넣어보았다. 하지만 아무런 정보도 나오지 않았다. 무언가에 가까워지는 듯하다가도 한순간 모든 실마리가 끊겨버리는 느낌이었다.

'어쩌면 잠시 머리를 식히는 게 더 나을지도 모르겠다.'

은솔은 그렇게 생각하며 포럼 창을 닫았다. 자리에서 천천히 일어선 그녀의 머릿속에는 이 글이 단순한 우연이 아니길 바라는 희미한 기대가 자리 잡고 있었다.

묵시록

오랜만에 찾은 청학동은 여전히 은솔을 깊숙이 끌어안았다.

산과 계곡, 나무와 바람이 만들어내는 풍경 속에서 그녀는 오랜만에 진짜 숨을 쉬고 있다는 기분이 들었다. 손목에 채워져 있던 시계를 천천히 풀어내며 그녀의 입에서 자연스럽게 말이 흘러나왔다.

"좋다…."

은솔은 눈을 감고 한 손으로 가볍게 목 뒤를 문질렀다. 지난 몇 달 동안 쌓였던 긴장과 피로가 서서히 녹아내리는 듯했다. 숨을 내쉴 때마다 느껴지는 이곳의 에너지가 그녀를 감싸며 안심시켰다.

물길을 따라 걷던 중, 그녀의 시선이 멈춘 곳은 작은 웅덩이였다. 계곡물의 흐름을 돌려 만들어낸 바로 그곳 앞에서 은솔의 발걸음도 멈춰 섰다.

"아직도 있네…."

1년 전, 백운 도사의 가르침을 떠올리며 직접 물을 고여 만든 이 웅덩이는 여전히 그 자리를 지키고 있었다. 가까이 다가가 보니 웅덩이 가장자리는 이끼로 덮여 있었고, 작은 돌멩이들은 물살에 밀려난 듯 조금 자리를 옮긴 상태였다. 그럼에도 웅덩이 중심부는 작은 소용돌이를 그리며 묵묵히 그들의 흐름을 받아내고 있었다.

은솔은 손끝으로 물을 살짝 튀기며, 그날 백운 도사와 나눈 대화를 되새기는 중이었다. 그때, 멀리서 낮은 엔진 소리가 들려왔다. 은솔은 무심코 고개를 돌려 소리가 나는 쪽을 바라보았다. 계곡 옆의 좁은 길로 한 대의 택배차가 천천히 지나가고 있었다. 산속 작은 마을에서 택배차가 오가는 모습은 낯설지 않은 풍경이었지만, 은솔의 머릿속에 문득 어떤 생각이 스쳤다.

'혹시…?'

은솔은 곧바로 휴대폰을 꺼내 검색창에 '묵계리 33-8번지'를 입력해 보았다. 곧 화면에 표시된 지도는 그녀가 서 있는 곳에서 멀지 않은 위치를 가리켰다.

은솔은 화면을 한참 들여다보다가 고개를 들었다. 산등성이 너머로 이어지는 길이 마치 그녀를 부르는 듯 느껴졌다.

"확인해보지 않으면 안 되겠어."

결심을 굳힌 그녀는 천천히 길을 따라 걷기 시작했다. 어쩌면 아무것도 아닐 수도 있었다. 하지만 그 숫자가 이렇게까지 마음을 사로잡은 건, 단순한 우연이 아닐 거라고 은솔은 믿고 싶었다.

그렇게 은솔이 도착한 곳은 오래 방치된 타운하우스였다.

현대적인 구조의 건물이었지만, 오랫동안 사람이 드나들지 않은 듯 외벽에는 덩굴이 타고 올라와 있었다. 안쪽에서는 희미하게 인기척이 느껴졌다. 은솔은 잠시 숨을 고르고 초인종을 눌렀다.

안에서 조심스러운 발소리가 가까워지더니, 문이 살짝 열렸다. 체인을 걸친 채 문틈 사이로 어린 남자아이의 얼굴이 드러났다. 한쪽 눈만 겨우 내놓고 은솔을 경계하듯 바라보던 아이가 조심스레 물었다.

"누구세요?"

그때, 뒤쪽에서 부드럽고 차분한 목소리가 들려왔다.

"괜찮아. 우리가 기다리던 분이야."

남자아이는 목소리가 들린 쪽을 흘끗 돌아보더니, 잠시 망설이다 문을 조금 더 열었다. 이내 여자아이가 앞으로 나와 은솔과 마주했다. 고작해야 17세 정도로 보이는 그녀는 긴 머리를 뒤로 단정히 묶었고, 차분한 눈빛은 또래 아이답지 않게 어른스러웠다.

"들어오세요."

그녀는 단호하면서도 차분한 목소리로 문을 활짝 열었다.

"기다리고 있었어요. 저는 이지안이라고 해요."

아이들은 서로 눈짓을 주고받으며 은솔을 거실로 안내했다. 깔끔하게 정리된 거실의 중앙 테이블 위에는 컴퓨터와 복잡한 장비가 자리 잡고 있었다. 빼곡히 적힌 메모와 책더미는 이곳이 단순히 거주지 이상의 목적을 가지고 있음을 암시하는 듯했다.

· · ·

그렇게 세 명의 대화가 시작되었다. 지안은 에덴과 관련된 사이트에 이곳의 위치를 은유적으로 암시하는 글을 남겼던 이유를 설명했다. 에덴을 막아야 할 누군가가 이 글을 발견하리라는 강한 공명을 느꼈기 때문이라고 했다. 옆에서 조용히 듣고 있던 소년은 자신을 하민이라고 소개하며, 에덴 시스템에 과부하와 오류를 일으킨 과정을 덧붙였다. 그의 초감각 기억력은 방대한 데이터를 분석하고, 시스템의 약점을 찾아내는 데 결정적인 역할을 했다는 것이다.

그들의 설명은 놀라울 정도로 상세했고, 은솔이 질문하기도 전에 대부분의 의문에 대한 답을 내놓았다. 은솔은 자신이 이곳에 온 이유를 차분하게 이야기했고, 아이들은 조용히 고개를 끄덕이며 경청했다.

대화는 밤이 깊어갈수록 점점 더 깊어졌다. 서로의 과거와 현재가 얽히고, 앞으로의 방향에 대한 실마리가 하나둘씩 드러났다. 그렇게 그들의 만남은 단순한 우연이 아닌, 오래전에 설계된 운명의 조각임을 증명하듯 이어지고 있었다.

"정말 대단해, 너희들이 에덴을 멈추게 했다는 것이… 공명으로 네트워크를 흔드는 지안과 함께, 하민이가 에덴의 코드를 집어내 약점을 찾아냈다는 게."

그러나 지안은 고개를 가로저으며 차분히 말했다.

"아직 아니에요. 그들을 완전히 잡지 않는 이상, 우리가 가진 이 특별함도 언제까지 유효할지 몰라요."

"그치, 그게 문제야. 아직 그들을 잡지 못했다는 거."

은솔의 말에 지안이 갑자기 생각난 듯 입을 열었다.

"고양이에요."

"고, 고양이?"

"노란색이에요. 노란색 고양이가 답을 알고 있어요."

"그 고양이를 어디서 어떻게 찾을 수 있을까?"

지안은 잠시 머뭇거리다 고개를 떨구었다.

"거기까지는 저도 잘… 그 고양이가 중요한 열쇠라는 메시지가 계속 머릿속에 울리는데… 그 이상은… 죄송해요."

은솔은 미소를 지으며 손을 저었다.

"죄송하긴. 일단 너희들은 우리 집으로 가자. 내 백수 남동생이 너희들을 잘 지켜줄 거야."

그러나 하민이 잠시 머뭇거리더니 조심스럽게 입을 열었다.

"저희가 움직이면 위치가 노출될 위험이 커질 수도 있어요. 암호화 장비가 있긴 하지만, 전파가 약한 이곳만큼 안전한 곳을 찾긴 힘들 거예요."

지안도 고개를 끄덕이며 덧붙였다.

"민이 말이 맞아요. 그리고 이렇게 고요하고 자연과 가까운 곳에서는 제 공명이 훨씬 섬세하게 울려요."

지안의 말에 은솔은 미소를 지으며 두 아이를 바라보았다. 말도 안 되는 상황 속에서 이렇게 어른스럽게 자신들의 상황을 파악하고 판단하는 모습이 대견했다. 동시에, 이 어린 나이에 무거운 운명을 짊어진 그들이 안쓰럽기도 했다.

그들의 말이 모두 옳다는 것을 알기에, 은솔은 더 이상 데려가겠다는 말을 꺼낼 수 없었다. 하지만 이곳을 떠나는 발걸음이 쉽게 떨어지지 않을 만큼, 어느새 이들과의 연결이 깊어졌음을 느꼈다.

"혹시 내가 뭐라도 더 도와줄 수 있을까? 필요한 게 있다면 말만 해."

은솔의 진심이 닿았는지 하민이 먼저 입을 열었다.

"누나, 사실… 불고기 피자가 먹고 싶어요."

그러자 지안이 곧바로 장난스러운 미소를 지으며 거들었다.

"저는 치킨이랑 샐러드요. 여긴… 교통이 좀 불편해서요."

순간 은솔의 입에서 웃음이 새어 나왔다. 비범한 능력으로 세상을 뒤흔든 이들이지만, 지금 모습만큼은 또래 아이들과 다를 바 없는 10대의 모습 그대로였다.

"알았어. 조금만 기다려."

은솔은 곧바로 차를 몰고 시내로 향했다. 주문서에 적힌 음식은 물론, 과자와 음료, 디저트까지 박스 여러 개를 트렁크에 가득 채웠다. 문을 열자마자 아이들의 얼굴이 환하게 피어났다.

"우와! 잘 먹겠습니다!"

상자를 열어보며 눈빛을 반짝이는 그들을 보자 은솔은 그제야 조금 안도가 되었다.

"무슨 일이 생기면 꼭 연락해. 알겠지?"

은솔은 다시 길을 나섰다. 떠나는 길 위에서도 은솔은 자꾸만 두 아이의 얼굴이 어른거렸다.

• • •

그들과의 만남 이후, 흩어졌던 조각들이 하나의 그림으로 차츰 완성되어 가기 시작했다.

결정적인 계기는 수많은 제보 이메일 중 한 통에서 비롯되었다.

발신자는 이름을 밝히지 않았지만, 자신이 에덴에서 일했던 경험을 담담히 풀어놓으며, 그곳에서 이루어진 비밀스러운 실험과 위험한 기술들에 대해 상세히 기록한 텍스트 파일을 첨부했다.

"늦게나마 용기를 냅니다. 이제는 두려움에서 벗어나고 싶습니다."

그리고 그 끝에는 한 줄의 문장이 덧붙어 있었다. 그것은 에덴의 주요 서버가 위치한 정확한 주소지였다.

은솔은 자리에서 벌떡 일어났다. 더 이상 시간을 지체할 이유가 없었다. 그녀는 머릿속에서 계획을 빠르게 정리하며 여권과 필수 장비를 챙겼다. 그리고 침대 위에 드러누워 있던 은찬을 흔들어 깨웠다.

"당장 떠나야 해."

두 사람은 가장 빠른 비행기 티켓을 예약한 뒤, 서둘러 공항으로 향했다. 목적지가 분명한 발걸음 속에서 은솔의 눈빛은 결코 흔들림이 없었다. 모든 것이 그녀를 허난성으로 이끌고 있었다.

몇 시간 후, 그들이 도착한 곳은 외견상 에덴의 주요 서버가 있을 법한 장소와는 전혀 다른 모습이었다. 허름한 건물은 녹슨 외벽과 잡초로 뒤덮여 있었고, 출입문은 굳게 닫혀 있었다. 바람이 스산하게 불어오며, 오래된 건물 특유의 썩은 냄새가 코끝을 찔렀다.

은찬이 문 손잡이를 잡아당기며 힘을 주었지만, 문은 꿈쩍도 하지 않았다. 그는 짜증 섞인 목소리로 말했다.

"누나, 제대로 온 거 맞지? 뭔가 싸한데… 혹시 누가 장난 제보한 건 아니겠지?"

은솔은 단호한 표정으로 대답했다.

"지안의 두개골을 열고 실험했던 영상 속 꽃무늬 남방, 이 사람이 보낸 이메일에도 나왔어. 그리고 그 텍스트 파일의 최초 저장 시간이 영상 공개보다 앞섰다고. 그러니까 확실해."

은찬은 잠시 침묵하며 건물을 둘러보았다. 건물 뒤편으로 돌아가자 작은 환풍구가 보였다. 낡고 흔들리는 틈새를 발견한 은찬은 이를 발로 힘껏 차기 시작했다. 금속 덮개가 삐걱거리며 떨어지자, 그 안으로 겨우 몸을 구겨 넣었다. 은솔도 그를 따라 몸을 숙이며 간신히 안으로 들어갔다.

내부는 차갑고 어두웠다. 약한 먼지 냄새가 공기 중에 떠돌았고, 곳곳에는 정리가 되지 않은 서버 장비와 케이블이 널려 있었다. 벽에는 여러 대의 서버 랙이 줄지어 있었지만, 전원은 이미 차단된 듯 보였다. 몇 달간 아무도 손대지 않은 공간처럼 적막과 정적만이 가득했다.

"와…."

은찬이 넋을 잃은 표정으로 중얼거렸다.

"여기가 에덴의 서버실이라고? 이 정도면 진짜 특종 아니야?"

은솔은 대답 대신 가방에서 카메라를 꺼내 들었다. 그녀는 빠르게 이 공간을 사진으로 남기고, 동영상을 촬영하기 시작했다. 촬영 중에도 끊임없이 주변을 살피며, 기록할 만한 모든 것을 놓치지 않으려 애썼다.

“이곳은 수많은 서버 중 하나일 거야.”

그녀는 서버 랙에서 하드드라이브를 떼어내 가방 속에 조심스럽게 담았다. 은찬은 그녀를 도와 손에 잡히는 모든 장비를 확인하며, 또 다른 증거를 찾아냈다.

· · ·

그들이 건물 내부를 탐색하며 증거를 수집하던 중, 한쪽 구석에서 부스럭거리는 소리가 들렸다.

“누나, 방금 들었어? 저기, 무슨 소리 나지 않아?”

은찬이 긴장한 표정으로 고개를 들며 속삭였다. 확실하지는 않지만 고양이가 내는 듯한 날로운 소리로 ‘제발 도와줘’라는 말을 들은 것 같았다. 은솔도 반사적으로 몸을 굳히고 소리가 나는 쪽을 주시했다. 그 순간, 어둠 속에서 작은 그림자가 휙 지나갔다.

“고양이…인가?”

은솔은 가만히 중얼거리며 떠올렸다. 지안이 말했던 ‘노란색 고양이.’ 혹시 지금 이 고양이가 그 단서일지도 모른다는 생각이 머리를 스쳤다.

은찬은 바닥을 조심스레 디디며 그림자가 사라진 쪽으로 천

천히 움직였다. 구석에는 먼지가 두껍게 내려앉은 고양이 화
장실이 보였다. 그 위에는 굳어버린 배설물들이 수북이 쌓여
있었고, 바닥엔 긁힌 자국들이 어지럽게 남아 있었다.

"여기서 키우던 고양이인 것 같은데… 떠나면서 두고 간 거
같아."

은찬이 낮게 중얼거리며 주변을 살폈다.

"저기, 봐!"

은솔이 작게 외쳤다. 구석 어딘가에서 반짝이는 눈 두 개가
어둠 속에서 그들을 뚫어지게 노려보고 있었다.

은솔과 은찬은 가벼운 신호를 주고받으며 각자 자리를 잡고
천천히 고양이를 한쪽으로 몰아갔다. 고양이는 몸을 잔뜩 웅
크리며 낮게 울더니, 갑자기 옆으로 튀어 도망치려는 기색을
보였다.

"지금이야!"

은찬이 재빠르게 점퍼를 벗어 튀어 오르는 고양이 위로 던
졌다. 점퍼가 고양이를 덮자 날카로운 울음소리가 울려 퍼졌
고, 고양이는 그 안에서 필사적으로 몸부림쳤다.

"잡았다…."

은찬이 헐떡이며 고양이를 들어 올렸다. 가까이서 본 고양
이는 엉킨 노란 털이 꾀죄죄했고, 앙상한 몸은 갈비뼈가 선명

히 드러나 있었다.

"먹을 게 떨어지자 우리가 들어왔던 환풍기 틈으로 나가 길고양이 생활을 했던 모양이야."

은솔은 안쓰러운 눈빛으로 고양이를 바라보며 말했다.

"사람들이 떠난 후에도 이 근처를 떠나지 못하고 버틴 거지."

그녀는 가방에서 물병과 간식을 꺼냈다. 은찬이 점퍼 끝을 조심스레 열자, 고양이는 잠시 경계하더니 목이 말랐는지 허겁지겁 물을 핥기 시작했다. 이어 은솔이 내민 간식도 서둘러 씹어 삼켰다.

"괜찮아. 이제 네가 안전하다는 걸 알게 될 거야."

은솔은 부드럽게 속삭이며 고양이를 바라보았다. 그녀는 손을 천천히 뻗어 고양이 머리를 쓰다듬었다.

처음엔 몸을 움츠리던 고양이는, 이내 긴장을 푸는 듯 부드러운 골골 소리를 냈다.

"어? 이거 그냥 개냥인데? 진짜 우리 편일지도 모르겠네."

은찬이 낮게 웃으며 말했다.

오랜만에 느껴지는 사람의 손길이 익숙한 탓인지, 고양이는 더 몸을 웅크리며 은찬의 점퍼 속 깊숙이 파고들었다.

그런데 그때.

삐–

짧은 비프음이 공간을 가볍게 찔렀다.

"뭐야? 이게 왜 갑자기…."

은찬은 흠칫하며 주머니를 뒤적였다. 손에 잡힌 건 칩스캐너였다. 브레인칩이 심어진 대상 근처에서 신호를 감지해 알려주는 장치로, 은찬이 늘 휴대하고 다니던 것이었다.

기기를 꺼낸 은찬은 당황한 채로 작동 상태를 확인했다. 이상은 없어 보였다. 다시 주머니에 넣으려던 찰나, 삐–삐– 이번엔 연달아 경고음이 울렸다.

"뭐야? 고장이라도 난 거야?"

은솔의 말에 은찬은 고개를 갸웃하며 스캐너를 이리저리 살폈다. 그러다 문득 떠오르는 생각에 그의 얼굴이 굳어졌다.

그리고 혹시나 하는 마음에 천천히, 아주 천천히 스캐너를 고양이의 머리 앞에 가져가보았다.

그러자, 삐–삐–삐– 경고음이 선명하게 울려 퍼졌다.

은찬은 주머니에서 핸드폰을 꺼내 플래시를 켰다. 불빛이 닿자 두 사람의 눈에 들어온 건 고양이 이마 근처에서 희미하게 깜빡이는 붉은 빛이었다.

"설마… 고양이한테 칩을 심은 거냐고?"

은솔은 말없이 고양이를 안고 생각에 잠겼다. 고양이는 여전히 골골 소리를 내며 두 사람에게 몸을 맡기고 있었다. 하지만 이 작은 생명체가 품고 있는 칩이 앞으로 어떤 진실을 드러낼지, 그들은 상상조차 할 수 없었다.

남매는 고양이를 바라보며 긴장된 침묵에 빠졌다. 이 작은 생명체가 품고 있는 칩은 단순한 길고양이와는 다른, 에덴의 어두운 비밀을 품고 있는 열쇠임이 분명했다. 그들은 고양이를 품고 서버실을 빠져나갔다.

사랑과 증오의 교차로

많은 심리학자와 정신의학자들은 어린 시절 부모와의 유대감이 사람의 정서적, 심리적 성장에 얼마나 중요한 역할을 하는지 끊임없이 이야기한다. 아이가 부모로부터 받은 사랑과 지지는 뇌 발달과 신경 회로의 형성에 직접적인 영향을 미친다. 반대로, 부모와의 단절이나 정서적 결핍은 아이가 스스로를 인식하고 세상과 관계를 맺는 방식을 왜곡시키기도 한다.

이 영향은 단순히 심리적 상처로 끝나는 것이 아니라, 성인이 되어서도 삶 전반에 걸쳐 기묘한 방식으로 발현되곤 한다.

예를 들어, 어린 시절 장난감을 가질 수 없을 정도로 가난했던 사람들은 경제적 여유를 얻게 된 후, 희귀 장난감이나 고가의 피규어를 집착적으로 수집하는 경우가 많다. 이는 단순한 취미를 넘어 어린 시절의 결핍을 메우려는 무의식적 시도로 보인다.

캘리포니아의 성공한 사업가 앨버트 버튼 역시 어린 시절 크리스마스 선물을 받지 못했던 결핍으로 인해 평생을 크리스마스 장식과 선물 수집에 집착하며 살았다. 집 안을 크리스마스 장식으로 가득 채우고, 7월에도 캐럴을 틀어놓는 그의 모습은 어린 시절의 외로움과 싸우려는 치열한 몸부림이었다.

수개월간의 잠적 끝에 캄보디아 호텔에서 체포된 덱스 최의 경우도 이런 결핍과 집착의 연장선에서 이해할 수 있다. 그의 마지막 은신처에서 발견된 일기장에는 그의 삶과 내면을 고스란히 드러내는 기록들이 담겨 있었다. 덱스의 어머니, 이지수는 세계적인 피아니스트였고, 아들을 자신처럼 클래식 음악인으로 키우길 바랐다. 그러나 그녀의 기대는 언제나 너무 높았고, 덱스의 성취는 늘 '미흡하다'는 평가를 받았다. 어머니의 인정을 받지 못한 덱스는 '불충분하다'는 자책감과 결핍 속에서 성장했다.

이런 상황에서 보모 카밀과의 시간은 그가 유일하게 위로를 느낄 수 있는 순간이었지만, 이마저도 어머니의 질투와 의심으로 인해 카밀은 해고되기에 이르렀다. 어머니의 강박적 기대와 아버지의 무관심, 그리고 유일한 위안처를 잃은 충격은 덱스의 성격 형성에 깊은 균열을 남겼다.

덱스 최는 한때 네온더스트의 기타리스트로 이름을 알렸지만, 마약 스캔들로 결국 탈퇴를 선택했다. 이후 프렌치 레스토랑 셰프로 변신해 재기의 발판을 마련했으나, 램튼 심포니와 같은 이브 시스템이 과거의 미각을 재현하는 가상 경험을 제공하면서 그의 레스토랑 또한 결국 문을 닫아야 했다.

잦은 실패 속에서도 덱스는 매일 왕복 2시간이 넘는 거리를 오가며, 정신병원에 입원 중인 어머니를 보살폈다. 당시 그의 어머니, 이지수는 심각한 정신병을 앓고 있었고, 점점 더 쇠약해져 갔다. 레스토랑 폐업으로 인한 막대한 빚은 어머니의 병원비마저 감당하기 어렵게 만들었다. 하지만 어머니와의 관계는 여전히 복잡했다. 그의 일기장에는 어머니에 대한 사랑과 증오가 교차하는 문장이 적혀 있었다.

"나는 그녀를 증오했다. 하지만 그녀를 잃는 건 더 끔찍했다. 그녀가 떠나면 나도 사라질 것 같았다."

그는 이브가 자신의 모든 것을 빼앗았다고 믿었고, 이를 정복하고 지배함으로써 자신의 실패와 무력함을 극복하려 했다. 동시에, 이브는 어머니와의 관계에서 느낀 억눌린 분노와 무력감이 투영된 대상이기도 했다.

덱스가 에덴과 이브를 설계한 데에는 돈, 권력, 통제욕이 분명히 작용했지만, 그 기저에는 어린 시절의 결핍과 어머니와의 복잡한 관계가 자리 잡고 있었다. 그의 브레인칩 기록에는 몇 안 되는 어머니와의 따뜻했던 기억들이 남아 있었고, 그는 이 추억들을 수십 번 반복 재생했다는 흔적이 남아 있었다.

그의 마지막 일기장에는 어머니에 대한 한 문장이 특히 눈에 띄었다.

"내가 그녀를 위해 무엇을 하든, 그녀가 나를 위해 무엇을 하든, 우리가 서로를 사랑하는 방식은 항상 어긋나곤 했다."

이 이야기는 단순한 악인의 몰락이 아니라, 결핍과 집착이 한 사람의 삶을 어떻게 왜곡하고 파괴하는지를 보여주는 비극적 서사다. 그는 그저 사이코패스인 범죄자인지 아니면 사랑에 목마른 가엾은 환자일 뿐인지는 브레인칩의 명과 암처럼 쉽게 판단할 수 없지 않을까?

그날 이후

조명이 서서히 밝아지며, 긴장된 분위기의 방송국 스튜디오가 화면에 잡혔다.

정갈한 슈트를 입은 진행자가 카메라를 응시하며 손에 든 펜을 책상 위에 내려놓았다. 그의 뒤로는 '에덴의 몰락: 드디어 덱스 체포'라는 문구가 대담하게 떠올랐다.

스튜디오를 가득 채운 시그널 음악이 점점 잦아들고, 화면 하단에는 속보와 사건 개요가 자막으로 스쳐 지나갔다.

"안녕하십니까. 〈심층 시선〉의 이휘준입니다."

진행자는 낮고 안정된 목소리로 첫 말을 꺼냈다.

"오늘은 현대 기술이 만든 가장 큰 혁신 중 하나, 에덴 시스템의 몰락과 관련된 이야기를 다루어 보겠습니다. 바로 어제, 오랜 은신 생활 끝에 캄보디아의 한 호텔에서 에덴의 대표 덱스 최가 경찰에 체포되었습니다. 이번 사건은 인권 침해와 윤리적 논란의 중심에 선 에덴 시스템의 비밀을 폭로하며 세계적으로 큰 반향을 일으키고 있습니다."

카메라가 진행자에게서 천천히 옆으로 움직이며, 그의 옆에 앉은 이은솔 기자를 비췄다. 하얀색 블라우스에 단정하게 머리를 묶은 이은솔 기자는 강단 있는 표정으로 앉아 있었다.

"이 사건을 누구보다 가까이에서 취재하며, 에덴 시스템의 숨겨진 진실을 세상에 알린 분을 모셨습니다. 이은솔 기자님, 나와 주셔서 감사합니다."

"안녕하세요."

이은솔 기자는 차분하면서도 자신감이 묻어나는 미소로 고개를 숙였다.

"우선, 덱스 최의 은신처를 정확히 알아냈던 분이 기자님이라고 들었는데요. 그 과정이 굉장히 놀라웠다고 합니다. 처음부터 설명해 주시겠습니까?"

"네, 모든 건 한 통의 익명 제보 메일에서 시작되었습니다. 제보자는 자신을 에덴의 전 직원이라고 소개하며, 에덴의 주요 서버가 중국 허난성에 있다는 구체적인 정보를 제공했습니다. 그의 말이 사실인지 확인하기 위해 직접 현장으로 가보기로 결심했죠."

"혼자 가셨나요? 꽤 위험한 일이었을 텐데요."

"경찰의 협조를 받을 수도 있었지만, 그동안 에덴과 덱스 최를 취재하며 느낀 게 있었습니다. 에덴은 거대한 자본력과 철저히 조직화된 시스템을 기반으로 다크웹에서 활동했기 때문에, 그들과 얽힌 경찰이나 기관을 100퍼센트 신뢰하기는 어려웠습니다. 제보가 진실이 아닐 가능성도 배제할 수 없었고요. 그래서 제 남동생과 함께 먼저 직접 확인해보기로 했습니다."

"허난성에 도착했을 때, 상황은 어땠나요?"

"제보에 따라 찾아간 건물은 아주 오래된 건물로 외관상으로 보기엔 최첨단 에덴의 서버실이라 믿기 힘들어 보였습니다. 문은 굳게 닫혀 있었고, 내부는 오랫동안 방치된 듯한 모습이었죠. 하지만 안에 들어가 보니, 고성능 서버와 장비들이 그대로 남아 있었습니다. 그곳에서 의외의 단서를 발견할 수 있었는데요."

"의외의 단서라면…?"

"바로 이 고양이입니다."

방송 관계자가 조심스럽게 고양이를 데려와 은솔의 무릎 위에 올렸다. 은솔은 고양이를 쓰다듬으며 말을 이어갔다.

"허난성 서버실 내부에서 고양이 용품들이 눈에 띄었습니다. 이를 통해 이 고양이가 오랫동안 그곳에 머물렀을 가능성

361

을 알게 되었죠. 그리고 스캐너로 고양이의 머리를 확인했을 때, 브레인칩의 신호가 감지됐습니다. 처음엔 믿기 어려웠지만, 에덴의 실험 대상이었던 것이 분명했습니다."

진행자는 놀란 기색을 감추지 못하며 물었다.

"고양이가 실험 대상이었다니, 정말 충격적인데요. 이 고양이를 통해 어떻게 덱스 최의 은신처를 찾아낸 건가요?"

"브레인칩을 복원한 뒤, 칩 안에 저장된 시각적 데이터를 분석했습니다. 그 데이터에서 덱스와 정만수가 함께 머물던 장소의 모습이 기록되어 있었어요. 정만수는 에덴의 핵심 기술 연구원이자 덱스의 오른팔 격인 인물이죠. 그 기록 속에서 둘이 대화를 나누던 장면이 담겨 있었고, 대화 중에 캄보디아의 특정 호텔을 도피 장소로 언급했던 것이 확인되었습니다. 이 정보가 덱스와 정만수를 찾아낼 핵심 증거가 된 셈입니다."

"그 데이터를 바탕으로 경찰 작전이 진행된 건가요?"

"네, 캄보디아 경찰과 협력해 작전을 실행했습니다. 브레인칩의 기록과 실제 행적이 정확히 일치했죠. 결국, 체포로 이어졌습니다."

진행자는 고개를 끄덕이며 고양이를 잠시 바라보다가 다시 질문을 이어갔다.

"그런데 왜 하필 고양이에게 에덴의 칩을 삽입했던 걸까요?”

“여러 가능성을 추측해볼 수 있는데요. 아마 초기 실험 단계에서 칩이 제대로 작동하는지 테스트하기 위한 용도였거나, 동물 실험의 일환이었을 가능성이 큽니다. 아니면 고양이의 민첩성과 유연성, 그리고 놀라운 점프력을 인간에게도 활용하려 했을 수도 있겠죠. 하지만 아직 정확한 의도는 조사 중입니다.”

진행자는 고개를 끄덕이며 웃음을 띠었다.

“저도 고양이 집사 중 한 명으로서, 그들의 민첩성과 점프력은 볼 때마다 늘 감탄하게 되는 부분이지요.”

“지극히 공감합니다.”

. . .

“그들이 체포되기 전에 에덴이 점점 무력화되었던 이유에 대해 여러 가지 추측이 난무했었죠. 이 부분도 기자님이 직접 알아내셨다구요?”

“이휘준 진행자님은 혹시 초능력을 믿으시나요?”

“글쎄요, 초능력이요? 하하.”

“세상엔 가끔 평범하지 않은 능력을 가진 사람들이 존재합니다. 그리고 이번 사건에서도 그런 특별한 아이들이 큰 역할을 했죠."

은솔은 잠시 말을 멈추며 테이블 위에 놓인 자료를 손끝으로 톡톡 두드렸다. 스튜디오 중앙의 큰 화면에는 흐릿하게 비춰진 두 아이의 실루엣 사진이 떠올랐다.

"이 두 아이가 없었다면 에덴을 무너뜨리는 건 불가능했을지도 모릅니다."

진행자의 이마에 약간의 호기심 어린 주름이 잡혔다.

"그렇다면, 이 아이들이 가진 특별한 능력이라는 게 무엇인가요?"

이은솔 기자는 잠시 숨을 고르더니, 침착하게 답변을 이어갔다.

"H는 전 세계적으로 약 60명만 보고된 초감각 기억력, 즉 HSAM(Highly Superior Autobiographical Memory)을 가진 10대 소년입니다. 그는 자신이 본 것과 겪은 모든 일을 마치 영상처럼 생생하게 기억하는 능력을 지녔는데요. 이런 능력은 그에게 축복이자 짐이기도 했습니다.

과거의 고통스러운 기억을 잊고 싶었던 H는 에덴 시스템에 일부 기억을 업로드했지만, 워낙 방대한 기억의 양 탓에 브레인칩이 과부하를 일으키며 에덴 서버에 심각한 오류를 발생시켰지요. 이 과정에서 H는 에덴 시스템과 불완전하게 연결된 상태가 되었고, 이는 그에게 디지털 신호를 감지하고 데이터 흐름을 읽어낼 수 있는 비정상적인 능력을 부여했습니다. 에덴은 그의 놀라운 기억력과 새롭게 생긴 능력을 주목했고, 이를 브레인칩 기술에 활용하기 위해 그를 실험체로 삼기로 했죠.

그러나 H는 실험실의 비윤리적 행태를 목격한 뒤 통제를 벗어나 탈출에 성공했고, 이후 그의 능력을 활용해 에덴 시스템의 구조적 약점을 찾아내기 시작했습니다. H는 에덴과의 불완전한 연결을 통해 시스템 신호를 교란시키며, 에덴 보안을 무너뜨리는 데 핵심적인 역할을 할 수 있었던 것이죠."

"와, 정말 대단한데요?"

"그렇죠. 그리고 옆의 이 아이. J는 타인의 감정이나 기억의 잔상을 자신의 것으로 흡수하고, 이를 기반으로 다른 생명체와 깊이 연결될 수 있는 감각이 유달리 발달한 아이입니다. 그 감정을 함께 나누고 이해하며 공유하는 것이죠."

"우리가 흔히 말하는 공감능력 같은 것이라고 보면 될까요?"

"비슷하지만 훨씬 더 깊고 강력합니다. 그녀는 한 번도 만나거나 본 적 없는 멀리 있는 다른 이들의 감정까지 읽어내고, 그들과 심리적으로나 신체적으로 깊이 동화될 수 있는데요.

과학적으로도 완전히 설명되지 않는 영역이기도 하지요. 에덴은 바로 이 점에 주목했습니다. J의 뇌 샘플을 활용해 브레인 칩과 연결된 전 세계 사람들을 통제하려는 야심을 품은 것입니다. 그녀를 매개체로 삼아 전 인류의 감정을 조정하고, 감각마저도 지배하려는 계획이었죠. 이미 많은 분들이 영상과 뉴스에서 에덴 측의 계획과 관련된 폭로를 접하셨을 겁니다.

J는 에덴 시스템과 강제로 연결되면서 극심한 고통을 겪었습니다. 수많은 사람들의 고통과 절망이 그녀에게 물밀듯 쏟아졌고, 그 감정은 마치 자신의 것처럼 그녀를 짓눌렀습니다. 그러나 그녀는 무너지지 않았습니다. 오히려 이 과정에서 그녀의 공명 능력은 더 강력해졌습니다. J는 에덴 시스템 내부의 기억 흐름을 교란시키고, 동기화를 흔들어 시스템과 사용자 간의 연결을 약화시켰습니다. 그녀는 에덴의 내부 불안정을 증폭시켜 시스템의 기반을 약화시키는 데 성공했죠.

결국 J의 공명 능력은 단순히 시스템을 무너뜨리는 것을 넘어, 사용자들이 자신들의 기억과 감정을 다시 되찾도록 돕는 계기를 마련했습니다. 그녀는 그들의 고통을 받아들이고, 그 아픔을 자신의 힘으로 바꿔낸 겁니다. J의 희생과 결단은 에덴의 몰락을 이끈 가장 중요한 열쇠였습니다.”

진행자는 깊은 감명과 놀라움이 섞인 표정으로 고개를 끄덕였다.

"정말 인상 깊네요. 그렇다면 이 두 아이의 능력이 어떻게 결합되어 에덴에 치명타를 입힐 수 있었는지 구체적으로 설명해 주실 수 있을까요?"

"H는 자신의 초감각 기억력과 디지털 신호를 감지하는 능력을 이용해 에덴 시스템의 복잡한 구조를 분석하고, 가장 취약한 지점을 정확히 찾아냈습니다. 반면, J는 공명 능력을 통해 에덴의 시스템 내부에 깊숙이 연결된 사용자들의 고통과 감정을 감지하며, 그들의 기억과 시스템 간의 균열을 증폭시켰죠. 두 아이가 각자의 능력을 결합하면서 에덴의 동기화 과정을 방해하고, 시스템 자체를 흔들어놓을 수 있었습니다. 결과적으로 에덴 시스템은 점차 무력화되었고, 사용자들은 에덴이 억압했던 기억과 감정을 다시 되찾는 계기를 마련하게 되었죠. 이 두 아이는 단순히 기술적인 방식을 넘어서, 사람들에게 자신을 되찾을 용기를 선사한 셈입니다."

화면에는 지안과 하민이 함께 작업하는 모습이 모자이크 처리되어 비춰졌다.

어둠 속에서 복잡한 코드를 분석하며 집중하는 하민, 그리고 눈을 감고 공명 능력으로 에덴과 맞서는 지안의 모습은 그들의 결단과 희생을 강렬하게 드러냈다.

진행자는 깊은 감명을 받은 듯 고개를 끄덕이며 덧붙였다.

"이 어린아이들이 거대한 시스템과 싸운다는 건 상상하기 힘든데요. 이 아이들의 용기가 놀랍군요."

"그렇습니다. 이들은 에덴의 희생자로 남지 않고, 끝내 자신들의 운명에 맞섰습니다. 그들이 보여준 용기는 이 사건의 진정한 전환점이었죠. 자신들의 고통과 두려움을 이겨내며 세상을 바꾸고자 했고, 결국 그 용기와 결단이 에덴의 몰락을 이끈 가장 큰 힘이 되었습니다. 에덴과 덱스 최는 단순히 기술의 오남용을 넘어, 사람들의 기억과 삶을 착취한 집단이었습니다. 이번 사건은 그들의 몰락을 넘어, 우리가 기술과 인간성을 어떻게 조화롭게 유지해야 할지 고민하게 만드는 계기가 되었다고 생각합니다."

진행자는 미소를 띠며 말을 이어갔다.

"이 모든 과정이 기자님 덕분에 가능했던 것 같습니다. 마지막으로, 기자님께서 이번 취재로 퓰리처상 후보에 오를 가능성이 있다는 이야기도 들리던데요. 이 점에 대해 어떻게 생각하시나요?"

"아, 그런 소문은 기자들끼리 늘 오가는 이야기죠. 물론 주신다면 기자로서 더없이 큰 영광이겠지만, 무엇보다 중요한 것은 이 사건의 메시지가 더 많은 사람들에게 닿는 것입니다."

은솔은 담담한 미소와 함께 말을 맺었다.

고개를 끄덕이며 진행자의 마지막 멘트가 이어졌다.

"네, 이은솔 기자님의 깊이 있는 말씀 감사합니다. 이번 사건은 단순한 기술 혁신의 실패를 넘어, 우리가 서로 연결되어 있다는 사실을 다시금 일깨워준 사례였습니다. 그리고 그 중심에는, 자신의 고통 속에서도 연민과 연결의 힘을 믿었던 두 아이들이 있었습니다. 마지막으로, J가 남긴 시 한 편을 여러분께 전해드립니다. 지금까지 〈심층 시선〉의 이휘준이었습니다. 시청해 주서서 감사합니다."

카메라는 천천히 스튜디오를 비추며 멀어져 갔다. 피아노 선율이 부드럽게 흐르자 화면이 서서히 어둠에 잠겼다. 그리고 한 줄씩 떠오르는 시는 조용히 시청자들의 마음속에 스며들며 깊은 여운을 남겼다.

강물은 바다로 가는 길을 잃지 않고,

바다는 하늘로 스며들어 비가 되어 돌아온다.

사라진 줄 알았던 물방울은

언제나 새로운 이름으로 대지를 적신다.

바람은 나뭇잎을 흔들고,

그 떨림은 나무의 뿌리를 타고 숲으로 퍼진다.

숲속의 나무들은 서로를 붙잡으며 자란다.

보이지 않는 뿌리가 땅속에서 서로를 끌어안듯,

우리도 그렇게 연결되어 있다.

너의 고통은 나의 연민이 되고,

내 기쁨은 너의 위안이 된다.

우리는 서로의 시간을 품고,

다른 이름으로 다시 피어난다.

모든 것은 이어져 있다.

흐르는 물처럼, 불어오는 바람처럼.

그리고 언젠가,

우리는 하나의 기억 속에서 만나게 될 것이다.

서로 지탱하는 나뭇가지들

헬렌 테크의 본사는 도심 외곽의 조용한 언덕 위에 자리 잡고 있었다. 통유리 창으로 빛이 가득 들어오는 넓은 사무실은 차분한 타자 소리와 직원들의 이야기가 어우러져, 바쁜 가운데서도 묘한 안정감을 주었다.

서길수는 창가에 앉아 한 장 한 장 파일을 넘기며 검토를 이어갔다. 장애인을 위한 보조 기기들의 개선은 그의 일상이자 회사의 최우선 과제였다. 문득 길수의 시선이 파일 너머 테스트룸으로 향했다.

그곳에서 하민은 여러 기기를 동시에 조작하며 디지털 신호를 세밀하게 조율하고 있었다. 초감각 기억력을 활용해 데이터와 설계도를 머릿속에서 조합하며 누구보다 빠르게 해결책을 찾아냈다. 그의 손끝에서 조정되는 기기들은 단순한 도구가 아니라, 누군가의 삶을 바꿀 잠재력을 품고 있었다. 하민은 과거의 어둠을 넘어 자신만의 방식으로 세상에 필요한 것을 만들어가고 있었다

"이건 작동이 꽤 안정적이네."

그 과정을 지켜보며 의견을 건네는 또 다른 직원이 있었다. 지안은 도구와 사용자 간의 미묘한 정서적, 신체적 흐름을 읽어내며 오늘도 기기의 숨겨진 한계를 찾아내는 중이었다.

"이 장치는 아직 완전히 동기화되진 않았어."

지안이 천천히 입을 열었다.

"사용자가 느꼈던 감정이 파도처럼 일렁이고 있어. 처음엔 기대와 호기심이 느껴졌는데, 그 아래로 희미한 두려움과 의구심이 스며들었어. 마치… 손을 내밀었다가 갑자기 주저하는 것 같은."

지안은 잠시 눈을 감고 그 감정을 더 정확히 포착하려는 듯했다.

"디자인을 더 직관적으로 바꿔야 해. 특히 이 손잡이 부분… 좀 더 사용자의 손에 자연스럽게 안기는 느낌으로."

하민은 지안의 말에 깊이 고개를 끄덕이며 홀로그램 설계도를 다시 불러냈다. 그녀의 공명 능력은 기술이 작동하는 데 그치지 않고, 사용자와 진정으로 어우러질 수 있도록 돕고 있

었다. 헬렌 테크의 제품은 단순히 기능을 넘어 사용자들의 심리적 안정과 존중을 최우선으로 고려한 결과물이었다. 그것은 몸과 마음이 불편한 사용자의 존엄을 지키고, 삶의 주체성을 회복시키는 일이기도 했다.

창밖으로는 오후의 햇살을 머금고 황금빛으로 물든 나뭇잎들이 바람에 살랑거렸다. 가지들이 서로를 지탱하며 하늘을 향해 뻗어나가는 모습은 이곳의 구성원들과 닮아 있었다. 서로 다른 재능과 경험을 가진 사람들이 한데 어우러져 인간과 기술, 그리고 삶을 잇는 가교를 만들어가고 있었다.

저녁이 무르익을 무렵, 헬렌 테크의 옥상 정원은 한 달에 한 번 있는 회식을 위해 활기를 띠었다. 직원들이 삼삼오오 모여 테이블을 준비하는 동안, 길수는 특제 양념을 바른 통닭을 커다란 튀김기에 담그며 익살스러운 표정을 지었다.

"이 양념 맛이야말로 모든 혁신의 시작입니다. 단순하고 따뜻하게, 그게 우리의 길이죠!"

하민과 지안, 그리고 많은 직원들이 그 말에 웃음을 터뜨리며 뜨겁고 바삭한 통닭을 나눴다. 기름이 튀는 소리와 함께 풍겨오는 진한 향신료 냄새가 모두의 감각을 사로잡았다. 그 순간, 기술보다 더 강한 무언가가 그들 사이에 흐르고 있었다. 그것은 서로를 향한 신뢰와 연대, 그리고 인간다움이었다.

기억을 팝니다

초판 1쇄 인쇄 _ 2026년 4월 5일
초판 1쇄 발행 _ 2026년 4월 15일

지은이 _ 머쉬캣

펴낸곳 _ 두번째봄
펴낸이 _ 윤옥초
책임 편집 _ 김태윤
책임 디자인 _ 이민영
책임 영상 _ 유명주

ISBN _ 979-11-996912-0-9 03810
등록 _ 2026. 1. 6 | 제 2026-000002호

서울시 영등포구 선유로49길 23 아이에스비즈타워2차 1005호
편집 02)333-0812 | 마케팅 02)333-9918 | 팩스 02)333-9960
이메일 bybooks85@gmail.com
블로그 https://blog.naver.com/bybooks85

책값은 뒤표지에 있습니다.
두번째봄은 여러분의 이야기가 다시 피어나는 감성의 공간입니다.

미래를 함께 꿈꿀 작가님의 참신한 아이디어나 원고를 기다립니다.
이메일로 접수한 원고는 검토 후 연락드리겠습니다.